16 스트라이크 더 블러드

STRIKE THE BLOOD

아지랑이의 성기사

미쿠모 가쿠토_지음
마냐코_일러스트
유유리_옮김

카스가야 시즈리 카스티엘라
'수녀기사' Paladiness
지고지순한 화염검의 수호기사.

아카츠키 코죠
'제4진조' The Fourth Primogenitor
세계 최강의 '권태로운' 흡혈귀.

히메라기 유키나
'검무' Swords Shaman
사자왕 기관의 가련한 감시자.

토코요기 유마
'마녀의 딸' Witch of the Blue
도시를 어지럽히는 진조의 옛 친구.

미야즈미 루이
'마총수' Magic Gunner
유능한 우등생이자 만능 저격수.

아마세 유노
'수인 권투사' Werecat Kung Fu Fighter
쾌활하고 태평한 격투 고양이 아가씨.

Contents

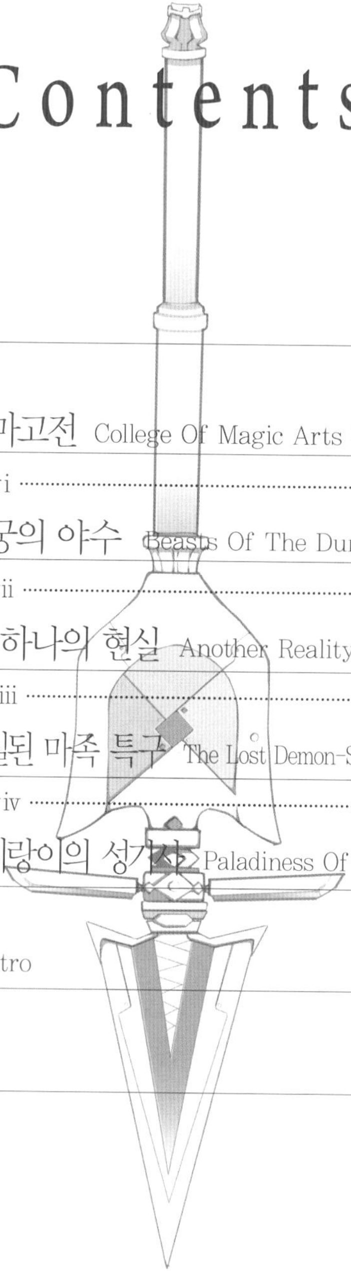

스트라이크 더 블러드

아지랑이의 성기사

16

서장
Intro

파도 소리가 들려왔다.

깊은 밤, 해변에 밀려오는 고요한 파도 소리다.

머리 위로는 마치 깊은 바다와 같은 감청색 하늘이 펼쳐져 있다. 시야를 빈틈없이 메운 하늘 가득한 별들. 은색으로 반짝이는 달빛이 고운 모래사장을 소리도 없이 비추었다.

습기 찬 바람을 타고 여름 해질녘의 냄새가 났다.

볼을 적시는 바닷물은 선혈처럼 미지근했다.

그 온기에 이끌려 그는 천천히 눈을 떴다. 굳게 쥔 손가락 사이로 죽은 산호의 깨진 조각이 떨어져 내렸다.

물에 젖은 후드를 눌러쓴 평범한 외모의 소년이었다.

나이는 16, 17세 정도. 비쩍 마른 늑대의 털처럼 앞머리 색소가 약간 옅다. 하지만 그것까지 포함해도 특별히 눈에 띄는 특징은 없었다. 어디에서나 볼 수 있는 평범한 남학생이다.

소년은 파도가 밀려오는 물가에 잠든 듯이 쓰러져 몸을 일으키지 못하고 있었다.

흠뻑 젖은 옷과 밤바람이 체온을 앗아가 몸에 힘이 들어가지 않았다. 차게 식은 팔다리의 감각이 전혀 느껴지지 않아 꼭 다른 사람의 몸뚱이 같다. 피부와 닿은 모래의 감촉만이 묘하게 생생했다.

밀려온 파도에 떠밀려 소년의 몸은 위를 향해 드러누운 자세가 되었다.

얼굴에 흐르는 물방울을 털어내려고 그는 나른하게 고개를 흔들었다.

모래를 밟으며 다가오는 발소리가 들린 것은 그 직후였다.

눈을 뜨자 호리호리한 그림자가 시야에 들어왔다. 긴 코트를 입은 젊은 여자다.

인형같이 반듯한 얼굴과 인상적인 커다란 눈동자. 수녀가 연상되는 긴 머리쓰개(윔플) 사이로 눈처럼 새하얀 머리카락이 보였다.

소녀는 소년의 바로 옆까지 온 다음에야 걸음을 멈추고 말없이 그를 내려다보았다. 감정이 담기지 않은 냉랭한 시선이었다.

"이제야 찾았네요, 아카츠키 코죠."

희미하게 비난이 어린 말투로 소녀가 말했다. 경계하고 있다는 것을 그대로 드러내는 공격적인 태도다. 그러나 부드럽고 맑은 목소리 탓인지 말에 비해 까칠한 인상은 느껴지지 않았다.

소년이 곤혹스러워하며 그녀를 마주 보았다.

"……아카츠키……코죠?"

"설마 기억나지 않으시나요?" 소녀가 어이없어하며 눈을 추켜세웠다. "자기이름이잖아요? '제4진조' 아카츠키 코죠."

"제4……진조? 내가……?"

소녀의 입에서 나온 불온한 명칭에 소년이 믿지 못하겠다는 표정을 지었다.

그리하여요, 라고 대답한 뒤 소녀는 한숨을 쉬며 어깨를 움츠렸다.

"존재할 리 없는 네 번째 '태초'의 흡혈귀. 불사이자 불멸의 존재. 혈족 동포를 전혀 거느리지 않으며 지배를 바라지도 않고 그저 재앙의 화신일 뿐인 열두 마리의 권수를 거느린 존재. 사람의 피를 빨고 살육하고 파괴하는 자. 세계의 이치에서 벗어난 냉혹하고 비정한 괴물——그것이 당신이어요, 아카츠키 코죠."

"내가 진조 흡혈귀……. 그렇구나……."

여전히 모래사장에 드러누운 채로 소년은 자신의 손바닥을 바라보았다. 뜻밖에도 머리는 냉정했다. 자신이 사실은 **세계 최강의 흡혈귀**라는 말을 들었는데도 이상하게 동요는 느껴지지 않았다.

"기억나시었나요?"

흰 머리의 소녀가 냉랭하게 쏘아붙였다. 소년은 그렇다고 대답하며 적당히 미소 지었다.

"진조란 말에 실감은 안 들지만, 역시 자기 이름쯤 되니 들어본 적이 있는 것 같아."

"좋아요." 소녀가 수긍했다.

아카츠키 코죠라 불린 소년은 말없이 상체를 일으켜 그녀를 보았다.

"그래서 여긴 어디지? 난 왜 이런 곳에 있지……?"

"은래도(恩莱島), 여요."

"……은래도?"

"도쿄 남쪽 해상, 330킬로미터 지점에 떠 있는 절해의 고도. **일본의 유일한** '마족특구'——당신들 마족을 관리하는 특별 자치구여요."

"관리? 격리를 잘못 말한 건 아니고?"

코죠가 빈정거리며 되물었다. 마족을 관리하는 것이 목적이라면 본토에서 멀리 떨어진 바다 끝에 굳이 자치구를 만들 필요가 없을 것이다. 이 섬은 명백히 마족을 가두어 인간 사회와 격리하기 위해 존재하는 곳이란 느낌이었다.

소녀는 도발적인 코죠의 눈동자를 무감정하게 바라보았다.

그 순간, 아무런 전조도 없이 코트에 가려져 있던 그녀의 오른손이 불쑥 튀어나왔다.

그녀의 손은 심홍빛으로 빛나는 장검을 쥐고 있었다. 불꽃처럼 파도치는 세레이션 블레이드가 코죠의 목덜미에 바싹 들이밀어졌다.

"너, 정체가 뭐지?"

칼날의 무게를 피부로 느끼며 코죠가 낮게 물었다.

"제 이름은 카스가야 시즈리 카스티엘라――."

소녀는 코죠에게 장검을 내민 자세 그대로 진지하게 그렇게 대답했다.

"당신의 감시자여요."

제1장 공마교전
College Of Magic Arts Officer

1

폐공장을 모방해 세운 낡은 건물에 바닷바람의 냄새가 고여 있었다.

천장에 뚫린 깨진 채광창에서 쏟아지는 오후의 햇살이 허공에 뜬 흙먼지를 새하얗게 비추었다.

어둑어둑한 통로. 녹슨 철제 기둥 그늘. 금이 간 콘크리트 바닥에 웅크려 앉아 있던 작은 그림자가 주변을 살폈다. 장난기 많은 새끼 고양이 같은 커다란 눈동자가 인상적인 소녀다.

소녀는 노출이 많은 활동적인 스포츠웨어를 입고 있었다. 금속 프로텍터로 덮은 글러브와 발가락 부위를 철판으로 감싼 하이컷 슈즈가 묘하게 눈길을 끈다. 그리고 그녀의 머리에는 뾰족한 짐승 귀가 돋아 있었다.

어둠 속을 내다보고 있는지 소녀의 홍채가 크게 벌어졌다. 그녀의 귀가 움찔 떨리며 부드러운 밤색 곱슬머리를 흔들었다. 벽 너머에 숨어 있는 이물질의 존재를 감지한 것이다.

"타깃을 포착했어. 옆 방에서 잠복 중인가봐. 루이루이, 보여?"

짐승 귀의 소녀가 목에 걸린 통신기 마이크에 대고서 속삭였다.

그녀의 말을 듣고 고개를 끄덕인 것은 폐공장 밖에서 대기 중인 소년이었다. 우등생 같은 생김새와 온화한 분위기가 감도는 그는 저격 자세를 취하고 저격총의 스코프를 들여다보고 있었다.

"이쪽도 포착 완료. 저건 마가토키 선생님의 14식 장갑 시키가미야. 이족 보행으로 이동하고 아머의 최대 두께는 90밀리미터. 팀장, 어떻게 할래? 만만치 않은 상대야."

"——유노 씨, 주변에 다른 적은 없나요?"

그들의 교신을 듣고 있던 세 번째 인물이 짐승 귀 소녀에게 물었다.

금속 어깨 보호대가 달린 코트를 걸치고 코발트블루 색 머리쓰개를 쓴 백발 소녀. 그 이름은 카스가야 시즈리 카스티엘라. 남유럽의 작은 국가에서 파견되어 온 교환 유학생——대마족전투 전문가인 견습 수녀기사(팔라디네스)다.

"음~. 없는 것 같아. 적어도 활동 중인 놈은 없어."

짐승 귀 소녀가 기둥 그늘에서 살짝 몸을 내밀어 주변을 확인했다. L종——흔한 말로 수인종인 아마세 유노는 보통 사람보다 시각과 청각이 열 배 정도 예민하다.

그런 유노의 보고에 시즈리가 만족스럽게 미소 지었다.

"베네(좋아요). 타깃이 알아차리기 전에 기습을 걸도록 하죠. 유노 씨는 타깃을 교란하고 루이 씨는 원호를 부탁드리어요. 전 접근하여 직접 타격을 담당하도록 하겠어요."

"라저~."

덧니를 슬쩍 드러내며 유노가 호전적으로 웃었다. 꽈악 하는 상쾌한 소리와 함께 글러브를 낀 손을 강하게 쥐었다.

"이쪽도 라저. 발을 묶는 술식을 준비해둘게."

저격총을 든 소년——미야즈미 루이가 어뢰처럼 생긴 가느다란 통을 총구에 장착했다. 착탄 지점에 마수 포획 술식을 펼치는 군용 주술유탄이다.

“공격 타이밍은 유노 씨에게 맡기겠어요. 카피시(아시겠지요)?”

팀원들의 준비가 완료된 것을 확인하면서 시즈리가 말했다.

“네~” 유노가 천진난만하게 대답했다. 그때 네 번째 인물이 허둥지둥 끼어들었다.

“잠깐. 난? 난 뭘 하면 돼?”

“……그러고 보니 당신도 있었죠, 아카츠키 코죠.”

시즈리는 그제야 떠올렸다는 듯이 당혹감을 채 숨기지 못하고 있는 소년을 돌아보았다.

전투에 익숙한 분위기가 물씬 풍기는 시즈리 일행에 비해 소년은 빈틈투성이다. 총기와 같은 무장은커녕 방어구 하나도 걸치지 않았다. 지급품인 교복 위로 회색 군용 파카를 입고 있을 뿐이었다. 주변을 경계할 생각도 못하고 무방비하게 멀뚱히 선 그의 모습은 전장 한가운데에 흘러들어온 민폐천만한 민간인 그 자체였다.

“당신의 임무는 저희를 원호하는 것이어요. 부디 방해하지 말고 얌전히 있어주시겠어요?”

“말은 쉽지만, 구체적으로 뭘 어쩌면 되는데?!”

시즈리가 차갑게 쏘아붙이자 코죠가 더욱 당황스러워했다. 어찌할 바 몰라하는 코죠를 차마 두고 볼 수 없었는지 루이가 저격 자세를 그대로 유지한 채 살짝 미간을 좁히며 말했다.

“아카츠키 군, 미안한데 손이 비었으면 빵 좀 사다줄래? 콩

가루 튀김 빵이 한정 판매된다고 한 게 아마 이번 주였을 거야."

"난 음료수. 탄산 없는 달달한 거로."

네발로 기어 전진하던 유노가 진지한 얼굴로 이어서 말했다. 코죠는 그, 그래 하고 순간 고개를 끄덕일 뻔했으나,

"――그냥 빵 셔틀이잖아!"

원호란 건 그런 뜻이 아니지 않냐며 코죠가 항의했다. 그러나 유노는 코죠의 항의를 무시하고 콘크리트 바닥을 거칠게 차며 달려 나갔다.

그녀의 작은 몸이 한순간 잔상을 남기고 먹이를 발견한 사냥개처럼 가속했다.

유노가 공장 안에 깔린 철골과 벽을 이용해서 조금씩 각도를 바꾸며 달려간 곳에는 거대한 장갑 시키가미(Doll)가 하나 놓여 있었다.

전체 높이는 약 4미터. 두꺼운 강철판을 두른 그 모습은 인형보다는 사지가 달린 전차라는 인상에 가깝다. 장비한 무기는 딱히 보이지 않지만, 강철로 이루어진 거구는 그 자체로도 충분히 위협적이었다. 강철색을 띤 기사상이 유노의 접근을 감지하고 움직이기 시작했다. 둔탁해 보이는 겉모습과 달리 기이할 정도로 매끄러운 생물 같은 움직임이었다.

그래도 유노는 겁먹지 않았다. 속도를 조금도 떨어트리지 않고 장갑 시키가미를 향해 정면에서 접근해, 몸을 앞으로 회전하며 강철 투구를 쓴 정수리에 발뒤꿈치를 내리찍었다. 몸집이 작은 소녀의 일격을 정통으로 얻어맞은 장갑 시키가미

의 거구가 희미하게 비틀거렸다.
"간다~, 백토각(白兎脚) 6번 '낙월(落月)'! 에 이, 어, 서――"
발뒤꿈치를 내려친 반동을 이용해 유노가 다시 공중에 날아올랐다.
장갑 시키가미가 그녀를 향해 거대한 팔을 뻗었다. 그러나 유노는 닌자 같은 움직임으로 팔 사이를 빠져나와 시키가미의 텅 빈 가슴에 좌우 손바닥을 부딪쳤다.
"호왕권(虎王拳) 4번 '조성(爪星)'!"
유노의 목소리가 울림과 동시에 육중한 충격이 장갑 시키가미를 꿰뚫었다. 낙하해 떨어지는 가속과 장갑 시키가미의 중심 이동, 그리고 수인종의 근력을 이용한 화려한 일격이었다. 자세가 크게 무너진 장갑 시키가미가 건물 벽을 뚫으며 뒤로 넘어갔다.
"사선(射線)확보. 유노, 물러나."
"라저!"
튀어 오르는 파편을 피해 유노가 뒤로 물러나 간격을 벌렸다. 장갑 시키가미는 그녀를 추격하려고 믿기지 않는 속도로 몸을 튕겨 일으켰다. 그 순간, 루이의 주식(呪式)유탄이 날아들었다. 어스름한 빛을 발하는 주술 결계가 장갑 시키가미를 휘감듯이 펼쳐지더니 보이지 않는 사슬이 되어 강철색 거구의 움직임을 봉쇄했다.
"시즈링, 뒤는 부탁할게!"
"두말할 것도없어요――!"
전장에서 이탈한 유노와 교대하듯이 시즈리가 정면에서 달려들었다.

시즈리가 들고 있는 것은 은색의 메이스였다. 길이 약 1미터 정도 되는 곤봉 끝에 타격용 금속 돌기가 달린 근접 무기다. 시즈리는 루이의 주술로 움직임이 봉쇄된 장갑 시키가미의 머리를 메이스로 가차 없이 내리쳤다. 그 충격으로 메이스에 내장돼 있던 폭약의 신관이 기동됐다. 굉음과 함께 섬광이 치솟으며 장갑 시키가미가 폭염에 휩싸였다.

지면이 파도처럼 흔들리고 폭풍이 휘몰아치며 폐공장의 지붕이 삐걱거렸다.

불똥이 섞인 열풍이 코죠가 서 있던 통로 안쪽까지 불어닥쳤다.

장갑 시키가미는 화염에 휩싸여 움직이지 않았다. 깨진 아머의 파편이 비처럼 부슬부슬 흘러내렸다.

"뭐……, 이 정도죠."

지면에 엎드려 폭풍을 피한 시즈리가 펄럭이는 머리쓰개를 누르며 한숨을 쉬었다.

기폭 전에 메이스의 끝을 떼어냈다고는 해도 근거리에서 폭탄이 터졌으니 공격한 당사자인 그녀도 무사하다고는 하기 힘든 상태였다.

가호 주술 덕분에 몸에는 아무런 상처도 없지만, 걸치고 있던 코트는 너덜너덜하게 찢어졌고 안에 받쳐 입은 교복도 이곳저곳이 뜯겨 나갔다. 찢어진 스타킹 사이로 드러난 흰 다리가 애처롭다.

그래도 장갑 시키가미를 쓰러트렸다는 반응을 확실히 느낀 것이리라. 시즈리는 임무를 다한 메이스의 손잡이를 내던지고 흐트러진 의복을 정리하려 했다.

그것이 치명적인 빈틈을 만들었다.

"팀장, 아직이야! 장갑 시키가미의 마력이 사라지지 않았어!"

주식유탄을 재장전하며 루이가 외쳤다.

그 직후, 땅울림을 닮은 거대한 발소리가 다시 울려 퍼졌다. 자욱한 연기를 쓸어 넘기며 강철색 장갑 시키가미의 거구가 시즈리의 눈앞에 나타났다.

"뭣?! 그럴 리는……!"

시즈리는 지면을 굴러 자신을 향해 내리꽂히는 장갑 시키가미의 거대한 주먹을 간신히 피했다. 폭약에 직격당한 장갑 시키가미의 머리에는 흠집이 거의 남아 있지 않았다. 강철색 갑주가 사라져 그 밑에 가려져 있던 얼굴이 드러났을 뿐이었다. 진흙을 구워 만든 듯이 조잡한 인형의 얼굴이다.

"설마 장갑 시키가미의 아머 안에 희생 술식이 각인돼 있었던 건가요……?!"

공격이 실패한 원인을 깨닫고 시즈리가 입술을 강하게 깨물었다.

호부, 수호석, 희생 인형——본체가 치명적인 공격을 받았을 때 발동해 다른 도구가 대신 타격을 받게 하는 주술은 수많은 유파에 존재하는 매우 흔한 방법이다.

이 장갑 시키가미는 아머 각 부위에 그 술식이 각인되어 있어서 시즈리의 메이스 공격을 버텨낸 것이다. 희생술식 각인이 깨지는 반동까지 이용해서 탱크의 리액티브 아머처럼 충격을 무효화한 것이리라.

알아차리기만 하면 단순한 장치다. 그러나 그런 간단한 트릭 탓에 시즈리는 궁지에 몰려버렸다. 인공물에 지나지 않는 장갑 시키가미가 희생 술식을 쓸 리 없다——. 멋대로 그렇게 믿었기에 뒤통수를 얻어맞은 것이다.

"시즈링!"

쓰러진 시즈리를 원호하려고 유노가 다시 장갑 시키가미에게 공격을 가했다. 그러나 그녀의 혼신이 담긴 타격은 강철색 거구를 미세하게 흔들었을 뿐이었다. 으~, 하고 분하다는 듯이 입술을 삐죽이며 유노는 장갑 시키가미의 반격을 피해 그곳을 이탈했다.

너무나도 거대한 이 장갑 시키가미는 수인족의 근력으로도 파괴가 불가능하다. 그것은 처음부터 알고 있던 사실이다. 그래서 시즈리는 폭약이라는 거친 수단을 썼다. 하지만 폭약이 내장된 메이스도 이젠 없다.

"위험해……. 장갑 시키가미의 레벨이 예상보다 높아. 지금 우리 장비로는 감당할 수 없어."

루이가 쏜 새로운 주식유탄이 장갑 시키가미의 움직임을 미세하게 둔화시켰다. 그러나 저격총의 위력으로는 장갑 시키가미에 그 이상의 피해를 주지 못한다.

"일단 후퇴해서 태세를 정비하도록 해요. 유노, 먼저 철수해주시어요!"

"그럼 시즈링이……!"

시즈리의 말에 유노가 깜짝 놀라 눈을 크게 떴다. 하지만 확실히 거대한 장갑 시키가미의 움직임은 예상보다 민첩했다. 더욱이 조금 전의 폭발 탓에 탈출 루트 몇 개는 무너져 내린 건물의 파편으로 막혀버렸다. 누군가가 미끼가 되지 않는 한, 안전한 퇴각은 불가능했다.

"이 정도는 저 혼자서도 여유여요!"

입가에 고집 센 미소를 지으며 시즈리가 허리에 찬 검집에서 검을 뽑았다. 도신이 불꽃처럼 파도치는 아름다운 검이지만, 두꺼운 아머를 두른 장갑 시키가미에 통할 것 같지는 않았다.

그래도 시즈리는 당당하게 장갑 시키가미 앞에 섰다. 유노를 탈출시키기 위해 장갑 시키가미의 주의를 끌려는 것이다. 당연한 말이지만, 좁은 폐공장 내에서 취한 그러한 행동은 그녀를 더욱 위험에 몰아넣었다. 그 상황을 머리로 이해하기도 전에 코죠는 무의식적으로 뛰쳐나갔다.

"엇?! 아카츠키 군……?!"

예상을 벗어난 코죠의 움직임을 가장 빨리 알아차린 것은 루이였다. 존재조차 거의 잊고 있던 신입이 최전선으로 뛰어들어가자 냉정한 루이도 차마 동요를 숨기지 못했다.

"아, 아카츠키 코죠?!"

"코지코지, 무슨 짓이야?!"

가까이 다가오는 코죠를 발견한 시즈리와 유노가 움직임을 멈췄다.

지금의 코죠는 완벽한 비무장이다. 장갑 시키가미에 통할 무기는커녕 제대로 된 방어구조차 걸치지 않은 상태다. 그래도 코죠는 계속 달려 나갔다. 무너져 내리는 벽을 뛰어넘어 장갑 시키가미에게 접근해 갔다. 피아간의 거리는 기껏해야 14~5미터. 장갑 시키가미가 그의 존재를 알아차리면 즉시 공격 범위에 포착될 것이다.

"염광(焰光)의 야백(夜伯)(칼레이드 블러드)의 혈맥을 잇는 자, 아카츠키 코죠가 그대의 족쇄를 해방한다!"

멈춰 선 코죠가 오른팔을 머리 높이 들어 올렸다. 그의 전신에서 폭풍과도 같은 농밀한 마력이 급류를 이루며 뿜어져 나왔다. 어마어마한 압력에 대기가 떨리면서 시즈리의 볼이 창백해졌다.

아카츠키 코죠는 제4진조다. 열두 마리나 되는 강력한 권수를 부리는 세계 최강의 흡혈귀인 것이다.

그리고 지금 코죠는 천재지변과도 필적한다는 제4진조의 권수를 소환하려 하고 있다. 위기에 빠진 시즈리를 구하기 위해——.

"그만두세요! 아카츠키 코죠!"

마치 비명 같은 목소리로 시즈리가 절규했다. 장갑 시키가미가 천천히 코죠를 향해 몸을 돌렸다. 사신이 연상되는 괴물의 불길한 시선이 빈틈투성이인 코죠의 전신을 꿰뚫었다.

그런 강철색의 장갑 시키가미를 노려보며 코죠가 오른손을 뻗었다.

"오너라, 다섯 번째 권수 '사자(獅子)의 황금(黃金)(레굴루스 아우룸)'!"

코죠가 사납게 이빨을 드러내며 외쳤다.

마구잡이로 휘몰아치던 마력이 한 점에 모여들면서 거대한 환수의 모습을 이루었다——고 생각한 순간, 코죠의 눈앞 공간이 아지랑이처럼 흐물거리며 일그러졌다.

푸슉, 하고 공기가 새는 듯한 맥 빠지는 소리와 함께 코죠에게서 뿜어져 나오던 마력이 소멸했다.

남은 것은 썰렁한 정적뿐.

"엑……. 어라……?!"

용맹하게 오른손을 내민 자세 그대로 코죠가 곤혹에 찬 신음을 흘렸다. 하지만 권수 소환이 불발에 그쳤다는 사실은 변하지 않는다.

"당신 대체 뭘 하는 거죠?!"

망연히 선 코죠를 향해 시즈리가 호통쳤다.

"아, 아니. 이건……."

자기도 모르게 사방으로 시선을 돌리며 횡설수설 변명을 늘어놓는 코죠. 그런 그의 시야에 갑자기 그림자가 드리워졌다. 정신을 차리고 보니 장갑 시키가미의 강철색 거구가 코죠의 코앞까지 육박해 오고 있었다.

"도망가시어요! 어서!"

"엑?!"

시즈리의 외침에 떠밀려 코죠는 황급히 장갑 시키가미에게서 등을 돌렸다.

그러나 이미 때는 늦었다.

코죠의 등에 포탄 같은 기세로 날아온 장갑 시키가미의 주먹이 빨려 들어갔다.

"우……, 우오오오오오오오오오오오오오!"

코죠의 비명은 마지막에 가서는 목소리조차 이루지 못했다. 살이 찢어지고 뼈가 으깨지며 선혈이 방울방울 흩날렸다. 고통을 느낄 새도 없이 순식간에 벌어진 일이었다.

"아……, 아카츠키 코죠……."

시즈리의 입술에서 그의 이름이 흘러나왔다. 그러나 이름에 답할 자는 이제 없다.

원형을 찾아볼 수 없을 정도로 파괴돼 그의 육체는 소멸해 버렸다. 아카츠키 코죠는 사망한 것이다.

"안……돼애애애애애애애애애애애애애——!"

피비린내로 가득한 폐공장에 시즈리의 비명이 울려 퍼졌다.

시즈리가 쥐고 있는 장검이 불꽃처럼 기괴하게 흔들렸다. 아름답게 파도치는 도신이 심홍색 빛에 휩싸였다. 시즈리의 눈동자도 심홍빛으로 물들어, 그리고……, 그리고………….

2

코죠가 다시 눈을 뜬 곳은 풀을 먹인 빳빳한 시트 위였다.

소독액 냄새 사이로 어째서인지 샴푸향이 감돌았다.

드러누운 코죠의 가슴 위에 엎드려서 숨소리를 내며 잠든 소녀가 있었던 것이다.

침대 옆에 놓인 의자에 앉아 있다가 어느 틈엔가 잠들어버린 것이리라. 티끌 하나 섞이지 않는 눈처럼 새하얀 머리카락이 푸른색의 머리쓰개 사이로 흘러내렸다.
상황이 파악되지 않아 코죠는 멍하니 주변을 둘러보았다.
살풍경한 좁은 방이었다. 방 한가운데에 침대가 놓여 있고 창가에는 연녹색 커튼이 바람에 흔들렸다. 침대 옆 테이블에 놓인 것은 생수병과 물컵. 그리고 정체 모를 의료 검사기다.
자세히 보니 검사기에서 뻗어 나온 코드 몇 개가 코죠의 두 팔에 칭칭 감겨 있었다. 아무래도 이곳은 병원이나 그에 준하는 의료시설인 것 같았다.
창밖은 아직 어두웠다. 동이 튼 직후쯤일까?
"그렇구나……. 난……."
의식을 잃기 직전의 광경이 떠올라 코죠가 한숨을 쉬었다. 14식 장갑 시키가미란 녀석에게 얻어맞아 코죠는 한 번 사망했다.
강철 덩어리에 프레스되어 갈기갈기 찢긴 고깃덩어리로 변한 코죠의 육체가 아무런 일도 없었던 양 부활한 것은 진조 흡혈귀만이 가진 경이로운 재생 능력 덕분이리라.
세계 최강의 흡혈귀라는 우스꽝스러운 호칭에는 전혀 실감이 나지 않지만, 자신이 불사신이란 사실은 인정할 수밖에 없을 것 같다.
"아. 코지코지, 정신이 들어?"
코죠의 병실 문이 열리며 매점 종이봉투를 안은 유노가 들어왔다.
부드러운 밤색 곱슬머리는 여전했지만 머리에 돋아 있던 짐승 귀는 사라졌다. 수인화를 푼 것이다. 입은 옷도 노출이 많은 격투복이 아닌 학교 지정 교복이었다.
"역시 세계 최강의 흡혈귀는 다르구나. 엄청난 회복력이야. 보통은 100퍼센트 죽을걸……? 아, 조금 전까지 죽어 있었던가?"
악의가 느껴지지 않는 말투로 그렇게 말하며 유노가 활짝 웃었다. 코죠는 불평 한마디 못하고 누가 코지코지냐며 토라져 중얼거릴 뿐이었다.
"그러고 보니 장갑 시키가미는? 그 괴물은 어떻게 됐지?"
붕대로 칭칭 감긴 상반신을 느릿느릿 일으키면서 코죠가 물었다.
"시즈링이 쓰러트렸어."
침대에 엎드려 잠든 시즈리를 가리키며 유노가 태연하게 대답했다.
"카스가야……. 카스코 혼자서?"
코죠가 깜짝 놀라 미간을 좁혔다. 적어도 코죠의 목숨이 끊기기 직전까지 장갑 시키가미에게 밀리고 있었다. 간단히 역전할 수 있는 상황이었다는 생각은 들지 않는다.
"팀장의 하우라스(炎喰蛇)는 베어낸 상대의 마력을 집어삼키며 위력이 증가하는 마검——성단(기셀라)의 성례병장(兵裝)이거든. 모의전용 장갑 시키가미 정도는 상대가 되지 않아."
한발 늦게 병실에 들어온 루이가 코죠의 의문에 대답했다.
그도 교복으로 갈아입은 뒤였지만, 인상은 전투 때와 크게 달라지지 않았다. 독서할 때에만 쓰는 안경 탓에 우등생 분위기가 조금 더 강해졌을 뿐이다.

"마검……이라. 확실히 비싸보이는 검이긴 했는데……."

"응. 그래도 고작 전투 실습 모의전에서 그런 걸 써버린 탓에 우리 팀은 대폭 감점을 당하고 재시험까지 봐야 하는 처지가 됐어. 반성문은 오늘 저녁까지 제출하래."

루이는 쓴웃음을 지으며 어깨를 으쓱하고는 가져온 프린트 더미를 내려놓았다. 성례병장의 무단 사용 경위서와 훈련 중 벌어진 사고에 대한 보고서, 입원비 정산서와 상해질병 보험 신청서, 그리고 반성문을 쓸 원고지다. 열 장이 넘는 이 서류를 오늘 중에 전부 작성하라는 뜻 같다.

그래도 서류의 몇 퍼센트는 이미 루이가 작성해준 뒤였다.

"미안……. 저기, 괜히 나 때문에……."

"어쩔 수 없지. 권수를 쓰지 못하는 건 네 탓이 아니니까."

"제4진조의 권수란 걸 한번 구경해보고 싶은 마음도 조금 있었는데~. 아쉬워라."

진지한 얼굴로 사과하는 코죠에게 루이와 유노가 웃으며 고개를 저었다.

코죠가 그들과 한 팀이 된 지 약 반년——그 동안 두 사람에게는 일방적으로 민폐만을 끼치고 있다. 그럼에도 불구하고 같은 팀 동료로서 이것저것 신경 써주는 그들에게는 아무리 감사해도 부족하다.

"아, 그렇지. 나중에 팀장에게 꼭 고맙다고 해. 네가 다시 살아날 때까지 계속 곁에 붙어 있었어."

"……카스가야가?"

예상치 못한 루이의 말에 코죠가 의아한 표정을 지었다. 성실한 성격인 시즈리는 팀의 발목을 잡은 코죠에게 분명 화가 나 있을 거라고 생각했던 것이다.

“코지코지가 죽은 건 자기 때문이라면서 굉장히 풀 죽어 있었어.”

“뭔가……, 뜻밖인데? 카스코 주제에. 그 녀석이 자기를 탓할 일이 아니잖아.”

코죠가 사망한 원인은 시즈리의 지시를 무시하고 멋대로 장갑 시키가미의 앞으로 뛰어나간 자신에게 있다. 시즈리가 책임을 느낄 이유는 전혀 없었다.

하지만 실제로 침대 옆에서 잠든 모습을 보건대 시즈리가 코죠의 곁에 쭉 붙어 있었다는 이야기는 아마도 사실인 듯했다. 그때.

“……대체 누가 카스코죠?”

시즈리가 졸음이 묻어나는 낮은 목소리로 물었다. 언제부터 깨어 있었는지는 몰라도 그들의 대화를 똑똑히 듣고 있었나 보다.

“그것이 사방에 튄 살점을 주워 모아 의료동까지 옮겨다준 은인에게 할 말이어요?! 어쩜 이렇게 무례할 수 있죠? 이 무능 흡혈귀!”

“아니, 하지만 카스가야도 카스텔라도 부르기 어렵단 말이야.”

“카스티엘라여요! 카 · 스 · 티 · 엘 · 라!”

코죠의 코앞까지 얼굴을 들이밀며 시즈리가 자신의 이름을 연호했다. 오뚝한 콧날에 고상한 얼굴. 새하얀 피부. 가늘고

긴 눈매를 감싼 기나긴 속눈썹. 눈동자는 남국의 바다가 떠오르는 짙은 푸른빛이다.

입만 다물고 있으면 인형으로 착각할 만큼 정교한 미모지만, 아름다운 눈썹을 치켜뜨고 하얀 이를 드러낸 그녀의 모습은 인형이라기보다는 작은 동물 같아서 가만히 보고 있으면 질리지 않았다. 기품 있는 고양이를 상대하는 기분이다.

"그렇게 부르기 어려우면 시즈리라고 이름으로 불러도 상관없어요, 아카츠키 코쵸——아니, 코쵸."

"아~……. 아냐. 그건 좀 그렇……지."

"불만이라도 있으신가요?!"

모처럼의 양보를 거부당해서 진심으로 분노를 터트리는 시즈리.

그런 시즈리를 흥미진진하게 관찰하며 유노가 재밌다는 듯이 눈을 가늘게 떴다.

"음후훗~."

"유노 씨, 왜 그러시죠?"

"으응. 아무것도 아냐. 코지코지의 시체가 좀 그로테스크하긴 했지~? 뼈랑 내장까지 다 보였는걸. 덕분에 난 불고기를 먹지 못하는 몸이 됐다니까?"

"그런 소리 하지 마."

가볍게 말하는 유노의 말에 코쵸가 자기도 모르게 몸을 떨었다. 그런 코쵸의 배에서 꼬르륵 하고 낮은 소리가 울렸다. 불고기라는 단어를 들은 탓에 굶주려 있던 배가 자극을 받은 것이다.

"조금 전까지 다 죽어가고 있었으면서 바로 그건가요?"
시즈리가 어이없다는 듯이 한숨을 쉬며 경멸하는 눈빛을 보냈다.
"시끄러워. 부활하느라 체력을 다 썼단 말이다!"
코죠가 볼에 경련을 일으키며 대꾸했다. 실제로 코죠는 어제 점심부터 아무것도 먹지 못했다. 육체 재생에 소비된 에너지를 고려하지 않아도 굶주림을 느끼는 건 당연하다.
"이 시간이면 학생식당을 쓸 수 있을 거야. 먹으러 갈까?"
루이가 온화하게 말했다. 병실의 시곗바늘은 곧 아침 7시를 가리키려 하는 참이었다. 졸린 눈을 비비며 일어난 기숙사생들이 학생식당에 모이기 시작할 시간이다.
"그래? 마침 잘됐네."
코죠는 크게 기지개를 켠 다음, 침대에서 내려오려고 덮고 있던 이불을 젖혔다.
그 순간, 맨살에 묘하게 싸늘하면서도 탁 트인 공기가 느껴졌다.
"와오!"
커다란 눈망울을 더욱 동그랗게 뜨며 흥미진진한 눈으로 코죠의 하복부를 응시하는 유노. 시즈리는 얼어붙은 표정으로 전신이 돌처럼 굳어버렸다.
그녀들의 반응을 보고서야 코죠는 자신이 알몸이란 사실을 깨달았다. 전신에 감긴 붕대 탓에 옷을 입고 있다고 착각한 것이다. 코죠가 입고 있던 교복은 아마 장갑 시키가미에게 전신이 가루가 된 시점에 더는 입을 수 없는 것이 되었으리라.

"이……, 이게 무슨 짓이죠? 이 무능 흡혈귀──!"

가까운 거리에서 코죠의 알몸을 보고 만 시즈리가 반사적으로 혼신의 힘을 담은 라이트 스트레이트를 날렸다.

무방비한 곳을 얻어맞은 코죠와 그곳에 맨손이 닿아버린 시즈리는 다음 순간, 그곳이 병실이란 것도 잊고 동시에 자지러질 듯한 비명을 질렀다.

3

상하(常夏)의 섬──.

끝없이 펼쳐진 바다에 둘러싸인 작은 화산섬.

섬 중앙에는 바위가 그대로 드러난 산악지대, 산기슭에는 숲이 펼쳐져 있다.

이 외딴 섬은 은래도란 이름으로 불렸다. 총인구는 약 6천 명 정도. 그 절반에 가까운 수가 마족과 그 가족, 혹은 마족 연구자로 이루어져 있다. 은래도는 마족과 인류가 평화롭게 공존하기 위한 시범 도시, 일본 유일의 '마족 특구'였다.

"오—……. 경치 좋네~……."

그러한 은래도의 언덕 위에서 해안선을 내려다보며 코죠가 태평하게 감상을 말했다.

코죠가 지금 있는 전망대의 위치는 표고 해발 700미터쯤.

눈 밑으로 항구와 상점, 마을 관청, 그리고 기업과 대학 연구실을 중심으로 한 작은 마을이 보였다.

그곳에서 조금 떨어진 곳에 높은 담벼락에 둘러싸인 교육

시설도 보였다.
국영 공마 고등 전문학교. 통칭 '공마고전'——공마사를 양성하기 위한 전체 기숙사제 고등 교육기관이다. 이곳이 코죠가 현재 머무는 거처다.
때는 오후 2시를 넘긴 시각. 아열대의 햇살은 강렬했지만, 불어오는 바닷바람이 기분 좋았다.
코죠는 추락 방지용 울타리에 태평하게 늘어져서 언덕 위에서 내려다보이는 근사한 풍경을 만끽했다. 그때.
뒤에서 그런 코죠를 책망하는 노기를 띤 목소리가 들렸다.
"아무리 지나도 모습이 안 보인다 싶더니……. 아카츠키 코죠!"
"켁?! 카스코……!"
"대체 누구보고 카스코라는 거죠?! 왜 이런 곳에서 멋대로 쉬고 있는 건가요?"
공마고전의 지정 체육복을 입은 시즈리가 코죠에게 손가락을 들이밀며 호통쳤다.
그녀의 숨이 살짝 거친 것은 쉬지 않고 계속 산길을 달려왔기 때문이리라.
공마고전의 오전 수업이 끝난 뒤, 시즈리는 체력을 키운다는 명목하에 산꼭대기까지 이어지는 야외 러닝에 코죠를 강제로 끌어냈다.
"어쩔 수 없잖냐! 너 같은 체력 괴물을 어떻게 따라가! 그보다 이건 러닝이 아니라 등산이거든? 산꼭대기까지 대체 몇 킬로미터나 되냔 말이다!!"

"체, 체력 괴물……?! 당신이 연약한 거 아닌가요?! 세계 최강의 흡혈귀란 이름이 듣고 웃겠어요!"

"그 전에 흡혈귀를 한낮의 뙤약볕 밑에서 달리게 하지 마!"

팀원을 재로 만들 생각이냐며 코죠가 적반하장격으로 대꾸했다. 시즈리는 입술을 굳게 다물고 코죠를 잠시 노려보았지만, 결국 포기하고 어깨를 크게 움츠렸다.

"어쩔 수 없네요. 휴식은 10분 만이어요?"

"그, 그래."

드물게도 시즈리가 간단히 양보해주어 코죠는 깜짝 놀라면서도 안도의 숨을 쉬었다.

코죠가 이 은래도로 표류해 온 것은 반년 전 밤이다.

파도치는 물가에 쓰러져 있던 코죠를 발견해 구해준 사람이 바로 시즈리다.

그 후, 그녀는 자칭 '감시자'로서 코죠의 모든 행동을 관리했다. 코죠를 공마고전에 편입시켜 자신의 팀에 넣은 것도 그녀다.

그녀가 코죠를 감시하는 이유는 두 가지였다.

하나는 코죠가 은래도에 오기 이전의 기억을 대부분 잃었다는 것. 코죠가 기억하고 있는 것이라곤 자신의 이름과 제4진조라는 호칭뿐이다. 어떻게 세계 최강 흡혈귀의 힘을 손에 넣었는지, 어째서 은래도의 해변에 쓰러져 있었는지——. 이에 대한 답은 코죠 자신도 알지 못했다.

강대한 마력을 지녔음에도 자신의 과거와 목적도 모르는 위험한 흡혈귀. 감시 대상이 되는 건 당연하다.

그리고 시즈리가 코쵸를 감시하는 또 하나의 이유. 그것은 그녀가 성단의 수녀기사이기 때문이었다. 아직 견습이긴 해도 성례병장 '하우라스'를 내려받은 시즈리는 진조 흡혈귀도 소멸시킬 수 있는 최강 클래스의 공마사였다.

만에 하나 코쵸가 폭주하게 되더라도 시즈리라면 코쵸를 막을 수 있었다. 최악의 경우를 대비해 코쵸의 말살 허가도 이미 내려진 상태라고 했다. 이래저래 코쵸는 그녀에게 고개를 들지 못하는 것이다.

"그보다 지금 문득 떠올랐는데, 흡혈귀에게 러닝이나 근육 트레이닝이 효과가 있긴 한 거냐? 불로불사의 육체란 다시 말해 성장하지 않는다는 뜻이잖아?"

혼자 진지하게 스트레칭을 계속하는 시즈리를 똑바로 바라보며 코쵸가 나른하게 물었다.

이런 때에도 시즈리는 머리쓰개를 쓰고 있었다. 처음에는 청초한 머리쓰개와 활동적인 티셔츠, 반바지의 조합에 위화감을 느꼈지만, 코쵸가 불평할 사안은 아니었다.

시즈리는 코쵸의 의문에 대해 자신 없이 눈을 깜빡이고는 이렇게 말했다.

"확실히 '옛 세대' 흡혈귀의 경우, 몸을 단련한다고 체력이 향상되는 것은 아니어요."

"역시 그런 거냐?! 그럼 이것도 완전히 헛고생 아냐?"

코쵸는 아연실색하며 고생하며 올라온 험악한 산길을 돌아보았다.

몸을 움직이는 걸 싫어하지는 않지만, 코쵸는 등산에 흥미가 없었다. 트레이닝에 의미가 없다는 말을 들으면 더더욱 그렇다.

그러나 시즈리는 어딘가 엄숙한 표정으로 고개를 저었다.

"아니요. 중요한 것은 마음가짐이어요. 수련을 통해 정신을 단련하면 그만큼 마족의 힘도 증가하고 나아가서는 육체에까지 영향이 가게 되어요."

"……자신의 이미지에 맞게 육체를 변화시킨다는 건가."

"네. 이것은 흡혈귀에 한정된 이야기는 아니어요. 천박한 마음을 가진 자는 겉모습도 추잡해지게 된답니다. 부디 반성하시어요."

코죠의 하반신을 가만히 노려보며 시즈리가 원한을 담아 중얼거렸다.

노골적으로 빈정거리는 말에 코죠의 관자놀이가 움찔 경련했다.

"아까 일을 언제까지 담아둘 생각이야?! 난 관음당한 피해자라고!"

"당신이 멋대로 노출한 거잖아요?!"

"보여주고 싶어서 보여준 거 아냐! 아니면 그거냐? 네 가슴이 빈약한 건 네 마음이 좁아터진 탓이냐?!"

"비, 빈약하지 아니하여요!"

티셔츠의 가슴께를 누르며 붉으락푸르락 한 얼굴로 분노하는 시즈리. 실제로 시즈리의 몸매는 나쁜 편이 아니었다. 하지만 작은 체구에도 불구하고 들어갈 곳은 들어가고 나올 곳은 확실히 나온 유노와 비교하면 약간 평탄한 체형임은 부정할 수 없다.

"……어째서 그런 짓을 한 거죠?"

시즈리가 깊이 한숨을 쉬며 어조를 바꾸어 물었다.

"일부러 그런 게 아니라니까."

끈질기다며 코죠가 얼굴을 찌푸렸다. 그러나 시즈리는 그 뜻이 아니라고 하면서 작게 고개를 저었다.

"어제 있었던 모의전투 말이어요. 권수도 불러내지 못하는 주제에 맨몸으로 장갑 시키가미 앞에 뛰어들다니. 그래선 스스로 죽여달라고 하는 것이나 마찬가지여요. 고작 전투 실습에서 사망자가 나오다니, 전대미문이라고요."

"나도 왜 그랬는지 모르겠다고."

무의식적으로 시즈리에게서 시선을 돌리며 코죠가 난감하다는 듯이 내뱉었다.

"그때는 그냥 몸이 멋대로 움직였어. 그런 곳에 널 혼자 두고 후퇴할 수 있을 리 없잖아."

"그래서 죽으면 본말전도여요."

황당하다는 듯이 코죠를 바라보며 시즈리가 무감정한 어조로 말했다.

"뭐, 그건 그렇지. 다만……."

뭔가를 말하려던 걸 멈추고, 코죠는 면목 없는 표정으로 고개를 끄덕였다.

옆에서 보면 코죠의 행동은 확실히 무모해 보였을 것이다. 그러나 그때 코죠는 확신에 차 있었다. 제4진조의 권수를 불러내 장갑 시키가미를 파괴할 수 있다는 확신이다.

권수 소환이 불발로 끝난 이유는 모른다. 소환에 실패했다기보다 무언가에 방해받는 듯한 불쾌한 감각이었다. 힘을 잃은 것이 아니라 본래의 힘이 봉인되어 있는 감각. 아마 코죠가 기억을 잃은 것과 관계가 없지는 않을 것이다.

"이 섬에 오기 전의 기억은 아직 돌아오지 아니하였나요?"

코죠와 같은 것을 생각했는지 시즈리가 나직이 물었다.

"전혀" 코죠는 성의 없이 고개를 저었다. "한 번 죽었다 부활하면 뭔가 변하지 않을까 기대했는데."

"생각이 없어도 너무 없어요."

과장스레 눈가를 덮으며 탄식하는 시즈리. 시끄럽다며 코죠는 말없이 입술을 일그러트렸다.

"자신의 기량이 얼마나 부족한지도 인식했으니 다시 훈련을 시작하도록 하죠."

"네이, 네이."

뒤에서 시즈리의 독촉을 받아 코죠는 할 수 없이 다시 러닝을 시작했다.

코죠와 시즈리가 지금 있는 곳은 산꼭대기까지 이어진 길의 중앙 지점이다. 이 앞부터는 공기도 희박해지고 길의 경사와 굴곡도 험해진다. 이제부터가 진짜 지옥인 것이다.

"코죠."

벌써 진절머리를 내며 모래 섞인 바윗길을 오르기 시작한 코죠를 시즈리가 갑자기 불러 세웠다. "엉?" 경계하면서 뒤를 돌아본 코죠의 눈에 어째서인지 긴장한 얼굴로 볼을 붉게 물들이고 서 있는 시즈리의 모습이 들어왔다.

"절 구해주려 하신 것, 마음만은 받아두도록 하겠어요. Grazie……. 고, 고마워요……."

어색한 말투로 일방적으로 그렇게 말하고 코죠에게서 휙 시선을 돌렸다. 당황한 코죠를 그대로 버려두고 시즈리가 도망이라도 치는 듯한 기세로 달려 나갔다.

"아……. 어이, 같이 가. 카스코! 난 돌아가는 길을 모른다고!"

"대체 누가 카스코죠?!"

쫓아오는 코죠에게 호통을 치며 시즈리가 달리는 속도를 올렸다.

태양 빛이 내리쬐는 좁은 산길에 두 사람의 노성이 언제까지고 울려 퍼졌다.

4

커다란 접시 위로 갈릭 버터 간장으로 졸인 닭 날개 살이 듬뿍 담겼다. 곁들여 나온 것은 매콤하게 맛을 낸 버섯과 감자, 브로콜리. 사이드 메뉴는 시저 샐러드. 메인은 파에야 풍미의 양념 밥이다.

"맛있어~!"

호쾌하게 닭 날개를 물어뜯으며 유노가 감탄했다.

공마고전 부지 내. 카스가야 팀이 숙박하는 낡은 민가의 화롯불 가. 전체 기숙사제인 공마고전 학생들은 원칙적으로 팀별로 배당된 숙소에서 생활하도록 되어 있다.

학생 식당을 쓸 수 있는 것은 아침과 점심 시간대뿐, 심지어 평일 한정이어서 그 밖의 식사는 학생들이 직접 만들어 먹어야 했다. 그리고 카스가야 팀의 오늘 식사 당번은 엄정한 선발 결과 코쵸가 담당하게 되었다.

"코지코지는 전투 실습 땐 전혀 도움이 안 되지만, 요리 실력은 정말 끝내준다니까? 껍질은 바삭바삭한데 안은 촉촉하고 육즙이 가득해. 마늘이랑 간장의 비율도 절묘해."

"그렇게 호들갑 떨 요리는 아니잖냐. 하룻밤 소스에 담가뒀다가 구울 뿐인데."

도움이 안 돼 미안하구나, 라고 얼굴을 찌푸리며 코쵸가 차게 식힌 보리차를 내왔다.

"그래도 정말 맛있어. 어딘가에서 따로 비법을 배우기라도 한 걸까?"

뼈 사이사이의 살점을 능숙하게 발라내며 루이가 감탄한 목소리로 물었다.

코쵸는 깊게 생각해보지도 않고 가볍게 고개를 저으며 대답했다.

"딱히? 나기사를 도와주다가 어깨너머로 익힌 건데……."

"나기사? 그게 누군데?"

"어?"

루이의 자연스러운 질문에 코쵸가 깜짝 놀라 고개를 들었다. 무의식적으로 입에서 흘러나온 이름이었지만, 어떤 인물인지 떠올리려 하자 바로 기억이 희미해지더니 이내 사라져 버렸다.

"아……. 글쎄. 누구지?"

코죠가 당혹스러워하며 고개를 저었다. 평소에는 거의 의식하고 있지 않지만, 가끔 이렇게 자신이 기억 상실이란 사실을 강제로 자각하게 되곤 한다. 나기사란 이름의 울림도 이젠 완전히 타인으로밖에 느껴지지 않았다.

"헤에~. 흐응~. 코지코지의 옛날 여자일까? 시즈링, 궁금하지?"

분위기가 어두워지는 것이 싫었는지 유노가 유쾌하게 웃으며 시즈리에게 동의를 구했다.

그때까지 무심히 닭 날개를 물어뜯고 있던 시즈리가 콜록하고 격하게 재채기를 했다.

"네?! 저요?! 어째서죠?! 그런 건 제가 알 바 아니어요!"

"헤에……. 그렇구나. 오케이, 시즈링은 애인의 과거에 연연하지 않는다라."

"어째서 그렇게 되는 거죠?!"

누가 애인이냐며 시즈리가 시뻘건 얼굴로 외쳤다. 어렸을 때부터 오로지 수녀기사가 되는 것만을 목표로 살아온 시즈리는 이런 연애 쪽 농담에 면역이 전혀 없었다.

"전 성단의 수녀기사로서 제4진조를 감시하고 있을 뿐이어요! 오히려 말살할 타이밍을 호시탐탐 노리고 있다고요!"

"말살 말이지……."

밥공기를 들고 코죠가 침울한 표정을 지었다. 시즈리의 입장이야 잘 알고 있지만, 이렇게까지 살의를 드러내면 역시 괴롭다.

"그렇게 신경 쓰지 마. '마족 특구'에 격리된 위험도 Ⅵ 이상의 마족에게 감시자가 붙는 건 드문 일이 아니니까. 말살 대상까지 오르는 일은 아무래도 적긴 하지만."

노골적으로 침울해하는 코쵸를 보다 못한 루이가 격려하며 말했다.

"공마사 면허를 따서 학교를 졸업하면 자동으로 감시 대상에서 제외된다잖아."

유노도 새 날개를 물어뜯으며 말했다.

졸업이라. 코쵸가 속으로 혼자 중얼거렸다.

공마고전의 학생 수는 전부 400명 정도라고 하는데, 그중에 약 30퍼센트만이 시즈리와 루이 같은 수련 단계의 견습 공마사다. 나머지는 수인이나 흡혈귀 등의 마족이 차지하고 있다.

마족인 학생 수가 더 많은 것은 공마사 면허를 취득해야 본토 도항 허가를 받을 수 있기 때문이었다. 이건 뒤집어 말하면 마족은 정식 공마사가 될 때까지 은래도에서 나갈 수 없다는 말이 된다. 인류와의 공존을 꾀한다고 하면 듣기에는 좋지만, '마족 특구'는 사실상 마족을 가둬두기 위한 감옥이었다.

무엇보다 코쵸는 공마사 후보란 말에 어떠한 실감도 들지 않았다.

코쵸는 제4진조를 풀어둘 수 없다는 이유로 반강제로 집어넣어졌을 뿐이지 딱히 공마사가 되고 싶은 것은 아니었기 때문이다.

그 전에, 기억이 없는 코쵸로서는 섬 밖에 가고 싶은 장소나

만나고 싶은 지인 자체가 없었다. 공마고전의 커리큘럼을 열심히 따를 생각이 들지 않는 것은 그 때문일지도 모른다.

"미야즈미, 넌 왜 공마사가 되겠다고 결심한 거냐?"

코죠가 진지한 어조로 루이에게 물었다. 루이는 평범한 인간이며 그의 부모님 역시 공사마와 관계없는 연구자라고 들었다. 굳이 공마사 같이 위험한 직업을 고를 것 없이 평범하게 진학하는 것도 가능했을 터다.

"난 원래 미궁——카르체리에 관심이 있었거든. 일반인이 카르체리 속에 들어가려면 공마사가 될 수밖에 없지. 공마고전은 그걸 위한 곳이니까."

"카르체리?"

"수업에서 몇 번이나 배웠잖아요? 벌써 까먹으신 건가요?"

의아한 표정으로 되묻는 코죠를 시즈리가 어이없다는 눈빛으로 노려보았다. 코죠는 황급히 고개를 저었다.

"아, 아냐. 기억해. 기억하고말고. 은래도의 성역인가 뭔가 잖아?"

카르체리라 불리는 구역은 공마고전이 관리하는 거대한 천연 동굴이다. 동굴 내부에 농밀한 마력이 가득 차 있어서 각종 특이 현상이 발생한다고 들었다.

"다만 잘 이해가 안 되는 게 있는데, 이 학교는 왜 부지 한가운데에 지하 미궁 같은 걸 만든 거지? 하긴 공마사 훈련에는 편리하겠지만."

"순서가 반대여요."

시즈리가 입안 가득 감자를 넣고 진지하게 설명했다.

"카르체리는 학교에서 만든 것이 아니라 처음부터 이 땅에 존재하던 것이어요. 공마고전도 '마족 특구'도 카르체리를 봉인하기 위해 세운 것이죠."

그렇구나, 하고 코죠가 납득했다. 위험한 장소를 봉인한 시설에서 봉인에 필요한 인재를 양성한다. 상당히 합리적인 판단이다.

"카르체리에는 괴물이 어슬렁거린다고 했던가?"

꼭 게임 속에 등장하는 지하 미궁 같다며 코죠가 중얼거렸다. 쓴웃음을 지으며 루이가 고개를 끄덕였다.

"파편수(데브리)말이구나. 싫어도 조만간 전투 실습에서 만나게 될 거야."

"실습이라……."

"코지코지, 다음엔 죽지 마. 어제 싸운 시키가미 따위보다 파편수가 훨씬 강적이라고."

"나도 죽고 싶어서 죽은 건 아니거든?"

유노가 어제의 트라우마를 자극해 코죠는 자신도 모르게 얼굴을 찌푸렸다.

그것을 보고 키득키득 웃던 유노가 갑자기 진지한 표정을 지었다.

"그러고 보니 들었어? 카르체리에 유령이 나온다는 소문."

"……유령?"

새삼스럽게 무슨 소리냐고 코죠가 어이없어하며 물었다. 지하 미궁에 이미 괴물이 출현하고 있는데 거기에 유령이 몇 명 추가된다고 소란 떨 일은 아니라고 생각한 것이다.

하지만 유노는 목소리를 낮게 깔아 코죠에게 겁을 주려는 것처럼 이어서 말했다.

"그게 있지, 굉장히 예쁜 여자 유령이래. 지난주에 4팀 남자애가 그 유령을 봤는데 어둠 속에서 가만히 노려보더니 슬픈 얼굴로 '이곳이 아니야'라면서 사라졌다지 뭐야?"

"뭐야 그거……. 무섭잖아."

코죠가 가볍게 몸을 떨었다. 지성을 가지지 못한 사령(언데드) 종류라면 몰라도 현세에 미련이 남은 지박령이면 코죠도 꺼리는 분야다. 실제로 위험한지는 둘째 치더라도 미궁 탐색 중에 그런 것과 마주치면 기분이 좋지는 않으리라.

"정말 바보 같은 소리에요. 보나 마나 꿈이라도 꿨겠죠. 아니면 꾸며낸 이야기거나 누가 그 사람을 놀리려고 쇼를 한 거여요"

코죠 등의 대화를 가로막듯이 시즈리가 목소리에 힘을 주어 끼어들었다.

시즈리의 반응을 본 유노가 장난스럽게 씨익 웃었다.

"어라. 시즈링; 혹시 무서워? 유령 같은 거 무서워하는 타입이었어?"

"누, 누가 무서워한다는 것이어요? 뭐하면 지금 당장 미궁에 들어가 그렇지 않다는 걸 증명해드리겠어요!"

시즈리가 새파랗게 질린 얼굴로 벌떡 일어나서 근처에 놓아둔 '하우라스'의 손잡이를 잡았다. 유노는 호오, 하고 눈을 번뜩였다.

"앗, 시즈링! 뒤!"

"냣?! 냐아아앗?!"
공포에 질린 시즈리가 비명을 지르며 자신의 뒤를 향해 애용하는 화염검을 휘둘렀다.
순간적으로 바닥에 엎드려 불똥이 튀는 것을 간신히 면한 코죠는 울상이 된 시즈리를 올려다보며 제발 참아달라고 가만히 한숨을 쉬었다.

5

맨발을 샌들에 대충 집어넣고 숙소인 낡은 민가 밖으로 나왔다.
시선을 가로막는 것이 전혀 없는 여름 하늘에 별이 한가득 반짝였다. 가로등이 없는 어두운 길이지만, 흡혈귀인 코죠는 밤눈이 밝았다. 콧노래를 흥얼거리며 포장되지 않은 가느다란 언덕길을 걸어가고 있자니 언덕 위에 호리호리한 그림자가 서 있는 것이 보였다. 머리쓰개를 눌러쓴 백발 소녀다.
"어라, 카스코?"
"카스코가 아니어요!"
예상 못 한 코죠의 등장에 시즈리가 어깨를 움찔 떨며 뒤를 돌아봤다. 단팥 색의 트레이닝복을 입은 시즈리는 인적 없는 숲 입구에서 망연자실하게 서 있었다.
"이런 곳에서 뭐하는 거야?"
"아, 아무것도 아니어요. 우체통에 볼일이 있었을 뿐이라고요."

그렇게 대답한 시즈리의 오른손에는 장식 없는 흰 봉투가 들려 있었다. 봉투의 수신인에는 외국어가 적혀 있었다. 해외에 있다는 그녀의 가족에게 보내는 것이리라.

"당신이야말로 어딜 갈 생각이죠?"

"마실 걸 사러 갈까 해서."

코죠는 그렇게 대답하며 저 멀리 보이는 학교 건물을 가리켰다. 은래도에는 24시간 편의점 같은 문명 시설이 없다. 밤이 깊으면 학교 내에 설치된 자판기만이 학생들의 오아시스가 되었다.

"어쩐지 목이 마르네. 닭 날개 양념이 너무 진했는지도 모르겠는걸."

"그, 그러시어요? 그렇다면 우체통까지 가는 겸사겸사 제가 같이 가주도록 하겠어요!"

시즈리가 묘하게 기합이 들어간 목소리로 선언했다. 코죠는 어딘가 안도한 듯한 기색이 보이는 그녀를 의심 섞인 눈으로 바라보았다. 겸사겸사 갈만한 거리가 아니라고 할 수는 없지만, 우체통과 자판기가 있는 곳은 방향이 전혀 달랐다. 시즈리로서도 상당히 멀리 돌아가게 될 터다.

그 전에 왜 이런 곳에서 멍하니 서 있었는가——.

"카스코, 혹시 혼자 우체통까지 가는 게 무서웠던 거 아니야……? 아마세가 유령 이야기를 해서……?"

"무, 무슨 바보 같은 소리죠?! 수녀기사인 제가 그런 지어낸 이야기 따위에 겁을 내다니, 절대 아니어요! 전 그저 제4진조의 감시자로서——."

"알았어! 알았으니까 한밤중에 큰 소리로 떠들지 마. 근처에 민폐잖아!"

"다, 당신이 엉뚱한 소리를 하니까 그렇죠!"

정곡을 찔려 당황했는지 시즈리가 필사적으로 변명을 늘어놓았다. 그렇다지만 울창하게 우거진 숲이 사방을 둘러싸고 있는 한밤중의 공마고전 부지는 실제로 으스스했다. 흡혈귀인 코죠도 그렇게 느낄 정도이니 시즈리가 무서워하는 것도 이해가 갔다.

"그러고 보니 넌 한밤중에도 그걸 쓰고 있구나."

천천히 숲속 자갈길을 걸으며 코죠가 말했다. 코죠의 티셔츠 자락을 잡고 걷던 시즈리가 살짝 발끈해서 머리쓰개를 눌러 잡았다.

"제 복장에 불만이라도 있으신가요?"

"딱히 아무래도 상관없지만, 트레이닝복과는 안 어울리지 않아? 더울 것도 같고."

"쓸데없는 참견이어요. 이 머리쓰개는 제가 수녀기사란 증표이어요."

"그래? 뭐랄까, 살짝 아쉽네. 모처럼 그렇게나 아름다운 머리카락인데."

"하?"

코죠가 무심히 중얼거린 말에 시즈리가 깜짝 놀라며 눈을 크게 떴다.

"아름다워……? 이 머리카락이?"

"난 그렇게 생각하는데? 아~……. 혹시 신경 쓰고 있었다면 사과할게. 미안."

"아, 아뇨……. 딱히 신경 쓰지는……."

시즈리가 작게 중얼거리며 눈을 내리깔았다. 어떻게 반응하면 좋을지 모르겠다는 표정이다. 다음 순간, 시즈리는 코죠의 등에 부딪혀 냣, 하고 비명을 질렀다.

"무, 무슨 일이죠?! 왜 갑자기 멈춰 선 거여요?!"

새빨개진 콧등을 누르며 시즈리가 걸음을 멈춘 코죠에게 항의했다. 그러나 코죠는 어떠한 대답도 할 수 없었다. 시야 구석에 비친 기묘한 풍경에 온 정신이 쏠렸기 때문이다.

아무도 없는 한밤중의 운동장 구석. 훈련 시설을 겸한 낡은 목조 건물이 하나 세워져 있었다. 공마고전 부지에는 모의전 무대로 쓰는 이러한 무인 건물이 몇 채나 존재했다.

그 건물이 눈부신 빛으로 물들어 있었다. 건물 안은 기묘한 보라색 화염이 가득했다. 불길하게 흔들리는 마력의 불꽃이 건물 지하에서 뿜어져 나오고 있었던 것이다.

창문 틈으로 새어 나온 보라색 불꽃이 순식간에 건물 전체를 휘감았다.

"저게 뭐지……?!"

코죠가 놀라서 중얼거렸다. 대지가 굉음으로 흔들린 것은 그 직후였다. 분출해 나오는 화염의 압력을 차마 버티지 못하고 건물 벽이 날아간 것이다.

대들보와 지붕 기와가 무너져 내리는 속에서 보라색 화염이 소용돌이를 이루더니 이윽고 거대한 괴물의 모습으로 모습을 바꾸었다.

"누가 이 시간까지 남아서 보충 수업을 받고 있다거나 하는 건 아니지……?"

"그럴 리 없잖아요!"

태평하게 중얼거리는 코죠에게 시즈리가 새된 목소리로 호통쳤다.

"소문으로만 들었던 제4진조의 권수라면 몰라도 건물을 통째로 날려버릴 정도의 마술은 공마고전의 교관도 쓰지 못한다고요!"

"그럼 저 괴물은 뭔데?!"

코죠가 초조하게 이를 드러내며 물었다.

보라색 괴물은 짐승이라고도 벌레라고도 형용하기 어려운 기분 나쁜 모습으로 건물 잔해를 발로 차 흩트리고 있었다.

흡혈귀의 권수와 닮았지만, 비교도 할 수 없을 만큼 거대하고 포악했다. 심지어 권수와는 달리 숙주인 흡혈귀도 없었다. 제어하지 못하는 괴물이란 뜻이다.

"파편수……여요."

시즈리가 목소리를 쥐어짜 가냘프게 중얼거렸다. 코죠가 핫 하고 숨을 들이쉬었다.

"저게 파편수라고? 카르체리 속에서만 출현하는 거 아니었어? 어떻게 지상으로 올라온 건데?"

"저도 몰라요! 하지만 이대로는 마을이 위험하여요――!"

"마을……?!"

긴박함이 느껴지는 시즈리의 말을 듣고서야 코죠도 간신히 사태의 심각성을 깨달았다.

보라색 괴물이 출현한 곳은 공마고전 부지 구석이다. 높이 6미터인 벽만 넘어가면 일반인이 사는 은래도의 주택가가 나온다.

공마고전을 둘러싼 벽에 침입 방지 결계가 쳐져 있지만, 결계가 저 괴물의 공격력을 버텨낼 수 있을 거라는 생각은 들지 않았다.

"카스가야……, 네 마검으로 저 녀석을 쓰러트릴 수 있겠냐?"

"마검? '하우라스' 말인가요?"

시즈리가 의아한 표정으로 코죠를 바라보았다. 짧은 침묵 뒤, 그녀는 고개를 끄덕였다.

"네. 파편수가 마력으로 이루어진 덩어리인 이상 '하우라스'라면 확실하게 없앨 수 있어요."

"좋아. 그럼 당장 숙소로 돌아가서 그걸 가져와."

"당신은 뭘 할 생각이죠?"

시즈리는 파편수를 노려보는 코죠의 옆얼굴을 불안하게 올려다보았다.

코죠는 나른하게 어깨를 움츠리며 탄식했다.

"저 괴물을 학교 밖으로 내보낼 순 없잖아. 누군가가 저 녀석을 붙잡아두고 있어야 하지 않겠어?"

"설마……, 혼자서 파편수와 싸울 생각인가요?!"

시즈리가 깜짝 놀라 되물었다. 코죠는 그런 건 아니라며 애매하게 고개를 저었다.

"저렇게 화려하게 날뛰고 있잖냐. 다른 학생들이랑 교관들도 금방 눈치채고 달려오겠지."

아마도, 라고 무책임하게 내뱉는 코쵸. 시즈리는 그런 코쵸에게 바싹 다가서며 말했다.

"하지만……!"

"이쪽은 세계 최강의 흡혈귀라고. 걱정할 것 없어. 몸이 산산이 조각나도 부활한다는 건 어제 증명됐고."

"다, 당신은 대체 얼마나 바보죠?! 설사 한두 번 육체를 재생할 수 있다 하더라도 파편수에 먹힌 뒤에도 부활 가능하다는 보장은 없다고요!"

"그렇다고 섬사람들을 내버려 둘 수는 없잖아!"

시즈리의 말문이 막혔다. 코쵸는 불사신인 제4진조이며 공마고전의 학생이다. 일반 시민의 목숨과 코쵸의 안전, 어느 쪽을 우선해야 하는지는 명백했다.

"그러니까 어서 검을 가지고 와. 그때까지 어떻게든 시간을 벌 테니까."

입가에 대담한 미소를 지으며 코쵸가 파편수 쪽으로 몸을 돌렸다.

"그 말, 부디 잊지 마시어요!"

시즈리는 코쵸에게 등을 돌려 숙소가 있는 낡은 민가 쪽으로 달려갔다.

나만 믿으라고 근거 없이 공언하며 코쵸는 파편수에게로 다가갔다.

불꽃에 뒤덮인 교사까지의 거리는 약 400미터. 이만큼 떨어져 있는데도 파편수가 닥치는 대로 흩뿌리는 마력에 코쵸의 피부가 떨려왔다. 권수도 쓰지 못하는 불완전한 흡혈귀가 제대로 대항할 수 있는 상대가 아니다.

"저 녀석의 주의를 끌며 도망 다닐 수밖에 없나."

반은 자포자기한 심정으로 코쵸가 자신의 마력을 해방했다. 공마고전에 온 뒤로 약 반년. 코쵸도 최소한의 마력 제어법은 배웠다.

뭔가 제대로 된 마술을 쓸 수 있게 된 것은 아니지만, 파편수를 도발하는 정도라면 충분할 터였다. 그러나.

"뭣……?!"

파편수가 거대한 머리를 돌려 코쵸가 있는 방향을 보았다. 그러나 다음 순간, 보라색 괴물이 취한 행동은 코쵸가 예상하지 못한 것이었다.

파편수는 전신을 보라색 섬광으로 바꾸어 뛰어올랐다.

코쵸가 아닌, 숙소로 달려가는 시즈리를 향해——.

"말도 안 돼! 저 녀석, 왜 카스코를——?!"

코쵸가 경악하며 몸을 돌렸다. 섬광으로 변한 파편수가 나무들을 쓰러트리고 지면을 도려내며 시즈리의 등까지 육박해 갔다. 코쵸에겐 그것을 막을 수단이 없었다.

"피해, 카스코!"

"엇?!"

범상치 않은 기운을 탐지한 시즈리가 코쵸의 외침이 닿기도 전에 멈춰 섰다.

다시 괴수의 모습으로 돌아온 파편수가 시즈리에게 거대한 앞발을 내리쳤다.

"카스코——!"

절망으로 얼굴을 일그러트리며 코죠가 절규했다. 거대한 건물을 순식간에 분쇄해버릴 만큼 무시무시한 일격이다. 무기가 없는 지금의 시즈리가 그것을 버텨낼 리 없었다.

"아……."

그러나 보라색 화염이 물러난 뒤에 코죠의 눈에 들어온 것은 눈을 크게 뜨고 그 자리에 망연히 서 있는 시즈리의 모습이었다. 보라색 화염에 휩싸였으면서도 그녀는 아무런 상처도 없이 그저 그 자리에 서 있었다.

파편수의 공격을 베어 시즈리를 구한 것은 아담한 체구의 그림자——.

은색 창을 든 검은 머리의 소녀였다.

그 모습은 거룩할 정도로 아름다웠으며 동시에 무척이나 오싹했다. 이 세상에 존재하지 않는 것을 목격한 듯한 그런 오싹함이었다.

그녀의 창에 뚫린 파편수가 새하얀 빛의 입자를 남기며 소멸했다.

타고 남은 보라색 화염 너머로 소녀의 눈동자가 코죠를 똑바로 바라보았다.

「드디어…… 찾았다…….」

소녀의 입술이 소리 없는 말을 자아냈다. 그 말에 코죠는 어째서인지는 몰라도 극심하게 동요했다.

모르는 교복. 모르는 소녀. 하지만 어째서인지 그녀의 존재가 무척이나 그리웠다.

"넌……."

누구지? 코죠가 물으려 한 순간, 그녀의 윤곽이 조악하게 일그러졌다.

그녀의 모습은 마치 안개처럼 흐릿해지더니 허공에 녹아들 듯이 사라져갔다.

「…………..」

짧은 한마디 말을 마지막으로, 소녀의 모습은 완전히 소멸했다.

남은 것이라고는 아직도 타오르고 있는 건물 잔해와 파편수에게 파괴된 숲의 나무들. 그리고 코죠와 시즈리뿐이었다.

"카스코, 무사해?"

코죠가 어깨를 움츠리며 여전히 넋을 잃고 있는 시즈리를 불렀다.

시즈리는 어깨를 작게 떨면서도 다부지게 숨을 고르고 고개를 끄덕였다.

"네, 전 괜찮아요. 그런데 조금 전의 여성분은 대체……?"

"글쎄다. 아마세가 말한 유령일지도 모르지."

코죠가 농담처럼 대답했다.

나타날 리 없는 파편수가 지상에 출현해 존재할 리 없는 소녀가 그것을 쓰러트렸다. 파편수가 시즈리를 공격한 것까지 포함해 이해할 수 없는 일 투성이다.

유일하게 다행인 점이라면 시즈리가 전혀 다치지 않았다는 것뿐이다.

그 시즈리가 코죠를 냉랭하게 올려다보며 무기질적인 목소리로 물었다.

“당신은……, 당신은 그 사람을 아시나요, 코죠?”

“아니.”

모르겠다며 코죠는 작게 고개를 젓고 눈을 감았다.

모르는 교복. 모르는 소녀. 하지만 마치 환청처럼 들려온 희미한 목소리가 아직까지도 코죠의 귓가에 어른거린다.

코죠의 가슴에 파문을 일으키고 있는 것은 분명 귀에 닿지 않은 그 목소리였다.

그녀는 완전히 사라지기 전에 분명 코죠를 불렀다.

기억에 없는 그리운 목소리로.

선배, 라고.

막간 i

빗방울이 소년의 볼을 적셨다. 남국 특유의 따뜻한 비다.

문득 불어온 강한 바닷바람이 맹그로브의 가지를 크게 흔들었다.

밤의 어둠과도 닮은 칠흑빛 해수면과 으깬 뼛가루 같은 순백의 모래사장. 그 경계선에 쓰러져 있는 것은 회색 밀리터리 파카를 입은 평범한 얼굴의 소년이다.

그의 옷은 이곳저곳 헤져 있었으며, 잡아 찢긴 듯한 커다란 흔적도 있었다. 어렴풋이 옷에 밴 검붉은 얼룩은 흘러나온 선혈 자국이리라.

하지만 옷에 감싸인 소년의 육체에는 별다른 상처가 보이지 않았다. 재생을 마친 직후 같은 새살이 있을 뿐이었다.

"윽……. 큭……."

쿨럭. 고통스럽게 바닷물을 토하며 소년이 심하게 기침을 했다.

눈물이 번진 시야에 기억에 없는 외딴 섬의 풍경이 비쳤다. 쏟아져 내리는 빗살이 거세지자 소년은 당황해 얼굴을 일그러트렸다.

자신이 어째서 이런 곳에 있는지 이유가 떠오르지 않는다. 자신의 정체마저도.

소년은 문득 육지의 곶을 향해 무심히 시선을 돌렸다. 마치 다음에 무슨 일이 벌어질지 알고 있는 것처럼.

"이제야 찾았네요, 아카츠키 코죠."

젖은 모래를 밟으며 다가오는 발소리와 함께 소녀의 목소리가 들렸다. 잔뜩 경계하고 있는 냉랭한 목소리다.

눈을 뜨자 호리호리한 그림자가 시야에 들어왔다. 마치 수녀 같은, 혹은 기사 같은 기묘한 옷을 입은 젊은 여자다.

인상적인 커다란 눈동자에 희미한 푸른 빛이 감돌고 있는 듯 보였다. 머리쓰개 사이로 흘러내린 머리카락은 어둠 속에서도 선명히 보이는 흰색이었다.

"……아카츠키……, 코죠?"

소년은 곤혹스러워하며 자신을 차갑게 내려다보는 소녀의 눈동자를 마주 바라보았다. 그것이 자신의 이름이라는 것을 바로 깨닫지는 못했다.

"설마 기억나지 않으시나요? 자기 이름이잖아요? '제4진조' 아카츠키 코죠."

소녀가 살짝 짜증을 내며 눈썹을 찡그리고 물었다.

"제4……진조? 내가……?"

"그리하여요. 존재할 리 없는 네 번째 '태초'의 흡혈귀. 불사이자 불멸의 존재. 혈족 동포를 전혀 거느리지 않으며 지배를 바라지도 않고 그저 재앙의 화신일 뿐인 열두 마리의 권수를 거느린 존재. 사람의 피를 빨고 살육하고 파괴하는 자. 세계의 이치에서 벗어난 냉혹하고 비정한 괴물――그것이 당신이어요, 아카츠키 코죠."

"내가 진조 흡혈귀……. 그렇구나……."

모래사장에 드러누운 채로 소년은 자신의 손바닥을 바라보았다. 완전히 단절돼 있던 기억이 의식 저 밑바닥에서 다시 이어진 듯한 기묘한 감각이 들었다.

"기억나시었나요?"

흰 머리의 소녀가 냉랭하게 쏘아붙였다. 소년은 그렇다고 대답하며 적당히 미소 지었다.

동요하지는 않았다. 그저 굶주림과 닮은 초조함만이 느껴졌다. 자신이 무언가 소중한 것을 잊고 있는 듯한 공포 어린 초조함이다. 치명적일 만큼 소중한 무언가를.

"넌 누구지?"

코죠는 자신도 모르게 물었다. 그 순간, 데자뷔 같은 강한 현기증이 덮쳐왔다.

그렇다——코죠는 이 질문의 답을 알고 있었다. 투명한 빗방울이 맺힌 이 하얀 머리의 수녀기사의 이름을.

"제 이름은 카스가야 시즈리 카스티엘라——."

소녀가 뽑아 든 검의 끝이 코죠의 목덜미에 흡착하듯 달라붙었다.

불꽃처럼 파도치는 심홍색 장검. 베어낸 상대의 마력을 집어삼켜 자신의 힘으로 바꾸는 성단의 성례병장 '하우라스'의 날이.

"당신의 감시자여요."

소녀는 장검을 내민 자세 그대로 진지하게 그렇게 대답했다.

코죠는 말없이 눈을 감았다. 그녀의 말이 데자뷔처럼 머릿속에서 몇 번이고 메아리쳤다.

그러나 모호한 그 감각은 빗소리에 덮여 지워지기라도 하듯

금세 사라져버렸다.

"……제발 참아줘."

입 밖으로 나오지 못한 코죠의 혼잣말이 새벽이 찾아오기 전의 하늘로 빨려 들어가 사라져버렸다.

제2장 미궁의 야수
Beasts Of The Dungeon

1

강렬한 햇살이 내리쬐는 해변에 전통 우산 풍의 화려한 파라솔이 짙은 그림자를 드리웠다.

파라솔 바로 밑에는 라탄으로 짠 비싸 보이는 섬머 베드가 놓여 있었고, 그 위로는 수영복 차림의 젊은 여자가 우아하게 엎드려 있었다.

머리색은 칙칙한 금발로, 손질을 안 한 탓인지 뿌리 쪽에 애매한 그라데이션이 생겨 있었다. 용모는 결코 나쁘지 않지만, 누구나가 돌아볼 만한 미인이라고 할 정도는 아니다. 입가에 달라붙은 엷은 미소 탓에 어째서인지 신용할 수 없는 분위기가 감돈다.

반면, 그녀의 몸매는 탁월했다. 풍만하면서도 눈에 띄게 잘록한 사지를 마치 주변에 자랑하듯이 원색의 아슬아슬한 비키니로 감쌌다. 어깨에 걸친 흰 가운이 없었다면 그녀가 공마고전의 교관이라고 믿을 자는 없을 것이다.

마가토키 카코가 그녀의 이름이었다.

국영 은래도 공마 고등 전문학교 14팀――통칭 카스가야 팀의 담당 교관이다.

"실례하겠어요."

진지한 목소리로 그러한 카코를 부른 것은 교복을 입은 카스가야 시즈리였다. 카코는 얼굴 반을 덮은 선글라스를 가볍게 비켜 쓰고는 직립부동 자세로 서 있는 시즈리를 바라봤다.

"아아, 너였구나. 카스가야 시즈리 카스티엘라. 여전히 참 더워 보이는 두건인걸. 너도 수영복으로 갈아입는 게 어떠니? 마침 네게 잘 어울릴 녀석이 있는데——."

"사양하겠어요. 아직 수업이 남았으니까요."

"그거 아쉬운걸."

진심으로 실망한 표정을 지으며 카코는 거의 끈밖에 없는 마이크로 비키니를 가운 주머니에 집어넣었다. 어떻게 저런 파렴치한 수영복이 자신에게 어울릴 것이라고 판단한 것인지 시즈리는 진지하게 담당 교관을 추궁하고 싶은 충동에 휩싸였다.

내적 동요를 어떻게든 꾹 참고 시즈리는 애써 무표정을 가장해 질문했다.

"마가토키 교관님, 지금 잠시 시간을 내주실 수 있으신지요."

"그래, 상관없어. 환영해. 무슨 일이지?"

"어젯밤에 있었던 제8 연습교사(校舍) 사건 때문이어요. 보고서를 송부 드렸을 텐데요."

"제8 연습교사……. 아아, 그거?"

카코가 사이드 테이블 위에 놓인 차가운 트로피컬 칵테일을 집어 들어 한 모금 빨았다.

희미하게 풍겨오는 알코올 냄새에 시즈리가 저도 모르게 얼굴을 찌푸렸다.

그래도 시즈리가 불평을 늘어놓지 않은 것은 카코의 실력을 인정하고 있기 때문이었다.

이렇게나 불성실한 근무 태도에도 불구하고 마술사로서 카코의 실력은 탁월했다. 실력자가 즐비한 교관 중에서도 이견의 여지가 없을 만큼 최강인 존재다.

기억을 잃은 아카츠키 코죠가 은래도로 표류해 들어올 것을 예언하고 시즈리에게 그를 회수하고 감시하도록 명령한 것도 카코였다. 코죠의 공마고전 편입이 쉽게 인정된 것 역시 카코가 그의 담당 교관이 되겠다고 자원한 것과 관계가 없지 않을 것이다.

"물론 보고서는 읽어봤어."

칵테일글라스를 기울이며 카코가 차갑게 말했다.

"지상에 파편수가 출현했다는 정보는 바로는 믿기 어려운 이야기던걸. 심지어 유령 소녀가 구해줬다고 하면 더더욱 그렇지."

"하지만……!"

시즈리가 다급히 해명하려 하자, 카코는 가볍게 손을 들어 시즈리를 제지했다.

"네 보고를 의심하는 건 아니야. 학생들 사이에 유령 소문이 돌고 있다는 건 우리도 파악하고 있거든. 적어도 연습교사는 실제로 파괴됐고 말이야."

"시(네)……."

시즈리는 마지못해 고개를 끄덕이고 뒤로 물러났다. 카코는 그런 시즈리를 바라보며 어째서인지 유쾌하게 웃었다.

"게다가 우리 학교에는 현재 그만한 파괴력을 가진 마술을 쓸 수 있는 학생이 존재하지 않아. 카스가야 시즈리 카스티엘라――널 포함해서. 아닌가?"

"그러하여요."

그건 그렇다. 시즈리는 생각했다. 아무리 낡은 목조 건물이라고 해도 학교 건물이다. 건물의 크기와 튼튼함은 평범한 민가와 비교할 바가 못 된다. 그것을 단 한 방에 날려버릴 수 있는 마술은 인간 술사는 실행이 불가능하다. 물론 수인이나 흡혈귀도 마찬가지다.

그렇다. 평범한 흡혈귀에겐――.

"유일한 예외는 아카츠키 코죠일까? 제4진조 권수의 힘이라면 교사 하나나 둘쯤은 간단히 날려버릴 수 있겠지."

"아, 아카츠키 코죠는 범인이 아니어요!"

카코의 말이 끝나기도 전에 시즈리는 반사적으로 외쳤다. 흐흥, 하고 카코는 더더욱 재밌다는 듯이 눈을 가늘게 좁혔다. 시즈리는 달아오른 얼굴로 고개를 저었다.

"아……. 그러니까 파편수가 출현했을 때 그는 제 감시하에 있었어요. 애초에 지금의 그는 권수를 소환하지도 못하여요."

"널 믿어. 카스가야 시즈리 카스티엘라."

칵테일글라스를 테이블에 돌려놓으며 카코가 상체를 벌떡 일으켰다. 보란 듯이 강조된 풍만한 가슴 계곡에 시즈니는 그만 압도되었다.

"그런데 보고서에 따르면 사건이 발생한 건 심야 시각이던데? 너와 아카츠키 코죠는 둘이서 뭘 하고 있었던 걸까?"

"네……?"

담당 교관이 한 질문의 의도를 파악하지 못하고 시즈리가 놀라서 눈을 깜빡였다. 카코는 히죽히죽 성격 나빠 보이는 미소를 지으며 그런 시즈리를 흥미 깊게 바라보았다.

"사건 현장인 연습 교사 근처는 어둡고 사람 눈에 띄지 않는 조용한 곳이지."

그제서야 질문의 뜻을 이해한 시즈리의 말문이 막혔다.

"저, 전 감시자로서 아카츠키 코죠와 동행했을 뿐, 뒤가 켕길 만한 행위는 결코――."

"아니, 아니. 난 임무에 대한 네 열의에 감탄하는 중이야. 너희 사이에 불순한 일이 있었다고 의심하지는 않아."

"당연하여요!"

시즈리가 시뻘게진 얼굴로 대꾸했다. 수녀기사로서 여자뿐인 환경에서 자란 시즈리는 이런 쪽 농담의 내성이 극단적으로 낮았다.

카코는 당황해서 어쩔 줄 모르는 시즈리를 바라보며 한층 크게 웃고 말했다.

"좋아. 임무에 충실한 너희에게 새로운 과제를 내리도록 하마."

"과제……인가요?"

드디어 교관다운 말을 꺼낸 카코를 시즈리는 의심 가득한 시선을 감출 생각도 하지 않고 바라보았다.

"저번 전투 실습의 추가 시험도 아직 끝나지 않았으니 그 대신이야."

카코가 그럴싸한 말투로 보충 설명을 곁들였다. 저번 전투 실습이란 코죠가 사망했던 모의전을 가리키는 것이리라. 시즈리가 무심코 성례병장 '하우라스'를 사용해 규칙을 위반한 탓에 실습 학점를 인정받지 못한 것이다.

"네. 그런데 그 과제란 건……?"

막연한 불안을 느끼며 시즈리가 물었다.

카코는 단정치 못하게 손으로 볼을 괴어 붙임성 있는 미소를 지으며 말했다.

"카르체리 탐사."

"네?!"

놀란 시즈리가 눈을 크게 떴다.

"기다려 주시어요. 저희 팀은 아직 카르체리에 들어갈 만한 레벨에 도달하지 못하였어요."

"겸손한걸? 아마세 유노의 탐사 능력은 A 랭크, 격투 능력 면에서도 교내 4위에 드는 실력자지. 미야즈미 루이 역시 미야즈미주공(呪工)의 후계자이자 학년 수석인 수재야. 중등부 시절까지 포함하면 이미 스무 번 넘게 카르체리를 탐색한 베테랑이기도 해."

카코가 손가락을 꼽으며 지적해나갔다.

"게다가 성례병장을 가진 수녀기사인 너까지 추가되면 팀 실력은 우리 학교 다섯 손가락 안에 든다고 생각하는데."

"저, 저희 팀에는 아카츠키 코죠가 있어요. 그는 공마사로선 아직 초짜나 마찬가지여요!"

"헤에. 감시 대상인 흡혈귀를 걱정하는 거니?"

"가, 감시 대상에 불과하긴 하지만, 지금 그는 제 팀의 일원이어요!"

놀리는 듯한 카코의 질문에 시즈리는 말을 더듬으면서도 즉시 반박했다.

동료를 참 극진히 생각하는걸, 이라며 카코는 과장되게 감탄했다.

"걱정은 필요 없어. 그는 죽지 않으니까."

"그가 제4진조이기 때문인가요?"

"그렇지. 그것도 있어."

카코의 대답은 불분명했다. 불사이자 불멸이라 칭송받는 진조 흡혈귀의 경이로운 재생 능력은 시즈리도 직접 목격한 바 있다. 장갑 시키가미에게 눌려 다진 고기 꼴이 된 코죠는 그날이 지나기도 전에 아무렇지도 않게 부활해 보였다. 평범한 인간은 물론이거니와 '옛 세대' 흡혈귀라 하더라도 이런 건 흉내도 낼 수 없다. 그야말로 신들의 저주라 불릴 만큼 두려운 광경이었다.

"그는 세계 최강의 흡혈귀야. 사실은 우리 학교 누구보다도 상위에 군림해야 할 존재지."

카코가 어딘가 의미심장한 미소를 지으며 말했다.

"하지만, 지금의 아카츠키 코죠에겐 과거의 기억이 없어요. 흡혈귀가 가진 최소한의 능력도 제대로 발휘 못 하는 실상이어요."

"그렇다면 더더욱 환경을 바꾸어 새로운 자극을 주는 것도 필요하지 않을까? 그의 기억을 되찾기 위해서."

"그건 그럴지도 모르지만……."

부정할 만한 근거를 찾지 못한 시즈리의 목소리에서 기세가 꺾였다.

시즈리가 은래도의 해변에서 아카츠키 코죠를 만난 지 벌써 반년이 지났지만, 그에 대해 판명된 사실은 그리 많지 않다. 아카츠키 코죠는 주술이나 마족에 대해 일반인 정도의 지식밖에 가지고 있지 않았으며, 황당하게도 자신이 어떻게 진조 흡혈귀가 됐는지조차 모르고 있었다.

이대로 감시를 계속해도 코죠의 기억은 돌아오지 않는 것이 아닐까——시즈리 자신도 그러한 의문을 느낀 것이 한두 번이 아니다.

카코는 냉정하게 고개를 끄덕이며 목소리를 낮췄다.

"생각하기에 따라선 이건 그의 정체를 판별할 좋은 기회야. **저 아카츠키 코죠**가 진짜 제4진조라면 카르체리에 들어감으로써 본성을 드러내게 될지도 모르지. 그 결과, 만약 그의 존재가 세계의 위협이 된다고 판명될 때는——."

"그때는 제가 그를 베겠어요."

시즈리가 감정 없는 목소리로 대답했다. 카코는 재밌다는 듯이 눈을 가늘게 떴다.

"그래. 그것이 네 임무였지. 하지만 정말로 벨 수 있겠니?"

"어리석은 질문이어요. 전 '하우라스'를 수여받은 성단의 수녀기사이어요."

시즈리는 무의식적으로 허리에 찬 검에 손을 댔다.

베어낸 상대의 마력을 빨아들여서 위력이 증폭되는 '하우라스'는 진조 흡혈귀마저 죽일 수 있는, 아마도 유일한 무기다.

그것을 물려받은 시즈리에겐 위험한 마족을 말살할 의무가 있었다. 설령 그것이 소중한 팀원이라 할지라도.

"멋진 대답이야."

카코가 마치 웃듯이 숨을 뱉었다.

"과제의 자세한 내용은 추후에 연락하마. 오늘 중으로 카르체리에 들어갈 준비를 마쳐두도록."

"그리하겠어요."

시즈리는 진지한 얼굴로 경례를 하고 발걸음을 돌려 걸어나갔다.

그녀의 등이 시야에서 사라지기를 기다린 뒤, 카코는 공중에 손바닥을 올렸다. 그녀의 눈앞에 반투명한 스크린이 떠올랐다. 스크린에 비친 것은 시즈리가 제출한 보고서와 사진 몇 장이었다. 파괴된 교사와 수상하게 발광하는 파편수. 그리고 생소한 교복을 입은 소녀의 사진이다.

"셋카로……. 그 귀찮은 창의 사용자가 나타났나……. 예상보다 빠른걸……."

마치 환영처럼 불투명한 소녀의 모습을 바라보며 카코는 입술 한쪽을 끌어 올렸다. 분노인지 비웃음인지 모를 기묘한 감정이 아주 잠시 눈동자를 스치고 지나갔다.

"어디 한번 쓸데없는 발버둥을 쳐보도록 해. 내 일만은 방해하지 말고."

눈부신 태양 빛에 비친 모래사장에 증오로 가득한 작은 웃음소리가 새어 나왔다.

이윽고 카코는 손으로 으스러트리듯 난폭하게 눈앞의 스크린을 지워버렸다.

2

"범용 주부(呪符), 인공 도깨비불(인스턴트 위스프), 호신용 결계, 섬광탄, 수류탄, 플라스틱 폭약, 기폭장치……."

어두침침한 창고 같은 건물 속에 리스트를 읽어나가는 시즈리의 목소리가 울려 퍼졌다.

무기 상인이나 마피아의 무기고가 연상되는 수상한 구조의 상점이다. 어두컴컴한 통로 양쪽 벽은 통째로 거대한 선반으로 되어 있어서, 천장 근처까지 상품이 가득 진열되었다.

진열된 상품들은 흉흉한 무기와 탄약부터 주술에 쓰이는 특수 촉매, 그리고 일상용품과 의류, 식량에까지 이르러 생활에 필요한 각종 물자가 갖춰져 있었다. 공마고전의 매점(PX)이다.

"나이프, 로프, 등산 고리, 텐트 못, 지도, 나침반, 구급상자, 통신기."

"…………."

코죠는 시즈리가 명령하는 대로 상품을 연이어 카트에 던져 넣었다. 카트 하나는 이미 가득 찼고 두 번째 바구니도 짐이 한가득이었다.

두 사람이 매점을 방문한 것은 내일 카르체리 실습에 가져갈 장비를 조달하기 위해서였다. 드넓은 카르체리는 조사에 보통 며칠씩 걸리기 때문에 휴대해야 하는 짐도 그만큼 많았다. 장기전을 대비한 예비 무기뿐만 아니라 식량과 음료 등의 야영 장비까지 필요해지기 때문이다. 그렇다고 계획 없이 짐을 늘리면 그만큼 중량이 늘어 기동력이 저하되게 된다. 운반에 드는 체력 소모도 무시할 수 없다. 카르체리 실습에 가지고 갈 장비는 엄밀한 계산을 토대로 질과 양의 균형을 맞출 필요가 있었다.

그래도 시즈리는 리스트를 넘기는 손을 멈추지 않았다.

"휴대 식량, 음료수, 손수건, 휴지, 물티슈, 수건."

"…………."

"간식, 바나나, 목캔디, 홍차, 주전자, 컵, 티포트――."

"으아아아아아아아아아아――!"

물건 찾기를 중단하고 코죠가 냅다 소리를 질렀다. 아무런 전조도 없던 코죠의 기행에 시즈리가 놀라서 눈을 동그랗게 떴다.

"가, 갑자기 뭐죠?"

"아무리 그래도 짐이 너무 많잖아! 이걸 전부 나 혼자 옮기라는 거냐?!"

물건으로 가득한 카트를 가리키며 절규하는 코죠. 시즈리는 당연하다는 듯이 긍정했다.

"그렇게 되어요. 전방 담당인 유노와 제가 짐을 끌어안은 채로 싸울 수는 없고, 미야즈미 씨는 자신의 장비만으로 이미 한가득일 거여요. 전투에서 하등 도움이 되지 않는 당신이 모두의 짐을 옮기는 건 논리적으로도 당연한 귀결이어요."

"내가 짐꾼을 맡는 것 자체는 아무런 불만이 없어! 그래도 세상에는 한계란 것이 있잖냐! 이걸 전부 집어넣으면 60킬로가 넘어버린단 말이다. 까딱 잘못하면 네 몸무게보다 무거워진다고!"

"까, 까딱 잘못하지 않아도 제 몸무게는 60킬로나 나가지 아니하여요!"

"옷이랑 검 같은 걸 넣으면 그쯤은 여유롭게 넘을 거 아냐!"

"너, 넘지 않아요!"

어째서인지 발끈하여 필사적으로 반론하는 시즈리. 코쵸는 넌더리를 내며 고개를 저었다.

"그런 건 아무래도 좋아. 요는 짐을 줄여라 이 말이야!"

"그, 그런 거?! 아무래도 좋아……?!"

"애초에 말이다. 왜 간식이랑 바나나랑 목캔디가 목록에 따로 올라 있는데?! 티포트랑 컵은 다 뭐고?!"

"설마 모르시나요? 홍차를 끓이기 위한 조리도구여요."

시즈리가 어머나, 하고 턱에 손을 대며 코쵸를 업신여기는 시선으로 내려다보았다. 그런 걸 묻는 게 아니지 않냐며 코쵸는 입술을 크게 일그러트렸다.

"그러니까 그런 것까지 카르체리에 들고 갈 필요가 어디에 있는데?! 물로 참아!"

"있을 수 없어요. 작전 중이라고는 해도 기분 전환할 시간은 소중히 해야 하여요."

"그게 뭐야?! 네가 귀족이냐?!"

주장을 굽히지 않는 시즈리에게 코쵸가 다시 불평을 늘어놓으려 숨을 들이쉬었다. 그 순간.

"엎드리시어요!"

시즈리에게 난폭하게 밀려나며 코죠는 딱딱한 바닥 위를 굴렀다.

"뭐, 뭔데?!"

"쉿! 조용히!"

일어서려 하는 코죠의 얼굴을 시즈리가 억지로 내리눌렀다. 그녀가 보고 있던 것은 매점 창밖——야외 취식 스페이스였다. 나무에 가려 눈에 잘 띄지 않는 벤치에 익숙한 얼굴의 학생들이 앉아 있었다. 몸집이 작은 남녀 한 쌍이다.

"저건……, 아마세랑 미야즈미인가?"

"……그러하네요."

같은 팀 동료인 두 사람의 모습을 확인하고 코죠와 시즈리가 서로의 얼굴을 마주 보았다.

친근감 있게 생긴 밤색 머리 소녀와 우등생 느낌의 훤칠한 소년. 틀림없는 유노와 루이다. 어깨를 바싹 기대앉은 두 사람은 각자 손에 소프트아이스크림을 들고 핥아 먹고 있었다.

물론 그들의 행동에 뭔가 문제가 있는 것은 아니었다. 카르체리 실습 전날이기도 해서 카스가야 팀은 오늘 수업을 면제받았다. 실습 준비만 마쳤으면 어딜 가서 무엇을 하든 자유다. 물론 미풍양속을 해치지 않는 범위 내에서지만.

"……?!"

루이가 유노의 볼에 묻은 아이스크림을 자신의 집게손가락으로 닦았다. 그리자 유노가 그 손가락을 날름 입에 넣어 핥아 먹었다. 모든 것을 목격한 시즈리가 경악에 찬 숨을 들이

쉬며 어깨를 떨었다.

"소, 소프트아이스크림……. 아이스크림이 볼에 묻어서……, 하, 핥……."

"그러게……. 저 녀석들 그런 관계였나……."

남의 연애 사정에 결코 민감하다고는 할 수 없는 코죠였지만, 저런 모습을 봐버린 이상 두 사람이 친밀한 관계임을 알아차릴 수밖에 없다. 특히 루이의 경우는 평소 언동이 쿨한 만큼, 노닥거릴 때의 격차가 현저했다. 성격이 쿨한 그이기에 오히려 넉살 좋게 야외에서 노닥거릴 수 있는 것인지도 모르지만——.

"……엑?! 잠깐, 카스코! 무슨 생각이야?!"

갑자기 엄청난 기세로 일어선 시즈리를 보고 코죠는 즉시 그녀의 손목을 잡았다.

시즈리는 그 손을 난폭하게 뿌리치며 말했다.

"불순 이성 교제는 저지하여야 해요!"

"이 바보, 그만둬! 서로 어색해질 거 아냐!"

팀의 존속 위기라며 시즈리의 뒤에서 겨드랑이 밑으로 두 팔을 잡아매는 코죠.

"유노가 임신하면 어떡하실 생각이죠?! 팀장으로서 두고 볼 수 없어요!"

"바보냐! 손가락을 핥은 정도로 그럴 리 없잖아! 그보다 너 설마 그 나이에 임신의 메커니즘도 모르는 거냐……."

"성교의 시스템쯤은 저도 알아요!"

시즈리가 머리에 완전히 피가 올라 남의 시선도 신경 쓰지 않고 절규했다. 그녀의 노성이 통로에 메아리치며 매점 안에 있던 다른 학생들과 직원들이 무슨 일인가 하고 일제히 돌아보았다.

그들의 시선을 알아차린 시즈리는 핫 하고 정신을 차리고 굳어버렸다. 밀착해 있던 시즈리의 몸에서 코죠가 황급히 손을 뗐다.

어떻게든 이 분위기를 무마하기 위해 주변을 돌아보던 코죠는 문득 눈앞에 진열돼 있던 싸구려 장난감에 시선이 고정됐다. 애니메이션 캐릭터를 재현한 가동식 피규어였다.

"와, 와아~. 요즘 장난감은 참 정교하네. 정말 잘 만들어졌어. 세세한 곳까지 말이야!"

"마, 맞아요. 이 관절 시스템이 참 정교하네요! 정밀하고 교묘해요!"

장난감 상자를 높이 들고 부자연스럽게 큰 목소리로 장난감을 칭찬하는 코죠와 시즈리. 그런 보람이 있어서 매점 손님들은 둘에게서 흥미를 잃은 듯했다.

매점 공기가 조용해지는 것을 기다린 뒤, 코죠는 장난감 상자를 선반에 돌려 놓았다. 시즈리도 방금 소동으로 냉정함을 되찾은 것 같았다.

"……너 말이다, 아마세랑 미야즈미에게 질투하는 거야?"

추욱 몸을 웅크린 시즈리를 내려다보며 코죠가 머뭇머뭇 물었다.

시즈리는 살짝 어이없어하며 눈썹을 추켜세워 말했다.

"그런 것이 아니어요. 다만 두 분이 제게 아무런 말도 해주지 않은 것이 충격이었을 뿐이어요."

그렇게 말하며 시즈리가 살짝 탄식했다. 코쵸는 웃으며 고개를 저었다.

"그건 어쩔 수 없지. 넌 연애 상담에 전혀 도움이 될 것 같지 않은걸."

"어, 어째서죠?!"

시즈리가 충격받은 표정으로 코쵸를 보았다. 수녀기사인 그녀에게 있어 상담에 도움이 되지 않는다는 코쵸의 평가는 존재 의의를 뒤흔드는 중대한 지적이었던 듯하다.

"아니, 어째서고 자시고 연애 경험이 전무할 것 같잖아."

"뭐라고욧?!"

"설령 있다고 해도 기껏해야 초등학생 레벨이겠지."

가능한 한 온화한 표현을 골라 시즈리의 객관적인 인상을 말하는 코쵸. 시즈리는 굴욕으로 볼에 경련을 일으키면서도 그것을 부정하지는 못했다.

"그, 그러는 당신은 어떻죠?! 누군가를 좋아했던 경험이 있으신가요?!"

"누군가를 좋아한……, 적……."

적반하장격인 시즈리의 질문에 코쵸는 가벼운 당혹감을 느꼈다.

극히 짧은 순간, 뇌리에 그리운 소녀의 얼굴이 섬광처럼 되살아났다. 그러나 그 환영은 금세 안개처럼 흩어져 다시 기억의 어둠 속으로 사라져버렸다. 남은 것은 아련히 남은 가슴의 통증뿐이다.

"……코죠?"

귓가에서 들려오는 시즈리의 목소리에 코죠의 눈동자에 초점이 돌아왔다. 계속 침묵하는 코죠의 얼굴을 시즈리가 불안하다는 듯이 올려다보고 있었다.

"아, 안 돼. 역시 아무것도 떠오르지 않아."

코죠는 웃으며 고개를 흔들고 짐짓 가벼운 말투로 말했다.

그러나 시즈리의 표정은 밝아지지 않았다. 자신의 말을 후회하듯이 입술을 강하게 깨물었다.

"죄송하여요……. 기억을 잃은 당신에게 가혹한 말을 하고 말았어요."

"딱히 네가 신경 쓸 일은 아니야. 그래도 뭐, 고맙다."

코죠는 그렇게 말하며 팔을 들어 올려 고개를 푹 숙인 시즈리의 머리에 가볍게 손을 올렸다. 의기소침한 아이를 위로하는 자연스러운 동작이다. 그러나 그 순간, 시즈리는 겁을 먹은 듯이 온몸을 움찔 움츠렸다.

"……카스코?"

"아, 아무것도 아니어요!"

시즈리는 머리쓰개를 눌러 뒷걸음치면서 떨리는 목소리로 말했다. 그리고 그녀는 창백한 얼굴로 딱딱한 미소를 지으며 코죠의 가슴에 쇼핑 리스트를 강제로 떠넘겼다.

"뒤는 맡기겠어요. 전 급한 용무가 생각나서 이만——."

"앗, 야……!"

코죠는 도망치듯 달려가는 시즈리를 어리둥절하여 바라보았다.

남은 것은 길고 긴 쇼핑 리스트와 카트 두 대에 가득 찬 물건들. 도저히 혼자서 나를 수 있을 만한 양이 아니다.

"이 짐은 어떻게 하라는 거야."

나 참. 작게 혀를 차고 코죠는 힘없이 천장을 우러러보았다.

3

"그런 고로, 이것이 카르체리의 전체 구도다. 어디까지나 파악된 범위에 불과하지만."

수영복 위에 흰 가운을 걸쳤을 뿐인 진지함이라곤 없는 복장을 한 마가토키 카코가 커다란 바위 위에 책상다리를 하고 앉았다. 그녀의 무릎 위에는 스크롤 형의 낡은 전자 단말기가 펼쳐져 있었다.

단말기 화면은 3D로 제작된 동굴의 모습을 비추고 있었다.

동굴의 지름은 평균 8에서 9미터 정도. 미로라기보다는 지하 대공동이라 부르는 것이 어울릴 듯한 거대한 공간이었다. 동굴 내부는 길이 여러 갈래로 복잡하게 나뉘어 있었는데, 이것을 전부 하나로 이으면 총 길이가 100킬로에 이른다는 말까지 있다. 어떤 의미로는 이 대공동이 은래도의 본체라고 해도 과언이 아닐 정도다.

그 대공동을 탐색하는 것이 오늘 코죠를 비롯한 카스가야 팀 네 명에게 내려진 과제였다.

"생각했던 것과 많이 다른걸."

카코가 들고 있는 자료를 들여다보며 코죠가 솔직한 감상을 말했다. 카르체리의 실체는 공마고전 안에서도 기밀로 취급되고 있어서 코죠도 실제로 보는 것은 처음이었다.

"그렇겠지. 극동 최대급의 거대 동굴과 열대우림, 그리고 인공 지하 건조물이 복합된 곳이야. 꽤 웅장하고 멋지지?"

뒤에 있는 동굴 입구를 돌아보며 카코가 자랑스럽게 한쪽 눈썹을 들어 올렸다.

대공동의 입구는 은래도의 중앙에 우뚝 선 화산 중턱 한 곳뿐이었다. 바위 표면에 뚫린 거대한 균열이 지옥의 입구라고 불러도 될 만한 박력으로 가득 차 있어서 확실히 장관을 이루고 있었다.

"관광객을 받으면 한밑천 잡을 수 있겠지?"

글러브 끈을 고쳐 묶으며 유노가 태평하게 말했다.

그녀가 오늘 입은 옷은 전신 이곳저곳을 대담하게 노출한 여자 닌자 풍의 전투복이다. 천의 면적이 적은 것은 방어보다 수인으로 변했을 때의 활동성을 우선한 결과라는 것 같다.

"아무리 그래도 그건 무리지."

저격용 라이플을 짊어진 루이가 부드럽게 웃으며 고개를 저었다.

가벼운 차림인 유노와는 대조적으로 그는 상당한 중무장을 하고 있었다. 근접 전투용 어설트카빈 총과 대구경 권총이 각각 두 자루. 전부 훈련용 모의탄이 아닌 대 마족용 강장탄을 장전했다. 근미래적 형태의 전투복은 주술 미채를 각인한 최신 테스트 제품이라고 했다.

한편, 코죠의 복장은 평소와 같은 학교 지정 교복과 낡은 군용 파카였다. 같은 팀 동료라고는 생각할 수 없는 압도적인 격차에 코죠는 석연치 않은 심정에 휩싸여 말했다.

"그건 이곳이 '마족 특구'여서인 거냐?"

"비밀 유지 측면이란 의미야? 물론 그것도 있어."

코죠가 입에 담은 소박한 의문에 루이는 애매하게 말끝을 흐렸다. 루이 대신 이어서 설명해준 것은 단말을 안고 있던 카코였다.

"카르체리 심층부에 정체불명의 거대한 마력원이 존재하는데, 그곳에서 새어 나온 마력이 카르체리 내부에 가득 차 있거든. 그 결과, 미궁 내의 생태계는 기이한 진화를 이루었어. 우리의 상식과 전혀 맞지 않는다고 해도 될 정도지. 완벽한 위험 지대다."

"그런 곳에 학생을 들여보내도 되는 겁니까?"

"우리 공마고전 학생이라면 문제없이 돌파할 수 있을걸? 그렇지, 카스가야 군?"

"네, 네. 물론이어요."

카코에게 갑자기 이름이 불려 시즈리가 당황해 재빨리 말했다. 어제 매점 사건 이후, 그녀는 어딘가 멍하니 있을 때가 많았다. 신경 쓰이지 않는 건 아니지만, 코죠에게는 그녀를 걱정할 만한 여유가 없었다.

"그 공마고전 실습에서 전 죽을 뻔했는데요……."

"확실히 카르체리 내부는 아직 밝혀지지 않은 비밀이 많지. 절대적으로 안전하다고 잘라 말할 수 없는 것도 사실이야. 무모한 행동은 엄중히 자제해줬으면 해."

불안하게 중얼거리는 코죠를 바라보며 카코가 드물게도 굳은 표정을 지었다.

"편의상, 우린 카르체리를 일곱 개의 층으로 구분하고 있다. 최심부는 제7층이야. 현재로써는 이 층에까지 도달해 살아 돌아온 자는 없어."

"……그렇군."

카코가 가리키는 지도를 보며 코죠는 작게 고개를 끄덕였다. 계단 형태로 점점 깊어져 가는 지하 공동 최하층은 대부분이 공백으로 남아 있었다. 공마고전의 교관들에게도 미지의 영역인 것이다.

"제6층은 파편수의 소굴이다. 무척 높은 빈도로 파편수와 조우하게 되지. 마력 농도도 비교할 수 없을 만큼 높고 의식을 유지한 채로 가까이 다가가는 것조차 어렵다. 따라서 실질적으로 인류가 도달할 수 있는 최하층은 제5층이라 할 수 있지."

"제5층에는 뭐가 있죠?"

이어서 설명하는 카코에게 코죠가 물었다. 시즈리 일행은 과거 몇 번인가 카르체리를 조사한 경험이 있어 당연하게도 카르체리에 대한 최저한의 지식은 이미 갖추고 있었다. 즉, 카코가 지금 하는 설명은 오직 코죠만을 위한 것이다.

"이 층은 파편수를 봉인하기 위한 방파제야. 그들의 침입을 저지하는 결계가 성벽처럼 둘러쳐져 있지. '마족 특구'의 운영 예산 중 60퍼센트 가까이가 이 결계를 유지하는 데에 쓰이고 있어. 즉, 그만큼 중요한 시설이란 뜻이다."

카코가 무척 가벼운 어조로 무시무시한 사실을 말했다. 카르체리의 내부 결계는 '마족 특구'의 예산 반 이상을 집어삼키며 유지되고 있다고 한다. 이것은 뒤집어 말하면 그만큼 강력한 결계를 펴지 않으면 파편수를 봉인할 수 없다는 말이다.

"당연하지만, 이 강력한 결계는 인체에도 적지 않은 영향을 미친다. 특히 너 같은 마족에겐 치명적이지. 섣불리 가까이 가지 않는 게 좋을 거야."

"감사해서 몸 둘 바를 모르겠네요."

카코의 냉랭한 설명에 코죠는 빈정거림을 섞어 감사를 표했다. 카코는 천만의 말씀이라면서 만족스럽게 웃으며 말했다.

"이 결계 덕분에 지표부터 제4층까지는 비교적 안전한 편이다. 기업의 연구시설도 있고 상주 중인 연구원들도 있지. 마도 기술 연구자들에겐 꿈 같은 환경이니 말이야."

"……연구시설? 카르체리 속에 그런 게 있어요?"

"관측소보다 조금 나은 수준인 작은 관측 기지에 불과해. 그것들을 경비하는 것도 우리 공마고전의 임무지."

깜짝 놀라는 코죠에게 카코가 말했다. 기지는 대부분 무인 시설로, 학생들의 피난소를 겸하고 있다면서 내친김에 같이 설명한다는 투로 덧붙였다.

"제1층부터 제4층까지는 주로 지형과 파편수의 출현율에서 차이가 나지. 각각의 특징은 자기 눈으로 직접 확인하는 게 좋을 거야."

"그건 다시 말해, 제4층과 그 위층에도 파편수가 출현한다는 뜻입니까?"

"제5층의 결계는 성긴 그물 같은 거라고 생각하면 돼. 소형 파편수가 그 틈으로 빠져나오는 것까지 완전히 저지하는 건 불가능해. 그물눈을 촘촘히 만들면 결계에 걸리는 부하가 그만큼 늘어나니까."

"그런 식으로 결계를 돌파한 소형 파편수를 사냥하는 것이 저희의 과제 내용이어요."

카코의 설명을 이어받아 시즈리가 검 손잡이를 슬쩍 어루만졌다. 중압감을 너무 심하게 느끼고 있는 게 아닌가 싶지만, 성실한 시즈리답게 긍지가 느껴지는 태도였다.

"그런 위험한 일을 학생에게 밀어붙이는 거냐……."

"공마고전 학생은 귀중한 실전 경험을 쌓을 기회를 얻고 '마족 특구'는 경비를 절감할 수 있지. 윈윈 관계란 거다."

넌더리를 내며 중얼거리는 코죠를 간단히 설복시키고 카코가 흰 가운의 주머니를 바스락바스락 뒤적였다. 잠시 후 그녀가 꺼낸 것은 손바닥에 쏙 들어오는 사이즈의 전자기기였다.

약간 커다란 지우개 같은 모양의 약간 동그란 직방체다. 플라스틱으로 만들어진 노란색 본체에 목에 거는 줄이 달려 있었다.

"이게 뭐죠?"

"카르체리 전용 지급품."

"뭔가……, 초등학생용 방범 버저 같은데."

받아 든 노란색 전자기기를 바라보며 코죠는 낙심해 투덜거렸다. 공마사 후보 학생들이 들고 다니기에는 어쩐지 창피한 디자인이다.

하지만 카코는 뜻밖이라는 듯이 고개를 저었다.

"혹시 카르체리에서 신변에 위험을 느끼면 이 줄을 세게 잡아 뽑도록 해. 알람음을 들은 교사가 현장으로 즉시 달려갈 테니까."

"정말로 평범한 방범 버저잖아요!"

너무나도 생긴 그대로의 기능에 코죠는 그만 힘이 빠져버렸다. 이 노란색 버저를 목에 걸고 다니라니, 자신이 초심자란 사실을 광고하고 다니는 것 같아 무척이나 부끄럽다.

카코는 히죽히죽 성격 나빠 보이는 미소를 지으며 말했다.

"복잡한 마술 장치는 마력 농도가 높은 카르체리 내부에서 오작동을 일으킬 위험이 크거든. 이 정도로 단순한 도구가 오히려 신뢰할 수 있지."

"그건 그럴지도 모르지만……. 잠깐, 이거 하나뿐인가요? 카스코네 몫은요?"

"필요 없어요. 우리 팀은 당신을 빼면 모두 자기 몸 정도는 스스로 지킬 수 있어요."

차갑게 쏘아붙이는 시즈리의 말에 으그극, 하고 코죠가 어금니를 깨물었다. 이러니저러니 해도 시즈리 역시 이 초심자용 방범 버저를 창피하게 느끼는 것 같다.

"이걸 준다는 건 마가토키 교관님은 같이 안 간다는 건가요?"

"날 부를 때는 카코짱이라고 부르렴."

코죠의 의문을 어물쩍 넘기며 카코가 농담인지 진담인지 모르게 말했다.

"교관이 인솔하면 학생들의 자주성이 떨어지지 않겠어? 카르체리 실습은 학생들끼리 가는 것이 우리 공마고전의 관습이야. 무섭니?"

"아니……. 무섭다고 할지 뭐라고 할지……."

그 이전에 카르체리란 게 어떻게 위험한지조차 알지 못하는 것이 문제라고 코죠는 생각했다. 그렇다고는 해도 수영복에 흰 가운, 비치 샌들이라는 진지함이라고는 찾아볼 수 없는 차림의 카코가 같이 가면 그것 나름대로 고생이 늘어날 것만 같은 기분도 들었다.

"걱정할 것 없어요, 코죠. 장비만 잘 갖추면 파편수 따위에 질 우리 카스가야 팀이 아니어요."

일단은 코죠를 격려하려는 것인지 시즈리가 굳게 말하며 가슴을 폈다.

"맞아. 걱정 마. 아카츠키 군의 몫까지 내가 서포트할 테니까."

별다른 근거도 없는 시즈리의 말에 루이가 강하게 동의했다. 평소와 같은 온화한 표정으로 루이는 코죠에게 오른손을 내밀었다.

그러한 루이의 행동에 뜻밖에도 마음이 든든해지는 것을 느끼며 코죠가 그의 손을 잡았다.

그 위에 유노가 두 손을 얹었다.

"서로 도우면서 같이 가자. 코지코지도 짐꾼으로서 활약 기대할게."

농담이라고는 받아들이기 어려운 그 말에 고죠의 미소가 얼어붙었다. 이제부터 네 명분의 무거운 짐을 짊어지고 카르체리에 들어가야 한다는 걸 떠올린 것이다.
덕분에 살았어, 라고 루이가 타산적인 발언을 하자, 유노가 벌레 씹은 얼굴을 한 코죠를 보며 웃어다.
미처 끼어들 타이밍을 잡지 못한 시즈리는 오른손을 어중간하게 내밀고 그들의 옆에서 멀뚱히 서 있었다.

4

지하 동굴은 평탄하지 않았다. 용암이 식어 그대로 굳은 듯 울퉁불퉁한 지형이었다. 묘하게 반들반들한 지면에 습기가 차 있어서 방심하면 바로 발이 미끄러졌다.
그런가 하면 뾰족한 바위와 수직에 가까운 절벽이 이어진 구역도 있어서 그것 역시 코죠의 신경을 갉아먹었다. 동굴에 들어가고 30분도 채 지나지 않아 코죠는 벌써 땀투성이가 되었다.
"느려요! 대체 언제까지 기다리게 할 생각이죠?!"
파티 선두에서 걷던 시즈리가 멈춰 서서 코죠를 불렀다.
공중에 하늘하늘 떠다니는 청백색 불덩이가 어둠 속에서 그녀의 모습을 비추었다. 인공 도깨비불이라고 불리는 시키가미의 일종이라는데, 주력 소비가 거의 없고 오랜 시간 유지할 수 있으며 밝기도 자유롭게 조정 가능한 유용한 물건이다.
도깨비불을 데리고 지하 미궁에 서 있는 시즈리 일행의 모습은 실습 중인 공마사 후보생이라기보다는 온라인 게임의 캐릭터를 보는 듯한 느낌이었다.

“어쩔 수 없잖냐! 불평할 거면 너도 조금은 짐 나르는 걸 도와!”

거대한 가방을 짊어진 코죠가 숨을 헐떡이며 반박했다. 도깨비불이 아닌 평범한 회중전등을 들고 있는 것은 초보적인 주술도 쓰지 못하기 때문이다. 그 탓인지 코죠 혼자 생뚱맞은 곳에 와 있다는 인상을 씻기 힘들었다.

“짐을 그렇게나 줄여줬는데 말버릇이 그게 뭐죠?”

간신히 쫓아온 코죠를 한심한 눈으로 바라보며 시즈리가 괘씸하다는 듯이 한숨을 쉬었다.

“원래부터 쓸데없는 짐이 너무 많았다고! 심지어 전부 네 개인 물건이잖아! 건강용품이랑 근육 트레이닝 기구랑 홍차 세트 같은 것들.”

“홍차 세트는 쓸데없지 않아요!”

“가장 필요없는 짐이라고!”

한바탕 불평을 늘어놓던 코죠의 시선이 눈앞에 우뚝 선 기묘한 기둥에 멈췄다.

신사의 *토리이가 떠오르는 두 개의 수정 기둥이었다. 주술에 대한 지식이 없는 코죠의 눈으로도 그것이 강력한 주력을 발하고 있다는 것을 알 수 있었다. 이것이 아마 파편수를 봉인하는 결계의 일부분인 것이리라.

“이제부터가……, 진짜 미궁인가…….”

“이것이 제1층의 입구여요. 결계 문을 건드리지 않도록 조

*토리이: 신사 입구에 세우는 나무기둥 문.

심해주시어요."

시즈리가 그렇게 말하고 메이스를 들었다. 루이도 말없이 총의 안전장치를 해제했다. 유노는 후드가 달린 코트를 벗어 가리고 있던 짐승 귀를 노출시켰다. 언제든지 전투에 들어갈 수 있도록 태세를 정비한 것이다. 겉으로는 평소와 다름없이 행동하고 있었지만, 그들이 내심 긴장하고 있었다는 것이 은연중에 전달되었다.

그 순간, 코죠는 기묘한 감각에 휩싸였다. 전에도 어딘가에서 그들의 이런 표정을 짓는 것을 본듯한 기분이 든 것이다.

"코죠?"

시즈리가 미간을 찌푸리며 침묵한 코죠를 의아한 얼굴로 올려다보았다.

"아니, 아무것도 아냐……."

코죠는 황급히 고개를 젓고는 벌써 걷기 시작한 유노 일행의 뒤를 쫓아갔다.

수정 기둥을 넘어 어느 정도 걸어 들어가자 카르체리의 상태가 돌변했다.

천장의 높이는 그대로였지만, 깎아지른 절벽처럼 동굴이 급격히 깊어져갔다.

원래 널찍했던 동굴의 폭은 더더욱 넓어져서 도깨비불의 빛으로는 반대쪽 벽이 보이지 않을 정도가 되었다. 계단같이 생긴 거대한 균열이 대협곡이라고 불러야 할 것 같은 절경을 이루었다.

그 지하 계곡 이쪽저쪽에 작은 빛이 깜빡이며 어른거리고 있었다. 시즈리 일행과 같은 도깨비불의 빛이다. 코쵸네 팀 말고도 카르체리에 들어온 학생들이 있는 것 같았다.

계곡 안을 떠도는 도깨비불의 수는 코쵸의 시야에 잡히는 것만도 예닐곱 개. 예상보다 많은 사람이 카르체리 내부를 어슬렁거리고 있었다.

"저 빛……. 저게 다 공마고전의 파티인 거야……?"

"그렇지. 슬슬 진급 심사 기간이니까."

"심사?"

"졸업 조건에 파편수를 얼마나 격파했는지가 포함돼 있거든. 위험을 무릅쓰고서라도 카르체리에 들어오지 않으면 학점을 딸 수 없어."

의아해하며 중얼거린 코쵸에게 루이가 담담하게 설명했다. 그렇구나 하고 대답하는 코쵸의 표정은 떨떠름했다.

공마고전의 수업은 대부분이 자습이라서 공통 이수 과목이 존재하지 않는다. 소속 학생들의 종족과 특기가 제각각이다 보니 이는 어찌 보면 당연하다고 할 수 있다.

그리고 교내에서 이루어지는 모의전은 어디까지나 훈련의 일환이기에 학생 평가로 직접 이어지는 것은 아니었다. 그렇지 않았다면 코쵸 따위는 이미 예전에 성적 부진으로 퇴학당하고 말았으리라.

그렇다면 대체 무엇으로 학생들의 성적을 심사하는가——카르체리의 존재가 그 의문의 해답이었던 셈이다.

"상당히 기분 나쁜 시스템인걸."
"그럴지도 모르지."
학교 비판으로 받아들일 수 있는 말이었으나 루이는 시원하게 수긍했다.
"하지만 실전 경험이 없는 공마사가 임무를 받게 되면 그 앞에 기다리는 건 비참한 결말뿐이야. 이 정도도 극복하지 못하면 공마사가 될 생각은 처음부터 하지 않는 게 낫지."
"공마사……라."
발판이 불안정한 절벽을 내려가며 코죠는 씁쓸히 침묵했다.
공마사란 마도 범죄에 대처할 수 있는 특수 기술을 갖추고 있는 자들의 총칭이다. 때로는 위험한 마족이나 마술사와 직접 대결해야 할 때도 있을 것이다. 그들의 적성은 필기시험이 아닌 실전의 성과로 평가되어야 한다——라는 논리는 충분히 이해된다.
그래도 코죠는 어쩐지 석연치 않았다.
코죠는 누군가와 싸우기 위해 공마고전을 다니고 있는 것이 아니다. 공마사 자격이 없으면 '마족 특구'에서 나갈 수 없다고 하니까 어쩔 수 없이 공마사의 길을 걷고 있는 것뿐이다.
그것은 아마도 수인인 유노와 연구자가 꿈인 루이도 마찬가지리라.
그렇다면 문제의 본질은 공마고전의 심사 제도가 아니라 마족을 격리하는 '마족 특구'라는 일그러진 시스템 자체에 있는 것일지도 모른다.
"쓸데없는 잡담은 그만하고 집중하시어요. 긴장이 부족한 것 아닌가요?"

멍하니 생각에 잠긴 코죠를 노려보면서 시즈리가 신랄하게 말했다. 그거 미안하게 됐다며 코죠는 두 손을 들어 올렸다. 확실히 지금은 '마족 특구'의 문제점 따위를 생각할 때가 아니다.

"그래도 제1층에는 파편수가 그다지 출몰하지 않는다며?"

"출현율이 낮은 것은 파편수뿐이어요!"

말이 끝나기도 전에 시즈리는 애용하는 메이스를 높이 쳐들어 눈앞에 선 코죠를 향해 힘껏 내려쳤다.

"엑?!"

메이스의 끝이 깨부순 것은 굳어버린 코죠의 뒤에 있던 벽──그 틈에서 기어 나온 기분 나쁜 그림자였다. 대형 도마뱀과 비슷하게 생긴 점액질 덩어리가 절퍽질퍽 소름 끼치는 소리를 내며 튀어 올랐다.

그것이 마치 신호라는 되는 듯이 사방의 바위에서 비슷한 그림자가 나타났다.

크기는 하나같이 소형견 정도. 원생생물(아메바)과 짐승을 융합한 듯한 기괴한 마법생물들이었다. 숫자는 열 몇 마리. 코죠 일행의 냄새에 이끌려서 왔는지 주변에서 속속들이 모여들고 있다.

"이 녀석들은 뭐야?!"

등줄기에 소름이 돋는 것을 느끼며 코죠가 비틀비틀 뒷걸음쳤다. 물컹물컹한 전신을 부들부들 떨며 코죠를 쫓아오는 마법생물들. 공포를 느낄 정도는 아니지만, 어쨌든 징그럽다.

"사령의 일종이야. 은래도에서는 악령(라르바)이라고 부르지."

그렇게 말하며 루이가 권총을 연사했다. 대구경 총탄에 맞은 마법생물들이 산산이 흩어졌다. 생물 하나하나는 대단한 위협이 되지 않는 듯했다. 그러나 수가 압도적으로 많다.

"……악령?"

"주로 동식물의 사체가 카르체리의 마력을 뒤집어쓰고 괴물로 변한 것을 말해. 말하자면 천연 좀비지. 카르체리에서 죽은 학생은 그리 많지 않아서 인간형 악령을 만나는 일은 그다지 없다는 게 유일한 위안이라고나 할까?"

"많이 없다……는 건 가끔은 있다는 거냐……."

기분 나쁜 천연 제품이 다 있다며 코죠가 진심으로 얼굴을 찡그렸다. 작은 동물들의 부패한 사체가 움직이는 것만으로도 이렇게나 역겨운데, 혹여나 인간 사이즈의 악령을 보게 되면 태연히 있을 자신이 없다.

"코지코지가 아무리 불사신이어도 이곳에서 죽으면 무슨 일이 벌어질지 몰라. 얼마 전 같은 무모한 짓은 하지 않는 게 좋을걸?"

코죠의 뒤에 숨으며 유노가 걱정스레 충고했다. 주로 손과 발로 직접 타격을 가하며 싸우는 그녀에게 있어 악령은 가능한 한 건드리고 싶지 않은 상대일 것이다.

"그렇게 할게. 저걸 보니까 역시 오싹하네."

코죠는 순순히 고개를 끄덕였다. 안 그래도 이미 세계 최강의 흡혈귀라는 영문 모를 호칭으로 불리고 있는데 좀비까지

되어버리면 앞으로는 고개를 들고 다니지 못하게 될 것 같다. 물론 코죠라고 죽고 싶어서 죽는 것은 아니지만——.

"그래서 이 녀석들은 어떻게 성불시키지? 사체가 괴물로 변한 거라면 계속 쓰러트린들 무한히 재생하는 거 아냐……?"

"악령은 사체가 되살아난 것이 아니어요. 한 번 죽은 육체는 물건과 마찬가지죠. 이것들은 그저 생전의 기억에 따라 기계적으로 움직이고 있을 뿐이어요."

"의사가 있는 것처럼 보일 뿐, 실제로는 그냥 인형이나 마찬가지란 거야?"

이름은 악령이어도 딱히 세상에 미련이 남아서 코죠 일행을 덮치는 건 아니다——시즈리의 설명으로 그것을 이해한 코죠가 살짝 안심했다.

"정답이어요. 따라서 원형을 유지 못 할 때까지 분쇄하면 더는 부활하지 못하죠."

시즈리는 그렇게 말하면서 점액으로 더러워진 메이스를 고쳐 잡았다.

"분쇄한다——니, 이만한 수를 전부 으스러트려야 한단 말이야?"

시즈리의 어깨너머로 주변을 둘러본 코죠의 표정이 굳었다. 주변에서 꿈틀거리는 악령의 수는 그사이 50마리가 넘게 불어나 있었다. 이만한 수의 괴물이 일제히 덤벼들면 아무리 시즈리여도 전부 물리치는 것은 무리일 것이다.

"악령들도 일단은 활동 영역이란 게 있어. 그래서 실은 이만한 수가 한꺼번에 출현하는 건 보통 있을 수 없는 일이야."

권총의 탄창을 교환하며 루이가 난감하다는 듯이 어깨를 으쓱였다. 그렇다면 어째서냐며 당황하는 코죠에게 유노가 생긋 웃어 보였다.

"추측이긴 하지만, 코지코지의 마력에 이끌려 모여든 것 같아. 악령들의 먹이는 카르체리에서 샘솟는 마력이라서 마력 농도가 짙은 곳으로 모이는 습성이 있거든."

"잠깐 스톱. 그럼 이건 내 탓인 거냐?!"

깜짝 놀라 반문하는 코죠에게서 시즈리와 루이가 가볍게 시선을 피했다. 그들의 태도를 본 코죠는 유노의 지적이 진실임을 직감했다.

비교적 안전하다는 카르체리 제1층에서 갑자기 궁지에 몰린 것은 코죠의 몸에서 멋대로 뿜어져 나오는 제4진조의 마력이 원인인 모양이다.

바보 같은 이야기지만, 도저히 웃어넘길 수 없는 상황이었다. 악령들의 목적이 코죠의 마력이라면 설령 이곳에서 도망친다 하더라도 어디까지든 따라올 것이기 때문이다.

바위 그늘에 숨은 악령들을 루이의 권총으로 처치하는 것은 극히 어렵다. 그렇다고 이런 벼랑에서 폭약을 쓸 수도 없다.

자신이 미끼가 되어 악령들을 유인한다는 아이디어가 떠올랐지만, 코죠는 곧 그 생각을 떨쳐버렸다. 저 점액질 덩어리가 몸에 달라붙는 걸 상상만 해도 몸에 오한이 들었다. 게다가 무모한 짓은 삼가라고 유노가 신신당부한 직후인 것이다.

그러나 현재의 상황을 타개할 만한 다른 작전은 떠오르지 않았다.

어쩌면 좋지? 코죠가 무거운 가방 어깨끈을 꽉 쥐었다.

자리에 어울리지 않는 카캇 하는 웃음소리가 들려온 것은 그 직후였다.

"카카캇! 화려하게 날뛰는 자들이 있다 싶더니만, 카스티엘라 아가씨 아니신가. 이런 곳에서 만나다니 우연이군!"

강철색의 갑옷을 걸친 거한이 벼랑 위에서 코죠 일행을 내려다보고 있었다.

거한이라고는 했지만, 딱히 키가 큰 것은 아니었다. 키만 따진다면 코죠보다 작을 정도다. 그러나 탄탄하고 넓은 어깨와 두꺼운 가슴, 전신을 휘감은 강철 같은 근육의 질량이 이 남자를 거대해 보이게 만들고 있었다.

두꺼운 입술 위로 선이 굵은 미소를 지으며 남자는 붙임성 있게 싱글싱글 웃었다.

"오오쿠라야마 총대표……!"

피로에 젖은 표정이던 시즈리가 갑옷을 입은 남자의 이름을 불렀다. 그 목소리에는 희미한 안도가 섞여 있었다.

"누군데?"

코죠가 난감해하며 중얼거렸다. 웃으면서 어마어마한 악령 무리 사이로 일부러 뛰어들어오는 별난 사람이 있을 거라고는 생각도 못 했다.

"학생 총대표인 오오쿠라야마 시도 선배야. 4년차생이긴 하지만, 교내에서 손에 꼽히는 실력자여서 교관 대행도 맡고 있어."

반사적으로 갑옷을 입은 남자에게 총구를 겨눴던 루이가 경계를 풀며 권총을 내렸다.

"아직 학생이었냐……."

루이의 말에 코죠는 다른 의미로 경악했다. 생김새와 말투, 그리고 차원이 다른 관록 때문에 서른 전후일 것이라 짐작했던 것이다. 저 외모에 18~19세라고 하면 속고 있는 듯한 기분이 들어버린다.

"이런 곳에서 마주친 것도 인연이라 할 수 있겠지. 실습의 취지와는 맞지 않지만, 내 힘을 빌려주겠네!"

사양할 것 없다며 호쾌하게 울부짖은 뒤, 오오쿠라야마가 등에서 검을 뽑아 들었다. 자신의 키와 맞먹는 양손 대검이었다. 중후함이 느껴지는 폭넓은 도신은 검이라기보다는 건축용 철제 자재처럼 보였다.

오오쿠라야마는 예사롭지 않은 무게의 검을 가뿐하게 휘둘러 눈앞의 악령에게 내려쳤다. 악령이 숨은 주변 바위까지 아랑곳하지 않고 휩쓸어버리는 그 모습은 어느 쪽이 괴물인지 알 수 없을 정도로 말이 안 되는 광경이었다.

그런 오오쿠라야마의 뒤에서 여학생 하나가 보조를 맞추고 있었다. 아마도 오오쿠라야마의 팀메이트일 것이다. 긴 검은 머리와 촉촉하게 젖은 검은 눈동자를 가진 느긋한 분위기의 미소녀였다.

그녀가 입고 있는 것은 공마고전의 여학생 교복이었지만, 몸매가 너무 좋은 탓에 묘한 섹시함이 느껴졌다. 블라우스의 앞자락을 두 번째 단추까지 풀었음에도 불구하고 가슴이 갑갑해 보인다.

"노조미 선배~."

유노가 반갑게 두 손을 흔들며 그녀를 불렀다. 검은 머리의 여학생도 웃으며 작게 오른손을 흔들어 회답했다. 그 모습에 코죠는 시선을 빼앗기고 말았다.

"저 미인은 카미키바 노조미 선배인데, 작년의 미스 공마고전이야. D종이고."

유노가 몸을 돌려 코죠를 올려다보고 장난기가 가득한 얼굴로 웃었다. '흥미 있지?'라는 뉘앙스의 말투다. 코죠는 그것을 부정할 수 없었다.

"D종……!"

동요를 숨기는 것도 잊고 코죠가 신음을 흘렸다. D종이란 제1진조인 '망각의 전왕(戰王)(로스트 워로드)'의 후예——일반적으로 흡혈귀라 알려진 것을 말한다. 다시 말해 노조미는 코죠와 동류라는 것이 된다.

공마고전에 자신 말고도 흡혈귀가 있다는 말은 들었지만, 이런 곳에서 마주치게 될 거라고는 생각 못 했다. 물론 저렇게나 미인이란 것도 예상 밖이다.

"그쪽 소년이 소문으로 들은 제4진조로군."

악령들을 일방적으로 유린하며 오오쿠라야마가 태평하게 말했다.

"아카츠키 코죠라고 합니다. 잘 부탁드립니다."

오오쿠라야마의 박력에 압도되면서도 코죠는 지지 않고 큰 소리로 이름을 밝혔다. 과거의 기억은 잃었지만, 몸에 밴 운동부 기질은 사라지지 않았다.

"음. 나야말로 기대하고 있네!"

만족스럽게 고개를 끄덕인 오오쿠라야마가 검을 든 채로 시즈리를 향해 몸을 틀었다.

"그런데 카스티엘라 아가씨, 자네들의 목적지를 제1층의 OC기지라 봐도 무방한가?"

"물론(세르타멘떼), 그럴 예정이어요."

시즈리가 오오쿠라야마를 보조하며 고개를 끄덕였다. OC기지란 카르체리 내에 설치된 관측기지 중 하나인 듯했다. 실습 나온 공마고전 학생들은 특별한 사정이 없으면 그곳에 들러 휴식을 취하는 것이 통과의례라고 들었다.

"그렇다면 우리도 동행하지. 카미키바 군."

오오쿠라야마가 중후하게 고개를 끄덕이며 옆에 서 있던 노조미를 불렀다.

"네, 총대표."

노조미가 긴 머리를 나부끼며 앞으로 걸어 나왔다.

코죠 일행의 앞에는 아직 숨이 붙어 있는 수많은 악령이 길을 가로막으며 스멀거리고 있었다. 그러나 노조미는 무서워하는 기색도 없이 그들을 무감정하게 흘겨보았다.

"――부탁해, 테레스."

쭉 뻗은 그녀의 오른팔에서 마력을 띤 선혈이 안개처럼 퍼져 나갔다.

심홍색 안개가 아지랑이처럼 일렁이는가 싶더니, 이내 불꽃을 휘감은 소환수의 모습으로 변했다. 거대한 날개와 맹금류의 다리, 그리고 인간의 상반신을 가진 요조(妖鳥)――하르피

이아. 흡혈귀 카미키바의 권수였다.

권수. 그렇다. 흡혈귀는 피 속에 자신의 권속인 야수들을 거느리고 있다.

그것은 스스로 의지를 가질 만큼 농밀한 마력의 집합체였다. 더욱 강력한 마력을 부딪치지 않는 한 타격을 주는 것조차 불가능한 괴물이다. 공마사들이 흡혈귀를 마족의 왕으로 여기며 두려워하는 것은 이 권수의 존재 때문이다.

노조미가 불러낸 요조가 불타오르는 화염의 날개를 펼치며 지면을 쓸어버렸다.

수십 마리의 악령이 그 한순간에 터져 나가며 흔적도 남기지 않고 소멸했다. 바위틈에 숨은 개체도 마찬가지였다. 요조의 불꽃이 거대한 바위를 녹여 그 안에 숨은 악령까지 통째로 통구이로 만든 것이다.

"이것이……, 흡혈귀의 권수인가……."

노조미가 사역하는 무섭고도 아름다운 소환수를 바라보며 코죠가 멍하니 중얼거렸다.

모든 적을 쓰러트리고 사랑하는 자를 지키기 위한 흡혈귀의 무기. 이계의 소환수.

혹은 세계의 이치에서 벗어나 모든 것을 파괴하는 불길한 권능.

그것은 세계 최강의 흡혈귀――제4진조인 코죠가 한때 손에 넣었다가 기억과 함께 상실한 능력이었다.

5

"OC기지가 뭔가 했더니……, 온천(OnCheon)이었냐……."

흰 수증기가 감도는 널찍한 지하동굴. 수영복으로 갈아입은 코죠가 온천탕 바위에 턱을 얹고 지친 표정을 지었다.

카르체리 돌입 뒤, 약 네 시간가량 이동해 코죠 일행이 도착한 첫 관측기지는 산속 오두막집 같은 느낌의 낡은 로그 하우스였다. 식당과 간이 의료시설, 학생 30명 정도가 숙박할 수 있는 침대를 갖추고 있으며, 강력한 결계와 기업에서 고용한 상주 경비원들이 지키고 있다고 했다.

평범한 오두막집과 다른 점이라면 마력을 계측하는 고가의 장비들이 실내 이곳저곳에 설치되어 있다는 것. 그리고 지하에 있는 넓은 동굴에 천연 온천이 샘솟고 있다는 것이다. 기지에 도착한 뒤, 식사와 장비 손질을 마친 카스가야 팀 멤버들은 휴식을 겸해 이 온천을 찾았다.

"공마고전의 학생만이 들어올 수 있는 숨은 온천이야. 대외적으로는 요양시설이라고 돼 있지만."

온천물 속에서 손목 스트레칭을 하며 루이가 웃음 섞인 목소리로 대답했다.

참고로 이 온천의 물은 경도의 화상과 자상, 피로 해소에 효과가 있다는 이산화탄소천이었다. 심지어 소모된 주력을 회복하는 효과가 있다고 하니 코죠로서도 '지금이 온천이나 즐길 때냐'라고는 말할 수 없다. 게다가 점액질 괴물과 싸운 뒤인 시즈리 일행이 몸을 씻고 싶다고 생각하는 마음도 충분히 이해가 갔다.

"카스코 녀석이 유달리 시간을 들여서 수영복을 골랐던 건 이것 때문이었냐."

어제 매점에서 있던 일을 떠올리며 코죠가 나른하게 한숨을 쉬었다.

쇼핑 도중, 수영복 코너를 발견한 시즈리는 코죠에게 짐을 맡긴 채로 1시간 가까이 수영복 시착을 반복했던 것이다. 지금 생각해보면 시즈리는 그때부터 이 지하온천에 오는 것을 기대하던 것이리라.

"——불만이라도 있으신가요?"

수증기 속에서 나타난 시즈리가 코죠의 혼잣말을 듣고 언짢은 기색을 비치며 노려보았다. OC기지의 바위 온천은 탈의실만 따로 있고 탕은 같이 쓰는 남녀 공용 온천이었다. 수영복 착용이 의무화돼 있기도 해서 혼욕이라기보다는 온수 풀 같은 분위기에 가깝다.

시즈리는 머리카락 색과 맞춘 심플한 흰색 비키니를 입고 있었다. 딱히 대담한 디자인은 아니지만, 코죠의 예상보다 노출도가 높다.

"딱히. 상식적인 차림이라 오히려 안심했어. 뭐라고 할까, 너라면 죄수복 같은 복고 수영복을 입고 오는 게 아닐까 싶었거든."

"절 뭐라고 생각하는 거죠?"

코죠의 냉담한 반응에 시즈리가 울컥한 듯 볼을 부풀렸다.

언제나 눌러쓰고 있던 머리쓰개 대신 터번 풍으로 감은 목욕타월이 그녀의 머리카락을 가리고 있었다. 귀와 목덜미를 드러내고 있는 시즈리의 모습이 신선해서 그녀의 수영복보다 그쪽에 오히려 시선이 갔다.

"기다리게 했나봐? 와아아, 온천 냄새야아……!"

"유, 유노 씨! 밀지 마시어——히약?!"

뒤에서 나타난 유노가 등을 쓰다듬자, 시즈리가 귀여운 비명을 질렀다.

유노가 입고 있는 것은 컬러풀한 체크무늬의 삼각 비키니였다. 수영복의 가장자리를 장식한 작은 프릴이 몸집은 작아도 굴곡이 뚜렷한 그녀의 보디를 강조시키고 있었다.

"어젯밤에 시즈리랑 같이 골랐어. 예뻐? 예뻐?"

힘차게 온천에 뛰어든 유노가 루이 앞에서 수영복을 자랑하듯이 빙글빙글 돌았다.

"그러게. 잘 어울려."

루이는 평소처럼 온화하게 웃으며 닭살 돋는 대사를 아무렇지도 않게 날렸다. 에헤헤, 유노가 기뻐하며 쑥스러워했다.

도저히 못 봐주겠네. 코죠는 속으로 중얼거리며 염장을 지르는 두 사람에게서 살짝 떨어졌다.

바위 그늘에서 유유자적하게 쉬고 있던 몸집 큰 남자와 눈이 마주친 것은 그 직후였다.

머리에 손수건을 얹은 오오쿠라야마가 흰 이를 드러내며 코죠에게 웃어 보였다.

"제4진조님은 왜 그러고 계신가? 표정이 어두운걸?"

"아뇨, 괜찮습니다. 그냥 카르체리에 대해 생각해보고 있었습니다."
뜻밖에도 날카로운 오오쿠라야마의 관찰력에 놀라 자기도 모르게 솔직히 말해버렸다.
오오쿠라야마는 살짝 미간을 좁히며 음, 하고 의젓하게 고개를 끄덕였다.
"자네는 이번 원정이 처음이라고 했지. 그렇다면 당혹스럽게 느끼는 것도 무리는 아니야."
"네, 뭐. 그게 정상인데 말이죠……. 총대표, 하나 물어봐도 되겠습니까?"
"물론이고말고. 후진을 가르치고 인도하는 것도 나의 임무지. 뭐든 물어보게."
오오쿠라야마의 힘찬 목소리를 들으며 코죠는 내심 미소 지었다. 역시 이 학생 총대표는 도무지 10대 소년이라고는 생각할 수 없었다. 카코 따위보다 훨씬 교관 같다.
"한마디로 하자면, 그게……, 총대표는 왜 공마사가 될 생각을 하셨죠?"
코죠의 무례한 질문에 오오쿠라야마가 흥미롭다는 듯이 눈썹을 추켜세웠다.
"제4진조님은 공마사가 되는 것에 망설임이 있는 모양이군."
"마도 범죄자나 마수에 대항할 프로가 필요하다는 건 이해합니다. 하지만 저로서는 와 닿지 않는달까요. 적어도 카르체리에 있는 악령이니 파편수니 하는 것들을 죽이며 돌아다니는 건 뭔가 아닌 것 같달까……."

잘 표현할 수 없는 답답함을 느끼면서 코쵸가 대답했다. 그것은 카르체리 제1층에서 루이와 이야기했을 때도 느낀 것이었다.

지금의 '마족 특구'는 어딘가 방향성이 이상했다. 카르체리와 파편수의 존재까지 포함하여 무척이나 일그러졌다. 잘못된 곳에 갇혀 있다——그런 기묘한 감각마저 든다.

"자네가 하려는 말을 모르는 것은 아니네."

"엇?"

생각지도 못한 오오쿠라야마의 말에 코쵸가 멍청히 입을 벌렸다.

당황하는 코쵸를 즐겁게 바라보며 학생 총대표가 호탕하게 웃었다.

"뜻밖인가? 그러나 이 몸으로서도 가끔 의문을 느낄 때가 있어. 특히 카미키바 군 같은 자를 가까이에서 보고 있으면 말이야."

"카미키바……, 선배요?"

"흡혈귀로 태어났다는 이유만으로 그녀는 공마사가 되지 않는 한 이 작은 섬 밖으로 자유로이 나갈 수 없지. 그런 세계는 잘못된 것이 아닐까 싶다네."

"……그렇네요."

코쵸는 고개를 끄덕이며 입술을 깨물었다. 오오쿠라야마가 지적한 것은 코쵸가 품고 있는 의문 그 자체였다.

"그런데 말이야, 힘을 가진 자는 그에 맞는 중책을 버텨내야 한다네. 너무나도 진부한 말이라 이 몸도 말하기 민망하지만, 자네가 그 호들갑스러운 호칭에 걸맞은 책임을 질 수 있는 사내이기를 기원하겠네."

"그러면 좋겠네요."

코죠는 그렇게 말하며 나른하게 고개를 내저었다.

세계 최강의 흡혈귀. 제4진조. 코죠는 자신이 그런 존재임을 안다. 누가 가르쳐주지도 않았는데 처음부터 그것을 이해하고 있었다. 기억을 잃은 지금의 코죠에겐 그 호칭만이 유일하게 흔들리지 않는 진실이다.

그러나 경이로운 재생능력을 제외하면 코죠에겐 흡혈귀로서의 힘이 없었다. 시즈리 일행이 감싸주지 않으면 악령 한 마리 처리할 수 없는 것이 현실이다.

그러한 자신이 '마족 특구'의 일그러진 현실을 바꿀 수 있는가——아마도 이것이 코죠가 고민하는 본질일 것이다.

그런 코죠의 속마음을 아는지 모르는지 오오쿠라야마는 혼자 멋대로 웃음을 터트렸다.

"그러나 나는 안심했다."

"……네?" 코죠는 고개를 갸웃거렸다.

두꺼운 가슴팍 앞에서 팔짱을 끼고 어딘가 만족스럽다는 듯이 고개를 주억거리는 오오쿠라야마.

"누구보다도 강대한 힘을 가지고 있을 자네가 힘의 올바른 사용길을 모색하고 있다는 사실에 안심했네."

"아니, 그렇게 거창한 이야기는 아닌데요……."

"듣자 하니, 자네는 흡혈귀의 힘을 거의 잃어버렸다지 않나. 그건 이 미혹을 극복하기 위한 시련일지도 모르지. 음.

틀림없어."
"하하……."
코죠는 오오쿠라야마를 따라 힘없이 웃었다. 쓴웃음이긴 했지만, 약간이나마 기분이 밝아진 것도 사실이었다. 아무래도 오오쿠라야마는 처음부터 코죠가 고민하던 원인을 꿰뚫어보고 있었던 것 같다. 호쾌해 보이지만 의외로 섬세한 남자다. 학생 총대표란 명칭은 겉멋이 아니었다.
코죠는 오오쿠라야마에게 고맙다고 인사한 뒤, 온천물에서 나와 울퉁불퉁한 바닥을 조심하며 남자 탈의실 쪽으로 걸어갔다. 온천에 몸을 담그고 깊이 생각하고 있던 탓인지 머릿속에 안개가 깔린 듯한 감각이 들었다. 어서 밖으로 나가 수분을 보충하는 게 좋으리라.
그런 생각을 하며 뒤를 돌아본 순간이었다.
순간 무언가가 코죠의 뇌리를 스쳐 지나갔다.
흰 수증기로 가로막힌 시야 저 너머에 섬광처럼 기억의 파편이 떠올랐다. 푸른 하늘. 강렬한 햇살. 카본파이버와 수지, 금속, 그리고 마술로 세워진 인공 도시. 손을 뻗으면 당장에라도 손이 닿을 것만 같은데 실제로 손을 내밀어 더듬으려 하면 코죠에게서 멀어지는, 그런 허망한 광경이었다.
그러나 그 환상도 결국은 찰나에 불과했다.
거의 붙잡을 뻔했던 기억은 손가락 사이로 빠져나가 안개처럼 사라져버렸다.
"아카츠키 군, 괜찮아?"
멍하니 선 코죠의 등 뒤에서 느긋한 목소리가 들려왔다.

아무 생각 없이 무방비하게 뒤를 돌아본 코쇼는 그만 소리를 지를 뻔했다.

카미키바 노조미가 예상 밖의 가까운 거리에서 걱정스럽게 코쇼를 올려다보고 있었다. 촉촉한 눈동자와 윤기 있는 입술. 긴 검은 머리를 땋아 올린 탓에 가느다란 목덜미가 더욱 강조되었다. 뽀얀 살결이 살짝 불그스레하게 상기되어 있어 표정에서 묘한 색기가 넘쳤다.

하지만 무엇보다도 코쇼를 경악시킨 것은 그대로 드러난 그녀의 가느다란 어깨였다.

노조미가 몸에 두른 것은 흰 목욕타월 한 장뿐이다. 당연히 그곳에 있어야 할 수영복의 어깨끈이 보이지 않았다. 수영복보다 피부 노출이 적은데도 몇 배나 선정적인 모습이다.

"앗, 넵. 잠깐 현기증이 난 것뿐입니다."

코쇼는 그렇게 말하며 노조미에게서 시선을 돌리려 했다. 그러나 그녀는 그보다 빨리 코쇼의 앞으로 돌아 들어왔다. 밀착하기 직전의 아슬아슬한 거리다.

"그래? 그럼 다행이야."

자연스럽게 앞으로 몸을 구부리며 노조미가 코쇼를 올려보았다. 그녀가 두른 목욕타월 밑에 과연 수영복이 존재하는가. 코쇼에겐 그것을 확인할 방법이 없었다. 코쇼가 그나마 확인 가능한 것은 노조미의 풍만한 가슴이 만들어내는 깊은 계곡뿐이었다.

"아카츠키 군, 미안해."

"네?"

울적하게 눈을 내리까는 노조미를 보며 코죠는 딱딱하게 굳은 채로 고개를 갸웃했다.

"훔쳐 들으려는 생각은 아니었지만, 조금 전에 시도와 이야기하는 걸 조금 들어버렸어. 흡혈귀의 힘을 쓸 수 없다는 이야기──."

"아아……. 딱히 숨기고 있는 것도 아닌데요, 뭐."

코죠가 어색하게 웃으며 그녀의 옆을 빠져나가려 했다. 그러나 노조미는 코죠의 움직임을 미리 읽기라도 한 것처럼 이동해 코죠와의 거리를 더욱 좁혀왔다.

"혹시 괜찮으면 시험해볼래?"

"……시험?"

'뭘?'이라고 자기도 모르게 반문하는 코죠. 노조미는 도전적으로 입술 끝을 올리며 흰 목을 코죠의 앞에 드러냈다.

"흡혈 행위."

"……네?! 네에?!"

노조미가 무슨 뜻으로 말했는지 알아차린 코죠의 목소리가 뒤집어졌다.

흡혈귀가 이성의 피를 원하는 행위──흡혈 충동의 방아쇠가 되는 것은 식욕이 아닌 성욕이다. 다시 말해, 노조미는 코죠를 유혹하고 있는 것이다.

심지어 이곳은 온천이다. 서로의 피부를 드러낸 상태이며 농밀한 수증기 때문에 주변 시선도 신경 쓰이지 않는다. 게다가 상대는 미스 공마고전에 오른 미녀다. 최고의 조건이 갖춰져 있는 셈이다.

"너는 행위를 계기로 흡혈귀의 힘이 각성할지도 몰라. 나는 제4진조와 피의 기억을 공유함으로써 더욱 강한 힘을 얻게 될지도 모르지. 서로 나쁜 이야기는 아니라고 생각하는데. 어때? 시험 삼아 딱 한 번만 해보지 않을래?"

"아, 아니. 하지만……."

우물쭈물하는 코죠를 가지고 놀 듯이 노조미가 목욕타월로 감싼 가슴을 밀착시켰다. 그 고혹적인 감촉에 코죠는 그만 꿀꺽 침을 삼켜버렸다. 노조미가 날카로운 송곳니를 슬쩍 드러내고 웃으며 젖은 혀끝으로 살짝 입술을 핥았다.

"후후. 아니면 내가 상대인 게 불만인 걸까?"

"아뇨, 그런……. 딱히 불만은——."

"불만은, 뭐죠?"

뒷걸음치는 코죠의 귓가에 냉랭한 목소리가 들려왔다. 움찔, 굳어버린 코죠를 난폭하게 끌어당긴 것은 흰 비키니를 입은 여학생이었다.

"카, 카스코……?!"

"어머나."

노조미가 눈을 크게 깜빡이며 시즈리를 보았다. 시즈리는 코죠의 오른팔을 사정없이 비틀며 살의로 가득한 시선을 보내고 있었다.

"드디어 본성을 드러냈군요, 코죠! 제가 잠깐 눈을 뗀 사이에 카미키바 선배와 뭘 할 생각이었죠?!"

"머, 멍청아! 아직 아무런 짓도 안 했어!"

"……아직?"

시즈리는 억양 없는 목소리로 중얼거리더니 코죠의 팔을 잡은 손에 힘을 가했다. 뇌를 관통하는 듯한 격통에 코죠는 소리 없는 비명을 질렀다.

그 모습을 보던 노조미는 어머나, 하며 마치 남의 일인 양 느긋하게 고개를 저었다.

"못써, 카스가야. 욕실에서 날뛰는 건 매너에 어긋난다고."

"매너 같은 소리를 할 때인가요! 카미키바 선배도 저희 팀원을 유혹하는 짓은 하지 말아주시어요!"

"어머나, 유혹 같은 거 안 했어. 그렇지?"

"그렇게 말하면서 가슴을 밀어붙이는 건 어째서죠?! 그런 짓을 하니까 선배는 아군 킬러니 서클 크래셔니 하는 별명으로 불리는 것이어요!"

"아잉. 카스가야 무서워."

칭얼대는 목소리로 과장스럽게 떨면서 노조미가 코죠의 왼팔에 자신의 가슴을 눌렀다.

발끈한 시즈리가 지지 않으려고 코죠를 잡아당겼다. 한계 이상의 부하가 걸린 코죠의 오른팔 관절에서 기분 나쁜 소리가 들려왔지만, 그래도 시즈리와 노조미의 공방은 끝나지 않았다.

그런 와중에 오오쿠라야마가 물방울을 튀기며 온천탕에서 벌떡 일어섰다.

그는 천천히 온천을 둘러보더니 옥신각신하는 그들에게 시선을 멈췄다. 그리고 만족스럽게 한 번 고개를 주억거렸다.

"음. 다들 허심탄회한 사이가 되어 다행이야."

그렇게 말하고는 호쾌하게 웃어젖혔다.
대체 무슨 소리냐며 코죠가 피로감에 절어 어깨를 떨구자 노조미도 웃으며 코죠를 풀어줬다.
코죠를 유혹하는 걸 포기한 것은 아닐 테지만, 오오쿠라야마의 등장으로 므흣한 분위기가 사라진 건 사실이었다. 노조미가 또 보자며 의미심장하게 한쪽 눈을 찡긋하자 시즈리가 볼에 경련을 일으켰다.
"자, 피로도 풀렸으니 이만 나가볼까?"
시즈리와 노조미 사이에 흐르는 미묘한 공기를 완전히 무시하며 오오쿠라야마가 느긋하게 말했다.
노조미는 작게 웃었을 뿐, 곧 그의 말을 따랐다. 탈의실로 돌아가는 검은 머리의 소녀와 거구의 남자를 지켜보며 코죠는 깊은 한숨을 쉬었다.
"오오쿠라야마 총대표, 대단한 사람이네. 여러 가지 의미에서……."
"카미키바 선배와 태연하게 팀을 짤 수 있는 건 저분뿐이어요."
시즈리도 독기가 빠진 얼굴로 멍하게 중얼거렸다.
오오쿠라야마 팀이 2인 파티라는 변칙적인 구성인 것은 오오쿠라야마 때문이 아니라 노조미의 소행에 문제가 있어서였다. 물론 단둘이서 카르체리를 돌파할 수 있는 압도적인 실력 덕분이기도 하다.
"그런데 슬슬 놔주면 안 될까? 의외로 상당히 신경 쓰인다고나 할까……."

"……네?"

'무엇을 말이죠?'라고 시즈리는 의아하다는 듯이 고개를 들고는 즉시 볼이 수치심으로 물들었다. 수영복 차림인 자신이 코죠의 오른팔에 가슴을 밀어붙이고 있다는 사실을 알아차린 것이다.

시즈리는 늘씬한 몸매였지만, 전해져오는 감촉은 뜻밖에도 부드러웠다. 유노나 노조미와 비교하면 아담한 크기지만, 그만큼 피부에 달라붙는 밀착감이 있었다.

"뭐……뭣……. 다, 당신……, 무슨……."

"아~……. 얼마 전에 빈약하다고 해서 미안했다. 그 말은 취소할게. 그야 아마세나 카미키바 선배에겐 못 미치지만, 카스코도 의외로——."

진지한 표정으로 고개를 끄덕이며 사과하는 코죠.

그러나 그 말이 끝나기도 전에 시즈리의 몸이 낮게 가라앉았다. 마치 교과서에 나올 법한 훌륭한 업어치기 한판에 코죠가 공중에 둥실 날아올랐다.

"오오오옷——?!"

머리부터 온천에 내던져진 코죠의 비명은 자신이 세운 물기둥 소리에 지워져 들리지 않았다.

탕 속에 가라앉은 코죠에게 최후의 일격을 가하기 위해 거대한 바위를 던지려는 시즈리를 유노와 루이가 황급히 뜯어말렸다.

6

"오늘은 이대로 제2층의 BB기지로 향하도록 하겠어요. 내일 이후는 그곳을 거점으로 제2층과 제3층을 조사하도록 할 거여요. 아시겠죠?"

평소와 같은 기사복으로 갈아입은 시즈리가 지도를 펼치며 말했다. OC기지를 나온 지 약 두 시간. 곧 제2층에 도착하려는 참이다.

그녀가 가리킨 기지는 직선거리로 약 5킬로미터 정도 떨어진 곳에 있었다. 하지만 지도상에 그려져 있는 지형은 미궁이란 이름답게 구불구불 복잡하게 꺾여 있어 코죠는 벌써부터 진절머리가 났다.

반면, 유노가 BB기지란 단어에 극적으로 반응하며 몸을 앞으로 내밀었다.

"오옷. 오늘 저녁은 불고기야?"

"……불고기? BB기지란 건 설마 바비큐의 BB냐……."

이 학교는 대체 뭐 하는 곳이냐며 코죠가 가볍게 머리를 감싸 쥐었다. 온천 다음은 바비큐. 실습의 긴장감은 그림자도 찾아볼 수 없다.

"카르체리 내부에 제대로 된 식당을 만드는 건 아무래도 어렵잖아. 학생들이 직접 해먹을 수 있도록 학교에서 짜낸 고육지책이야."

"정말로……?"

쓴웃음을 지으며 변명하는 루이를 코죠가 의심 가득한 눈으로 바라보았다.

아마 그럴 거라며 어깨를 으쓱인 루이는 문득 진지한 얼굴로 혼잣말처럼 이어서 말했다.

"게다가 마술 전투란 건 어떻게 보면 결국 상대의 의표를 얼마나 잘 찌르느냐, 얼마나 잘 속일 수 있느냐 하는 거니까. 성실하기만 해서는 공마사 임무를 완수하지 못해. 장난 같아 보이는 정도가 오히려 적당하다고 할 수 있어."

"그런가……. 그러고 보니 나츠키짱도 늘 농담인지 진담인지 모를 태도로……."

무의식적으로 흘러나온 자신의 말에 코죠가 깜짝 놀라 움직임을 멈췄다.

눈에 익은 무수한 광경이 번개처럼 뇌리를 스치며 강렬한 두통이 엄습해왔다. 긴 검은 머리와 호화로운 드레스. 인형같이 정밀한 미모를 가진 어린 여성. 그러나 그러한 환영도 곧 기억 저편에 가라앉아 불쾌한 위화감만 남기고 사라졌다.

찌르는 듯한 시선을 느끼고 코죠가 황급히 고개를 들었다. 그러자 반쯤 뜬 눈으로 코죠를 노려보는 시즈리 일행과 눈이 마주쳤다. 나츠키가 대체 누구냐는 의심 가득한 표정이다.

물론 그런 걸 물어봤자 코죠로서는 대답할 방법이 없었다. 또 다른 여자 이름이네, 하고 유노가 악의 없이 중얼거리자 카스가야 팀 사이에 뭐라고 형용하기 힘든 미묘한 공기가 흘렀다.

그런 공기 따위는 손톱만큼도 신경 쓰지 않고 카캇 하고 웃어넘긴 것은 물론 오오쿠라야마였다.

"우리의 목적지는 제4층이니 다음 기지에 도착하면 그 후는 별도 행동을 하게 되겠군. 짧긴 하지만 남은 여정 잘들 부탁하이."

"잘 부탁해."

노조미가 요염하게 웃으며 코쵸에게 살짝 다가갔다. 시즈리가 그녀를 견제하며 코쵸의 옆에 억지로 끼어들었다. 서로 만면의 미소를 지으며 살기 어린 눈으로 노려보는 두 사람. 코쵸는 그녀들에게서 살짝 떨어져 들키지 않게 슬쩍 걸음을 옮겼다. 그녀들의 싸움에 이 이상 얽히면 당해낼 수가 없다.

제1층이라 불리는 계곡지대의 출구는 균열을 이루며 뻗은 좁은 통로로 되어 있었다.

몸집이 큰 오오쿠라야마가 간신히 통과할 정도의 갑갑한 길이 끝도 없이 계속 뻗어 나갔다.

그 답답한 지형을 어떻게든 빠져나가 탁 트인 곳으로 나간 순간, 코쵸는 깜짝 놀라 눈을 가늘게 떴다.

눈앞에 밀림이 펼쳐져 있었다.

이끼가 낀 바위. 울창한 녹음. 머리 위로는 눈부신 오후의 햇살이 쏟아져 내린다.

코쵸는 순간적으로 자신이 지상으로 돌아온 것이 아닌가 착각했다.

하지만 아니었다. 코쵸 일행은 지금도 지하 미궁 안에 있었다. 무시무시하고 거대한 우물 같은 수직굴. 그곳은 직경 1,000미터 가까운 커다란 수직 동굴의 바닥이었다.

지하동굴의 천장이 무너져내려, 아득히 높은 곳에 투명한 푸른 하늘이 보였다.

그곳에서 쏟아져 내리는 태양 빛을 받아 식물들이 번식한 것이리라. 지하동굴 바닥에는 열대우림 같은 깊은 숲이 우거져 있었다.

"이것이 카르체리의 제2층……이라고……?"

"네. 제2층은 밀림 에어리어여요. 지하동굴 안에 삼림이 우거져 있죠."

표정 없이 멍하니 서 있는 코쵸에게 시즈리가 거들먹거리며 말했다.

"미리 경고하겠는데, 숲속에 있는 강에는 조심해주시어요. 지하수로 몇 개는 바다까지 이어져 있다고 하니까요."

"지하……수로……."

코쵸의 목소리가 확연히 떨려왔다. 맹렬한 오한이 뱃속 깊은 곳에서 치밀어 올라와 심장이 크게 뛰기 시작하는 것이 느껴졌다. 눈 앞에 펼쳐진 밀림에 놀란 것이 아니다. 그 반대다. 은래도 지하 미궁 제2층――코쵸는 처음으로 방문하는 이 밀림의 풍경을 알고 있었다.

"그러고 보니 코지코지는 헤엄을 못 치던가?"

새파랗게 질린 코쵸의 얼굴을 올려다보며 유노가 걱정스레 물었다. 코쵸가 동요하는 이유가 물에 빠지는 걸 무서워한 탓이라고 오해한 듯했다.

하지만 코쵸에겐 지금 유노의 오해를 풀 여유가 없었다.

"아냐……. 수로……. 그런 건가……. 그래서 난……."

지금까지 느껴본 적이 없을 만큼 격렬한 현기증이 덮쳐왔다. 세찬 물결을 이루며 밀려오는 무수한 데자뷔. 뒤죽박죽된 과거와 현재의 기억이 코쵸의 의식을 격렬하게 농락했다.

"괜찮아. 나랑 루이루이랑 시즈링이랑 시즈링이 같이 있으니까."

"어째서 제 이름만 두 번 말씀하시는 거죠?"

"그만큼 믿음직하다는 뜻이야."

농담인 양 밝은 목소리로 코쵸를 격려하는 유노. 팔짱을 끼고 불만에 찬 한숨을 쉬는 시즈리. 두 사람의 목소리가 코쵸의 뇌리에 몇 번이고 메아리쳤다. 그렇다. 코쵸는 이들의 대화를 알고 있다——.

"난 정찰하러 다녀올게."

귀를 쏙 내밀고 고양이처럼 홍채를 좁힌 유노의 부츠 밑창이 바닥과 부딪쳐 마찰음을 냈다. 일반인을 아득히 초월한 가벼운 몸놀림과 예민한 감각기관을 가진 그녀는 이 밀림을 정찰하기에는 너무나도 안성맞춤인 인재였다.

홀로 일행보다 한발 앞서 출발해 안전한 루트를 확보한다. 그것이 카스가야 팀 내에서 유노의 역할이다.

"부탁드리어요."

"맡겨줘!"

팀장인 시즈리의 승인을 받은 유노가 통 하고 가벼운 소리를 내며 도약했다.

그녀는 밀림의 나무 위에 내려앉더니 휘어진 나뭇가지의 반동을 이용해 다시 한 번 도약했다. 새로운 장난감을 받은 새끼 고양이처럼 신난 모습이다. 시야가 가로막힌 이 밀림도 수인종인 유노에겐 쾌적한 놀이터나 마찬가지인 것이다.
유노의 작은 몸이 빽빽이 자라난 나무그늘 사이로 녹아들어 곧 보이지 않게 됐다.
그 순간, 코죠에게 격렬한 초조감이 엄습했다.
"——안 돼. 아마세!"
"아, 아카츠키 군?"
절규하는 코죠의 얼굴을 올려다보며 루이가 당황해서 눈을 크게 떴다. 오오쿠라야마와 노조미 두 사람도 드물게 당혹스러운 표정을 지었다.
"미야즈미, 당장 아마세를 막아! 다시 불러와!"
"대체 왜 그러는 거죠, 아카츠키 코죠?"
흥분한 코죠를 진정시키려 시즈리가 강아지를 달래는 듯한 동작을 하며 가까이 다가왔다.
그런 그녀의 모습에 데자뷔를 느껴 코죠는 얼굴을 일그러트렸다. 이제부터 무슨 일이 벌어질지 코죠는 알고 있다.
"비켜, 카스코! 이대로 있다간 아마세가 위험해!"
"아, 아카츠키 코죠?!"
누가 카스코냐며 눈썹을 추켜 뜨는 시즈리를 코죠가 난폭하게 밀어냈다. 지고 있던 무거운 짐을 던져버리고 이미 시야에서 사라진 유노를 쫓아 밀림으로 뛰어들었다.
무성하게 우거진 나무들의 가지와 잎사귀 탓에 숲속은 어두웠다. 생생한 수액 냄새가 코를 찔렀다. 질퍽하고 습기 찬 농밀한 대기가 파카 사이로 스며들어와 피부에 달라붙었다.
앞길을 막는 나뭇가지를 밀쳐내며 코죠는 그저 계속해서 달려 나갔다. 식물 뿌리로 뒤덮인 지면이 천연 트랩이 되어 코죠의 다리에 얽혀들어 앞으로 나아가지 못하게 붙잡았다. 피부에는 나무에 긁힌 수많은 상처가 새겨지고 팔다리에 난 타박상은 셀 수조차 없었다.

그럼에도 불구하고 코죠가 유노를 따라잡는 것은 상식적으로 생각해봤을 때 불가능했다. 흡혈귀가 된 코죠와 비교해도 민첩성과 체력은 유노 쪽이 압도적으로 뛰어났다.

따라서 코죠는 처음부터 유노를 따라잡을 생각이 없었다.

그녀를 추적할 필요는 없다. 왜냐하면 코죠는 이미 유노가 이제부터 갈 장소를 알고 있기 때문이다. 코죠가 지금 달리고 있는 이유는 유노가 향하고 있는 목적지에 먼저 도착하기 위해서다.

"아마세!"

수인 소녀의 등을 발견한 코죠가 외쳤다.

뾰족한 짐승 귀를 움직이며 유노가 천천히 뒤를 돌아봤다.

"어라, 코지코지? 어떻게 날 따라잡았어?"

유노가 눈을 크게 뜨며 물었다.

그녀가 서 있는 곳은 밀림 속의 커다란 늪 가, 물가에 군생하는 맹그로브 나무 위였다. 태양 빛을 받으며 나무 위에 서 있는 그녀의 모습은 마치 영화의 한 장면 같아서 어딘가 환상적이기까지 했다.

그러나 코죠에겐 그런 유노에게 넋을 잃고 있을 만한 여유가 없었다.

코죠가 밀림 사이에서 빠져나옴과 동시에 유노의 뒤쪽 대기가 흔들렸던 것이다.

"도망쳐, 아마세!"

코쇼는 숨을 헐떡이며 절규했다.

그 직후, 유노의 왼쪽 어깨가 깊이 패며 선혈을 뿜었다. 허공에서 나타난 보라색 화염이 칼날을 이루어 유노의 몸을 도려낸 것이다.

"엇……!"

유노의 작은 몸이 공중에 둥실 떠올라, 나뭇가지에 부딪히며 지상으로 낙하했다. 사방에 튄 어마어마한 선혈이 그녀의 주변을 붉게 덧칠했다.

코쇼는 필사적으로 뛰어가 부드러운 부엽토에 가라앉은 그녀의 몸을 안아 올렸다.

"아마세! 정신 차려, 아마세!"

"아……파……. 뭐야 이거……?"

피로 물든 자신의 손바닥을 바라보며 유노가 힘없이 웃었다. 코쇼는 아무런 대답도 못 하고 무의미하게 어금니를 빠드득 갈 뿐이었다.

그런 코쇼의 왼쪽 뺨에 흉흉한 마력의 파동이 불어왔다. 유노를 공격한 존재가 늪 위에서 실체화하려 하고 있었다.

허공에서 나타난 대기의 일렁임이 거대한 짐승의 윤곽을 그렸다.

짐승이라고도 벌레라고도 하기 힘든 수많은 촉수를 가진 이형의 괴물이다.

"파편수……. 어째서, 이런 곳에……."

중얼거리는 유노의 입에서 선혈이 흘러내렸다.

그녀의 출혈은 생각보다 심각했다. 평범한 인간이었다면 이미 의식을 잃었을 정도의 중상이다.

아무리 수인족이어도 이대로는 오래 못 버틸 것이라고, 의료 지식이 없는 코죠도 단언할 수 있었다.

그러나 코죠에겐 그녀를 지혈할 여유조차 주어지지 않았다.

불꽃을 휘감은 이형의 괴물이 다시 한 번 유노를 공격했던 것이다.

마력으로 자아낸 거대한 촉수가 칼날이 되어 밀림을 비스듬하게 베어 넘겼다.

유노의 몸을 안아 올린 코죠는 촉수 밑으로 몸을 미끄러트려 아슬아슬하게 공격을 피했다. 공격에 휘말린 수많은 나무가 사정없이 꺾이며 연달아 타올랐다.

"코지코지, 먼저 도망가……. 난……, 괜찮으니까……."

유노가 여린 목소리로 코죠를 불렀다.

"도망갈 거야, 같이!"

코죠는 유노의 간청을 무시하고 일방적으로 내뱉었다.

그녀를 버릴 생각은 없었다. 그러면 무엇을 위해 이곳까지 왔는지 알 수 없어진다.

문제는 가령 코죠가 혼자였다고 하더라도 이 상황에서 무사히 도망칠 수 있을지 알 수 없다는 사실이다.

밀림은 이미 이쪽저쪽이 화염에 휩싸여 도망갈 수 있는 길은 얼마 남아 있지 않았다. 그리고 무엇보다도 파편수의 공격력이 너무나도 압도적이었다. 보라색 불꽃으로 이루어진 칼날이 근처를 스치기만 해도 코죠와 유노에게 치명적인 대미지를 줄 것이다. 그래선 유노도 구할 수 없다.

권수를 쓸 수 있었다면——. 코죠가 입술을 세게 깨물었다.

소문으로 들은 제4진조 권수의 힘이라면 파편수 따위는 순식간에 없애버릴 수 있을 터였다. 그러나 지금의 코죠는 권수를 불러내는 것이 불가능했다. 파편수에 대항할 힘이 없다.

파편수가 다시금 일렁이는 불꽃 촉수를 휘둘렀다.

유노를 감싸 안은 채로 코죠의 표정이 얼어붙었다. 좌우에서 촉수 두 개가 동시에 날아들었다. 이 촉수는 피할 수 없다. 그 찰나, 절망이 코죠의 마음을 지배한 그 순간——.

무수한 탄환을 뒤집어쓰고 파편수의 촉수가 터져나갔다.

"아카츠키 군!"

얼음 결계로 온몸을 감싼 루이가 타오르는 불꽃 장벽을 뚫고 나타났다.

그가 겨눈 어설트카빈 총이 굉음과 함께 탄환을 뱉어냈다. 고속 라이플탄을 사용하는 루이의 애총은 권총탄을 사용하는 일반 서브머신건보다 강한 위력을 자랑한다. 발사 속도는 분당 750발. 눈 한 번 깜빡일 정도의 사이에 수많은 은 이리듐탄이 박힌 파편수의 거구가 기우뚱 흔들렸다.

"미야즈미! 아마세가——!"

"알아. 그보다 뒤를 경계해!"

"뒤……?"

루이의 재촉에 뒤를 돌아본 코죠는 밀려오는 마력의 파동을 느끼고 할 말을 잃었다. 마치 코죠 일행을 포위하듯이 대기가 일그러지며 두 번째 파편수가 밀림 속에서 출현한 것이다.

그러나 그 이상으로 코쵸를 당황하게 한 것은 새로 나타난 파편수의 뒤에 서 있는 작은 그림자의 존재였다. 전신을 칠흑색 로브로 감싼 낯선 사람이다.

호리호리한 여성스러운 실루엣에서 아름다운 사신의 모습이 연상됐다.

그림자의 왼손에는 아직 검집에서 뽑지 않은 한 자루의 검이 쥐여 있었다.

칠흑빛 그림자는 마치 파편수를 조종하고 있기라도 하듯이 머리 위로 검을 들어 올렸다.

"**또**……, **너냐**!"

무의식적으로 흘러나온 자신의 말에 코쵸는 격렬하게 전율했다.

지금껏 느껴본 적 없을 정도로 극심한 현기증이 엄습해 코쵸는 견디지 못하고 그만 무릎을 꿇었다.

코쵸는 이 그림자의 존재를 알고 있었다. **그녀**는 지금까지 몇 번이나 코쵸 일행의 앞을 막아서며 코쵸에게 절망을 심어 넣었다.

"설마 네가 조종하고 있는 거냐……?! 파편수를……?"

고통스럽게 외치는 코쵸를 바라보며 로브를 입은 그림자가 훗 하고 웃은――듯한 기분이 들었다.

두 번째 파편수가 포효하며 코쵸에게로 돌진해 왔다. 길을 가로막는 밀림의 나무들을 마치 설탕 세공이라도 되는 양 손쉽게 베어내며 거대한 앞다리로 코쵸 일행을 짓밟았다――고 생각한 순간, 상공에서 불타는 섬광이 떨어져 파편수를 땅바닥에 내동댕이쳤다.

섬광의 정체는 흡혈귀의 권수였다. 카미키바 노조미가 '테레스'라 이름 붙인 요조다.

"갉아먹어라, '하우라스'!"

노조미의 권수보다 한발 늦게 시즈리가 파도치는 불꽃 같은 장검을 들고 뛰쳐나왔다. 다쳐서 미쳐 날뛰는 파편수를 향해 시즈리는 번쩍이는 칼을 용서 없이 박아넣었다.

"카미키바 선배……, 카스코……."

다 쉬어버린 목소리로 코죠는 시즈리가 싸우는 뒷모습을 바라보았다.

성례병장 '하우라스'가 베어낸 상대의 마력을 빨아들여 점차 위력이 강해져갔다. 마력의 덩어리인 파편수에게는 천적이라고 할 수 있는 치명적인 무기다. 시즈리가 검을 휘두를 때마다 파편수의 거구가 찢겨나가며 잘게 썰린 마력 찌꺼기로 변해갔다.

그 사이, 노조미의 권수는 루이를 원호했다.

위력이 강한 그레네이드탄과 공격 계통 주부(呪符)를 아낌없이 쏟아내며 루이는 파편수를 압도하고 있었다. 거기에 노조미의 권수가 가세하자 판세는 결정되었다. 대부분의 촉수를 잃은 파편수는 일방적으로 유린당할 뿐이었다.

"동료의 위기를 용케도 알아차렸군, 제4진조님. 역시 대단하오!"

호쾌한 웃음을 날리며 마지막에 나타난 것은 오오쿠라야마였다. 그의 뒤로 산산조각이 난 파편수 몇 마리분의 잔해가 보였다. 오오쿠라야마 홀로 이들을 도살한 듯했다. 이곳에 소환된 파편수는 코죠 쪽을 공격한 두 마리만이 아니었던 것이다.

“그리고 파편수를 조종하는 여성이여——. 그대가 소문으로 들은 카르체리의 유령인가?”

자신의 키만한 양손검을 가볍게 휘두르며 그는 로브를 입은 그림자에게 칼끝을 돌렸다.

상처 입은 유노를 끌어안고 있던 코죠의 볼에 경련이 일어났다.

지금 이 오오쿠라야마의 모습과 데자뷔가 하나로 연결됐다. 북받치는 맹렬한 공포로 구역질이 밀려왔다.

로브를 입은 그림자가 짧게 숨을 뱉었다. 조소와 닮은 희미한 숨결.

다음 순간, 그녀의 발치에 한층 거대한 칠흑빛 파편수가 출현했다.

지금까지 본 것과는 분명하게 다른 완벽한 짐승 형태의 괴물이다.

“카캇. 소용없다! 공마고전 학생 총대표의 힘을 얕보지 말거라!”

용맹한 포효와 함께 오오쿠라야마가 질주했다.

그의 대검에 기하학적인 마술 문양이 떠올랐다. 공마생 후보생이니 당연하다고 할 수 있지만, 그는 단순히 힘만 센 것이 아니라 뛰어난 마술사이기도 했던 것이다. 마술로 강화한 대검을 휘두르며 오오쿠라야마가 요란한 뇌성과 함께 파고들었다.

"안 돼, 총대표! 그 녀석은——!"

"음……?!"

코죠가 공포에 찬 외침을 지른 것과 오오쿠라야마의 표정이 일그러진 것은 동시였다.

칠흑빛 파편수가 입을 벌려서 토해낸 어둠의 빛을 띤 섬광——.

그 섬광이 소리도 없이 오오쿠라야마의 검을 찢어발기고 몸을 보호하던 갑옷마저 꿰뚫어 그의 몸에 바람구멍을 뚫었다.

"큭……. 불찰……!"

엄청난 기세로 선혈을 뿌리며 오오쿠라야마가 뒤로 넘어졌다. 코죠는 그 광경을 멍하니 바라보고 있었다. 머릿속이 타오르는 듯이 아파왔다. 기억이 강제로 덮여 쓰이는 감각이 느껴졌다.

"총대표——!"

노조미가 절규와도 같은 비명을 질렀다. 그녀의 권수인 요조가 타오르는 유성으로 변해 칠흑색 파편수에게 날아들었다. 동시에 루이도 움직였다. 등에 메고 있던 거대한 저격총으로 파편수의 뒤에 서 있는 여자를 조준해 쏜 것이다.

"멈……춰……!"

코죠의 말은 루이와 노조미가 아닌 로브를 입은 여자를 향한 것이었다.

그러나 그 말이 닿기도 전에 로브를 입은 여자는 소리 없이 웃었다.

검은 파편수가 성가시다는 듯 요조에게 앞다리를 휘둘렀다.

눈부신 섬광과 불꽃을 흩날리며 노조미의 권수가 터져나갔다. 한층 더 거대한 마력을 충돌시키는 것 말고는 대미지를 줄 수 없는 권수를 이 칠흑빛 파편수는 너무나도 쉽게 파괴해 보였다.

그리고 루이가 쏜 필살의 탄환은 로브를 입은 여자의 심장에 정확히 빨려 들어가는가 싶더니 그대로 그녀의 몸을 통과해 지나갔다. 착탄의 충격도, 대미지도, 탄도의 변화조차 발생하지 않았다. 탄알은 여자의 몸에 닿지조차 못한 것이다. 이것은 그야말로 유령을 저격했다고밖에 표현할 길이 없는 광경이었다.

"테레스……!"

"그럴 수가……."

예상 못 한 결말에 노조미와 루이의 움직임이 멎었다.

그들에게 생긴 틈을 노리고 칠흑색의 파편수가 섬광을 토했다. 그 빛은 어둠의 빛을 띤 칼날로 변해 노조미와 루이를 포함한 광활한 밀림을 한꺼번에 쓸어버렸다.

너무나도 일방적이고 잔혹한 광경이었다. 코쵸는 그것을 아무런 말도 못 하고 그저 바라보았다.

"이것이 무엇이죠……? 대체 어떻게?!"

시즈리가 비통하게 외쳤다. 그녀가 들고 있는 장검의 날이 활활 타오르는 심홍빛으로 반짝였다.

다친 유노와 코쵸를 감싸며 시즈리가 파편수의 섬광을 받아낸 것이다. 마력을 집어삼키는 '하우라스'이기에 간신히 버틸 수 있었던 것이리라.

허나 그러한 '하우라스'의 힘으로도 건드리는 것조차 불가능한 '유령'을 쓰러트릴 수 있다는 보장은 어디에도 없다——.

「이해했나……. 아카츠키 코쵸……?」

불꽃에 휩싸인 밀림에 로브를 입은 여자의 목소리가 울렸다. 성대가 아니라 마술로 만들어낸 억양 없는 부자연스러운 목소리였다. 그리고 그곳엔 바닥이 보이지 않는 악의와 희미한 동정의 빛이 담겨 있었다.

「몇 번을 반복하든 마찬가지다……. 너는 누구도 지킬 수 없어…….」

"반복……이라고……?"

여자의 도발적인 말에 코쵸는 뇌가 뒤흔들리는 듯한 충격을 받았다.

잃어버린 기억. 데자뷔의 급류.

자신이 어디에서 왔으며 왜 이곳에 있는지——뚝뚝 끊긴 실타래가 손가락에 휘감겨 들었다.

그렇다. 코쵸는 이 세계의 비밀을 알고 있었다.

"설마……, 내 기억을 지워버리고 있던 건……."

「네가 바라는 평온은 그저 환상에 불과할 뿐……. 모든 것을 파괴하라……. 너 자신의 손으로…….」

"닥쳐……. 닥쳐, 닥쳐, 닥쳐!"

코쵸의 전신에 분노가 솟구치며 시야가 붉게 물들어갔다.

이미 권수를 불러낼 수 있는지는 문제가 아니었다. 로브를 입은 여자가 도발하는 대로 코죠는 감정을 터트렸다. 제4진조의 막대한 마력이 마구잡이로 풀려나 그 파동에 호응하듯 밀림의 대지가 격렬하게 흔들렸다.

"코죠!"

코죠의 심상치 않은 낌새를 알아차린 시즈리가 검을 쥔 손에 힘을 주었다.

그 눈동자에 떠오른 것은 깊은 고뇌와 망설임이었다.

제정신을 잃고 폭주하는 코죠는 바야흐로 파편수를 뛰어넘는 위협이 되려 하고 있었다. 이대로 무한히 마력을 방출했다간 카르체리가, 아니, 은래도 자체가 붕괴할지도 모른다.

그것을 저지할 수 있는 것은 시즈리뿐이었다. 아카츠키 코죠가 위험한 존재라고 판단되면 즉시 그를 베어 죽인다. 그것이 수녀기사인 시즈리에게 내려진 사명인 것이다. 그러나 그것은 팀장인 시즈리가 자신의 손으로 팀원을 죽이는 일이기도 했다.

갈등하는 시즈리를 업신여기듯이 로브를 입은 여자가 입을 크게 벌리며 웃었다.

분노에 떠는 코죠의 마력이 청백색의 번개가 되어 세계를 뒤흔들었다.

검을 쥔 시즈리의 손이 부들부들 떨렸다.

코죠가 오른팔을 높이 쳐든 것은 그 직후였다. 자신의 이빨에 뜯겨나간 그의 입술에서 선혈이 한 줄기 흘러내렸다. 마력을 띤 심홍색의 안개가 코죠의 주변을 휘감았다.

봉인되어 있던 제4진조의 권수가 해방되려는 것이다.

본능적인 공포에 떠밀려 시즈리가 절규했다.
거대한 짐승의 그림자가 코죠의 뒤에서 흔들리며 대지가 갈라졌다. 그 순간.

「안 돼요, 선배──.」

어린아이를 꾸짖는 듯한 부드러운 목소리가 시즈리의 귀에 들려왔다.
어슴푸레하고 투명한 소녀의 모습이 나타나 폭주하는 코죠에게 기대듯 다가갔다.
모래 폭풍과도 닮은 블록 노이즈가 무지개색으로 흔들리며 소녀의 전신을 휘감고 있었다. 그리고 그녀의 오른손에는 은색으로 반짝이는 금속 창이 쥐여 있었다. 그저께 시즈리가 지상에서 본 유령 소녀의 모습 그대로였다.
"…………윽!"
소녀의 목소리가 방아쇠가 되어 코죠의 눈동자에 이성의 빛이 돌아왔다. 폭발 직전이었던 마력이 환영처럼 사라지며 세계의 흔들림도 잦아들었다.
「사자왕 기관의……, 검무……. 네놈이, 어떻게……?!」
로브를 입은 여자가 경악과 분노로 목소리를 떨었다.
그녀가 가진 여유는 유령 소녀의 출현으로 무참히 벗겨져 나갔다.
칠흑빛의 파편수가 섬광을 내뿜으며 유령 소녀를 향해 돌진했다.

그러나 소녀의 표정은 변하지 않았다. 그녀의 창은 파편수가 떨친 암흑색의 섬광을 너무나도 쉽게 없애버렸다. 그리고 칠흑빛의 파편수 본체마저 단 일격에 갈라 그것이 마치 환상이었다는 듯 그대로 지워버렸다.

파편수의 조각이 빛의 입자를 뿌리며 사라진 그때, 로브를 입은 여자도 허공에 녹아들어 사라졌다. 모습을 감추고 도망간 것이다.

"당신의 정체는 뭐죠?! 그 창은 대체……?!"

시즈리가 은색의 창을 든 소녀에게 물었다.

소녀는 말없이 창을 빙그르르 돌렸다. 블록 노이즈에 뒤덮인 선명하지 못한 모습임에도 그녀의 창만은 눈부실 정도로 존재감을 발하며 반짝였다.

"큭!"

시즈리가 소녀에게 검을 겨눴다.

시즈리의 살기를 민감히 감지했는지 유령 소녀 역시 조용히 창을 들고 자세를 취했다. 유연한 고양이과의 맹수가 연상되는 빈틈 없는 자세. 투명한 호수면 같은 고요한 투기다.

반면 시즈리는 좌상단, 불의 자세라고도 불리는 공격적인 자세였다. 간격의 불리함을 공격 속도로 메꾸어 날카로운 기합을 담은 첫 일격에 모든 것을 걸 생각이다.

마치 시간이 정지한 듯한 농밀한 정적이 찾아왔다.

서로의 호흡과 근소한 간격의 변화를 읽어내며 양측의 긴장이 최고점에 도달한 순간,

"그만해, **히메라기**!"

시즈리를 감싸며 코쵸가 유령 소녀의 앞으로 뛰쳐나왔다.

그리고 소녀는 그가 그렇게 움직일 것이라고 처음부터 확신하고 있었다는 듯이 아무런 말도 없이 창을 내질렀다. 두 팔을 벌린 코쵸의 심장을 향해.

"엇……."

자신의 가슴을 관통한 창끝을 바라보며 코쵸가 맥없이 신음했다.

아련한 빛이 그런 그의 전신을 감싸 안았다. 유령 소녀와 똑같은 무지개색으로 빛나는 블록 노이즈. 창으로 연결된 두 사람의 모습이 아지랑이처럼 일렁이더니 점차 사라져갔다.

"코쵸!"

시즈리가 흐릿해져가는 소년의 등으로 손을 뻗었다.

그러나 그녀의 손가락은 코쵸의 몸에 닿지 않고 허무하게 허공을 빠져나갔다.

비틀거리며 시즈리가 뒤를 돌아보자, 그곳에 이미 그의 모습은 없었다. 세계 최강의 흡혈귀는 은색의 창을 든 소녀와 함께 사라져버린 것이다. 마치 처음부터 이 세계에 존재하지 않았던 것처럼.

그곳에 남은 것은 시즈리와 의식을 잃은 유노뿐이었다.

코쵸가 마지막에 서 있던 장소에는 그가 입고 있던 군용 파카가 떨어져 있었다.

시즈리는 망연히 검을 떨어트리고서 그 회색 파카를 끌어안았다.

막간 ii

수평선에서 새어 나온 태양 빛이 모래사장을 흰색으로 비추었다.

밤이 물러나기 전의 잔잔한 바다. 조용히 밀려오는 잔물결이 죽은 듯이 잠든 소년의 몸을 적셨다. 해안에 엎드려 쓰러져 있는 소년의 용모는 어디에나 있을법한 평범한 것이었다.

그가 입고 있는 교복의 등 부분은 날카로운 날붙이에 꿰뚫린 듯이 찢어져 있었다.

주변의 얼룩은 혈흔이다. 상처에서 흘러나온 선혈이 그의 등을 반들반들한 심홍색으로 물들였다. 평범한 사람이라면 출혈로 인한 사망을 피할 수 없을 정도로 깊은 상처다.

소년의 입술엔 핏기가 없었다. 호흡도 거칠고 불안정했다.

대기가 흔들리며 그의 볼을 진동시켰다. 멀리서 울리는 천둥 같은 불규칙한 낮은 진동음이다.

그 소리는 점차 선명해지더니 이윽고 터보샤프트엔진의 소음으로 변해갔다.

"크……."

세차게 부딪치는 거친 풍압에 소년이 고통에 차 신음했다.

해수면에 격렬한 파도를 일으키며 내려온 것은 하늘에 녹아들기라도 한 듯 눈에 띄지 않는 회색 항공기였다. 유럽 디디에 중공에서 제작한 다목적 정찰용 헬리콥터다.

눈부신 탐조등 빛이 누워 있는 소년의 등을 비췄다.

몽롱한 의식 속에서 소년은 빛에서 도망치듯 모래 위를 기어갔다.

모래 위로 깃털같이 가벼운 발소리가 들려온 것은 그 직후였다. 공중에 정지한 정찰 헬기에서 작은 체구의 소녀가 모래 사장에 내려선 것이다.

"드디어 찾았어요, 선배."

피로와 안도가 묻어나는 목소리로 소녀가 말했다.

어딘가 그리운 울림이 있는 그녀의 목소리에 소년은 천천히 눈을 떴다.

아직 앳된 모습이 남아 있지만, 아름다운 얼굴의 소녀였다. 늘씬하고 가냘프지만 덧없는 인상은 아니다. 명장이 벼려낸 칼 같은, 유연한 강인함이 느껴지는 소녀다.

그녀는 순백색에 푸른 옷깃이 달린 세일러복을 입고 금속 은색 창을 쥐고 있었다.

"……선……배?"

소년이 혼란스러운 의식 속에서 반문했다. 그때 그가 느낀 것은 어딘가에 분명 존재하고 있을 터인 자신의 기억에 조금만 손을 뻗으면 닿을 것만 같은 그런 답답함이었다.

소녀의 이름. 그녀의 내력. 그리고 그녀가 자신을 선배라고 부르는 이유——. 당연히 알고 있어야 할 사실들이 떠오르지 않는다. 그러한 사실에 초조함과 닮은 불쾌감을 느꼈다.

"혹시 기억나지 않으시나요? 아카츠키 **선배**?"

그의 반응을 살피며, 그리고 어째서인지 살짝 토라진 어조로 말하며 소녀는 조용히 창을 겨눴다. 윤기 있는 머리카락이 바람에 춤추며 강한 의지가 깃든 눈동자가 소년을 똑바로 바라보았다.

그녀가 날카롭게 벼려진 은색의 날을 여전히 쓰러져 있는 그의 목에 들이댔다.

그것이 방아쇠가 되어 그의 뇌리에 불꽃이 튀었다. 막대한 기억이 섬광처럼 한꺼번에 밀려 들어오는 충격에 그는 고통에 찬 비명을 질렀다.

하지만 그것은 순간에 불과했다. 긴 꿈에서 깨어난 직후처럼 머릿속의 안개가 걷혀갔다.

가슴에 남은 상처의 고통에 얼굴을 찡그리며 **코쵸**는 모래사장에서 벌떡 일어났다.

"히메라기!"

젖은 앞머리를 쓸어 올리며 코쵸는 창을 든 소녀를 마주 보았다. 사자왕 기관의 검무, 히메라기 유키나——'제4진조' 아카츠키 코쵸의 **진짜** 감시자다.

"네, 선배."

유키나가 천천히 창을 내리며 안심한 듯이 작게 웃었다. 약간 토라진 기색이 남아 있는 것은 그만큼 코쵸를 걱정했다는 뜻이리라.

그런 그녀의 작은 미소는 뒤이어 나온 코쵸이 질문에 즉시 얼어붙었다.

"**카스코는 어디 있지**?"

"……네?"

순식간에 얼굴에서 모든 표정이 사라진 유키나가 눈도 깜빡이지 않고 코죠를 바라보았다.

그러나 코죠는 부주의하게도 그녀의 변화를 알아차리지 못하고 진지한 얼굴로 말했다.

"카스코 말이야. 카스가야 시즈리 카스티엘라! 나랑 같이 있던 하얀 머리카락의——."

너도 봤잖아, 라고 말하려던 코죠가 어째서인지 반쯤 뜬 눈으로 자신을 노려보는 유키나를 보고 침묵했다. 그녀가 담담하게 물었다.

"하얀 머리카락의 아름다운 사람 말이죠?"

"그래. 뭐, 아름답냐고 묻는다면 그렇긴 하지."

코죠가 가진 시즈리의 인상은 잔소리가 많고 남을 잘 돌봐주는 사람이란 것이지만, 생김새만 놓고 본다면 어마어마한 미인임은 틀림없다.

그 사실을 솔직히 인정한 코죠를 유키나가 더욱 냉랭하게 바라보며 말했다.

"선배와 그분은 어떤 관계죠?"

"관계라고 할까, 내가 일방적으로 감시당하고 있었을 뿐인데……. 잘은 모르겠지만, 내 감시자인지 뭔지라며 은래도에 있는 내내 쭉 달라붙어 떨어지지 않아서——."

"그렇군요. 선배는 그분과 쭉 같이 있었다는 거군요."

그런가요, 하고 혼잣말처럼 중얼거리더니 유키나가 생긋 웃었다. 나무랄 데 없는 완벽한 미소였다. 그러나 그 미소를 본 코죠는 알 수 없는 한기를 느끼고 몸이 바싹 굳어버렸다.

"그 이야기, 자세히 들려주실 수 있을까요?"

은색의 창을 굳게 거머쥔 유키나가 물었다.

수평선에서 떠오르는 아침 햇살이 코죠와 유키나가 있는 해안을 비추었다.

아침 안개 속에 떠오른 것은 근대적인 빌딩군이었다. 카본 파이버와 수지, 금속, 그리고 마술로 세워진 인공도시. '마족특구' 이토가미 섬의 풍경이다.

코죠와 유키나의 머리 위에서 호버링 중인 정찰 헬기의 엔진음이 들려왔다.

코죠는 그리운 인공섬의 모습을 그저 멍하니 바라보았다.

그것이 마치 처음 보는 섬이라도 되는 듯이——.

제3장 또 하나의 현실
Another Reality

1

아이바 아사기는 거대한 건물 옥상에서 이른 아침의 거리를 내려다보고 있었다.

건물의 이름은 키스톤 게이트. 이토가미 섬 중앙에 위치한 역피라미드형의 대형 건조물이다. 전력, 통신, 교통관제 등 이토가미 섬의 모든 도시 기능을 관리하고 있을 뿐 아니라, 인공섬 본체의 고정쇠를 겸하고 있는 말 그대로 요석(키스톤)이 되는 건물이다.

해수면 아래로 40층, 지상 12층으로 구성된 키스톤 게이트의 옥상은 굴곡이 거의 없는 이 인공섬 내에서 가장 높은 곳이었다. 아사기의 머리 위로는 무엇에도 가려지지 않은 끝없이 펼쳐진 여름의 창공이, 그녀의 눈 밑으로는 이토가미 섬의 근대적인 거리가 펼쳐져 있었다.

키스톤 게이트의 옥상에는 추락방지용 울타리가 없다.

일반인의 입장을 상정하지 않은 구획이기 때문이다.

그러나 아사기의 눈동자에서는 공포나 긴장의 빛을 찾아볼 수 없었다.

옥상 가장자리에서 맨다리를 아무렇게나 늘어뜨린 그녀는 울적함이 가득한 한숨을 쉬었다.

무릎 위에 올려 놓은 노트북 화면에는 마치 주문과도 닮은 기묘한 문자열이 지나가고 있었다.

성역 조약 기구에 의한 이토가미 섬 대규모 침공——.

속된 말로 '진조 대전'이라 불리는 국제적 대사건으로부터 약 4주가 지났다.

그 사이 이토가미 섬을 둘러싼 환경은 격변을 이루었다.

가장 큰 변화라 할 수 있는 것은 이토가미 섬이 일본으로부터 독립한 것이다. 현재 이토가미 섬은 일본의 일개 도시가 아니라 세계 네 번째 밤의 제국(도미니언)——제4진조령 '이토가미 시국(市國)'이다.

독립에 따른 정치적 마찰은 뜻밖에도 큰 문제로는 발전하지 않았다.

적어도 현재로써는 제4진조의 행동에 공공연하게 이의를 제기하는 국가는 나타나지 않았다.

성약 조약 기구 침공 시, 일본 정부는 이토가미 섬의 영유권을 포기한 상태였다. 따라서 제4진조의 이토가미 섬 점거에 항의할 수 없었다는 것도 있다.

한편, 일본 외의 각 국가들로서는 제4진조가 국제 정치의 무대에 모습을 드러낸 것은 오히려 환영할 만한 일이었다. 지금까지 일본 정부가 은닉하고 있던 제4진조를 당당하게 감시할 수 있을 뿐만 아니라 경우에 따라서는 직접 교섭하는 것이 가능해진 것이다. 일본 정부가 독점적으로 제4진조를 이용하던 상황보다는 낫다고 다른 국가들이 판단했어도 이상할 건 없다.

그렇다고는 하지만, 이토가미 섬과 일본의 관계가 완전히 단절된 것은 아니었다.

현재의 이토가미 섬은 국제법상 주권 국가였지만, 일본과의 왕래는 원칙적으로 자유로이 이루어지고 있다. 사법과 재정 면에서도 일본 정부에 전면적으로 의존하고 있으며, 섬에서 치안 활동을 하는 것도 일본의 경찰관과 국가 공마관들이었다. 이웃 나라에 국가 기능의 일부를 위탁하는 것은 이토가미 섬 규모의 소국에서는 드물지 않게 볼 수 있는 형태다. 이토가미 섬은 식량 수입과 경제 활동에 있어서도 상당 부분을 일본을 의지하고 있고 '마족 특구'로 취급되고 있는 것도 여전했다. 어떻게 보면 이토가미 섬과 일본의 관계는 전보다 긴밀해졌다고도 할 수 있었다.

그렇다고 모든 것을 독립 전과 똑같게 둘 수는 없었다.

특히 이토가미 섬 행정부의 부담은 비교할 수도 없을 만큼 늘어났다.

국가 설립에 따라 발생한 방대한 정치적 절차와 사무 작업, 혼란에 빠진 섬 주민들을 상대로 개최하는 설명회와 치안 유지, 그리고 디미트리 버틀러가 남긴 '성섬' 유산의 관리 및 조사——.

이것들의 대응에 나선 것은 야제 카즈마 상급 이사가 이끄는 인공섬 관리공사와 전(前) 이토가미 시장인 아이바 센사이, 그리고 '카인의 무녀'라 불리는 수수께끼의 천재 프로그래머였다.

행정부 직원들을 보좌하는 고성능 애플리케이션, 유산의 출현으로 단번에 면적이 늘어난 인공섬의 시가지를 장악하는 도시관리 시스템, 발생이 예상되는 외교 문제를 예측해 해결

책을 제시하는 전략적 인공지능. 그녀는 그 모든 것을 일주일도 안 되는 시간에 완성시켰다.

인공섬 관리공사가 가진 어마어마한 정보수집능력과 아이바 전 시장의 행정 수완도 물론 활약했지만, 건국된 지 얼마 안 되는 '이토가미 시국'의 위기를 구한 것은 사실상 그녀의 공적이라 할 수 있었다.

그러나 아무도 없는 옥상에서 노트북을 펼치고 있는 소녀에게서는 공적을 과시하는 기색이 조금도 보이지 않았다.

그녀의 의식은 화면에 계속 스크롤되고 있는 기묘한 문자열에 집중돼 있었다. 그것은 그녀가 리버스 엔지니어링으로 입수한 어느 프로그램의 소스 코드였다.

하지만 이것을 과연 프로그램이라고 부를 수 있을까——.

그 코드는 현존하는 어떠한 컴퓨터 언어와도 상이했다. 말이 안 될 정도로 방대한 멀티 프로세스, 아직 해명되지 않은 수리이론에 근거한 기괴한 알고리즘. 보통은 의미도 알아낼 수 없을 이 루틴은 마술 병용을 전제로 구축한 것이 분명했다. 평범한 기술자에게는 해독이나 역 어셈블리는커녕 이것을 프로그램으로 인식하는 것 자체가 불가능할지도 모른다.

난해한 크로스 워드 퍼즐을 풀어나가는 퍼즐 마니아처럼 아사기는 이 기묘한 코드를 풀어나갔다. 그녀의 눈동자에 떠오른 것은 순수한 지적 호기심이라 부르기에는 너무나도 사나운 호전적인 빛이었다.

「여어, 아가씨. 좀 어때?」

기계적인 합성 음성이 대담하게 웃는 아사기에게 물었다.

목소리의 주인은 노트북 디스플레이 구석에 표시된 기분 나쁜 인형 모습을 한 3D CG였다. 아사기가 모그와이라고 이름 붙인 보조 AI——이토가미 섬의 모든 도시기능을 관리하는 다섯 대의 슈퍼컴퓨터의 아바타다.

"어떻고 자시고 보는 대로야. 이걸 만든 사람은 정상이 아냐. 마술 연산을 외부에서 대행한다는 발상은 '성섬'이랑 닮았지만, 기술 난이도는 비교가 안 돼."

「'성섬'은 어디까지나 마술이 주체고 외부 연산은 단순한 보조에 불과했으니까.」

"맞아. 그리고 모그와이, 눈치챘어? 이 코드——."

「그래. 반드시 거쳐야 하는 데이터 경량화와 처리 효율화 절차가 생략됐어. 이대로는 부하가 너무 커서 아무리 최신 컴퓨터라도 제대로 움직일 수 없을걸?」

"단순한 미스인지, 아니면 효율화를 할 필요가 없다고 생각한 건지——."

말을 끝까지 잇지 못한 아사기의 등줄기에 오싹 소름이 돋았다.

이 프로그램은 확실히 하나의 소프트웨어로서는 너무나도 비효율적이다. 하지만 하드의 성능으로 소프트의 비효율적인 면을 케어할 수 있다면——여분의 처리 작업이 생략된 만큼 전체적으로는 실행 속도가 향상될 것이다. 데이터를 경량화하지 않았다는 것은 연산의 정밀도가 높다는 뜻이다. 기술의 진화가 앞으로도 계속된다면, 지금의 컴퓨터로는 처리할 수 없는 막대한 데이터도 십수 년 뒤에는 연산이 가능해지리라.
그러나 아사기는 이 생각을 입 밖으로 꺼내는 것에 희미한 공포를 느꼈다. 그것은 이 코드가 아직 존재하지 않는 미래의 하드웨어를 위해 짜인 것이라고 인정하는 꼴이 되기 때문이었다.
「그건 그렇고, 아가씨――.」
전율하는 아사기를 놀리듯이 모그와이가 목소리의 톤을 바꿨다. 어딘가 사람을 안달 나게 하는 말투에 아사기는 불쾌하게 눈썹을 떨었다.
"뭔데?"
「야제치에게서 메시지가 도착했어.」
"모토키에게서? 용건은?"
아사기가 흥미 없다는 말투로 물었다. 시선은 여전히 노트북 디스플레이에 못 박혀 있었다.
모그와이는 노트북의 내장 카메라로 그러한 아사기를 바라보며 케켓 하고 야유하듯이 웃었다.
「코죠 형님을 찾았대. 지금 헬기로 병원에 이송 중이라는데?」
"――그걸 빨리 말하란 말이야!"
작업 중이던 노트북을 난폭하게 덮으며 아사기가 벌떡 일어났다.

2

이토가미 섬 본섬 주변 해역에 수많은 인공섬 군도가 소용돌이 모양을 그리며 떠올라 있었다.

죄악의 신 카인이 남긴 고대 초문명의 유산――'죄악의 방주'다.

이 인공섬 군도의 정체는 이경(노도)이라 불리는 이세계에서 민중을 수호하기 위해 세워졌던 카인의 거성이다. 수많은 자동방위 기기와 고대 병기가 내장되어 있어서, 한때는 전 세계를 끌어들인 대전쟁의 불씨가 되기도 한 거대 성채 도시였다.

그러나 이것의 병기로서의 위협은 얼마 전에 있었던 '진조대전'에서 상실되었다.

전왕 영역의 '뱀술사' 디미트리 버틀러와 '제4진조'의 직접 대결에 휘말려 '방주'의 무장이 대부분 파괴된 것이다.

'방주'는 현재 이토가미 섬 주변을 둘러싸고 있는 그저 넓기만 한 인공섬에 불과했다.

내부 조사도 막 시작된 참이라 '방주'의 전모는 아직 다 밝혀지지 않았다. 그러나 도로와 항구 건설이 활발히 진행되고 있으며 세계 각지에서 이주를 희망하는 사람들이 속속 모여들고 있다.

행방불명된 제4진조――아카츠키 코죠가 발견된 곳은 그런 '방주'의 최남단. 무인 초대형 부체식 구조물(기가 플로트)의 인공 모래해변이었다.

아카츠키 코죠가 실종된 지 3일째가 되는 아침의 일이었다.

"겨우 3일……?"

소독액 냄새가 가득한 공기 속, 딱딱한 침대 위에 책상다리를 하고 앉은 코죠가 곤혹스러워하며 말했다.

때는 오전 8시를 넘긴 시각. 장소는 사이카이 학원의 양호실이다. 해변에 떠밀려온 코죠를 회수한 정찰 헬기는 30분 정도 걸려서 이토가미 섬 본섬으로 귀환, 그대로 사이카이 학원으로 코죠 일행을 실어 날랐다.

착륙 장소가 인공섬 관리공사가 아닌 이유는 코죠의 구출이 '이토가미 시국'과 관계없는 비공식 활동이었기 때문이다. 건국된 지 얼마 되지도 않은 밤의 제국 영주가 겨우 3일간이라고는 해도 행방불명됐다는 사실을 시민들에게 알릴 수는 없었다고 한다.

그리고 학교 양호실인 이유는 불로불사의 육체를 가진 진조 흡혈귀를 병원에 데려가는 건 무의미한 짓이기 때문이었다. 하지만 그렇다고 치료할 필요가 전혀 없는 것은 아니다.

"네. 선배는 **3일간이나** 실종돼 있었어요."

코죠의 벗은 상반신에 붕대를 새로 감으며 유키나가 진지한 얼굴로 대답했다.

붕대 밑의 거즈가 피를 빨아들여 검붉은색으로 변색되었고 호흡할 때마다 격통이 달렸다. 유키나의 '셋카로'에 관통당한 상흔이다.

진조 흡혈귀는 불사신이지만, 모든 상처가 순식간에 낫는 것은 아니다. 마족의 치유능력을 방해하는 특수한 공격이 존재하는 것이다.

유키나의 창에 당한 상처는 특히 그 영향이 컸다. 마력을 무효화하는 신격진동파가 상처에 남아 지속적으로 대미지를 가하기 때문이리라.

코죠가 유키나의 창에 찔린 것은 이것으로 세 번째다. 과거 두 번도 회복에 상당한 시간을 필요로 했지만, 이번 부상은 지금까지 중 가장 심했다. 등까지 관통될 만큼 깊게 심장 부근을 도려낸 것이다. 보통 사람이라면 즉사했어도 이상하지 않을 중상이다.

하지만 유키나의 여윈 모습을 보면 코죠는 차마 불평을 늘어놓을 수 없었다. 애초에 그는 지금 자신이 놓인 상황도 만족스럽게 이해하지 못하고 있었다.

"애인님이 사라진 뒤로 검무님은 패닉에 빠지셨습니다. 요 3일간 취침도 거의 하지 못하셨을 것이라 사료됩니다. 식사도 제대로 하지 못하였을 터입니다."

이어서 묘하게 엄숙한 어조로 말한 것은 명문 초등학교 교복을 입은 붉은 머리의 소녀였다.

유럽 디디에 중공 창업자 일족의 영애, 리디아누 디디에다. 실제 연령은 아직 초등학생이지만, 박사 과정 수료자급의 지성을 자랑하는 엘리트 차일드다. 코죠를 회수하기 위한 정찰 헬기를 조종한 것도 실은 그녀였다.

"그래?"

리디아누의 설명을 들은 코죠가 유키나를 올려다보며 물었다. 유키나는 윽, 하고 잠시 할 말을 잃고는 어째서인지 성난 눈으로 코죠를 노려보았다.

"가, 감시 대상을 놓쳤는데 당황하는 건 당연하잖아요!"

"그렇구나. 걱정 끼쳐서 미안했다."

코죠가 붕대를 쥐고 있는 유키나의 머리를 톡톡 가볍게 쓰다듬었다.

유키나는 볼을 붉게 물들이고 잠시 아무 말 없이 고개를 숙이고 있었으나, 이윽고 빨개진 얼굴로 붕대를 쥔 손에 힘을 주었다. 어째서인지 갑자기 분노가 치밀어 오른 듯했다.

"……그렇게나 걱정을 끼쳐 놓고 할 말은 그게 다인가요!"

"아얏?! 잠깐만, 히메라기……, 붕대를 너무 세게 조였……! 아프다니까!"

"……말해두겠는데 우리도 걱정했다. 이토가미 시국이 독립한 지 아직 한 달도 안 됐는데 가장 중요한 제4진조가 유괴되다니, 도저히 웃을 수 없다고."

야제 모토키가 캔커피의 풀탭를 따며 웬일로 본심을 그대로 드러내며 말했다.

평소와 같은 경박한 말투였지만, 눈 밑에 떠오른 짙은 다크서클이 그가 얼마나 고생했는지를 말해주고 있었다. 어쨌든 간에 야제는 현재 인공섬 관리공사의 최고 책임자란 입장에 있는 것이다.

그러나 코죠는 언짢은 표정을 지으며 한숨을 쉬었다.

"그런 건 아무래도 좋잖아. 귀찮은 교섭은 평소에도 전부 대역이 처리하고 있으니까. 다른 밤의 제국 진조들도 사람들 앞에는 좀처럼 모습을 드러내지 않잖아?"

"사람들 앞에 모습을 드러내지 않는 거랑 행방불명인 건 전혀 다르거든?"

"하긴 그것도 그런가……."

코죠가 마지못해 납득했다. '진조 대전' 중에 일방적으로 독립을 선언한 뒤, 코죠가 제4진조로서 그나마 밤의 제국을 운영할 수 있었던 건 야제 가문의 총수가 된 친구의 힘 덕이 컸다. 그런 와중에 소동의 원흉인 코죠가 무단으로 사라진 것이다. 불평 한마디쯤은 하고 싶은 야제의 마음도 이해가 가지 않는 것은 아니다.

"그래서 대체 무슨 일이 있었던 거야? 하나도 빠짐없이 전부 들어야겠어."

커피의 쓴맛 때문에 얼굴을 찡그리면서 야제가 코죠를 향해 똑바로 몸을 돌렸다.

"그러게요. 카스가야 씨라는 여성분과의 관계에 대해서도 부디 자세히 말씀해주시죠."

코죠의 치료를 끝낸 유키나도 불쑥 얼굴을 들이밀며 물었다. 수면 부족 때문인지 오늘 유키나는 묘하게 눈매가 무섭다.

"아까부터 몇 번이나 말했잖아. 난 최근 반년간 은래도라는 '마족 특구'에서 공마사 훈련을 받고 있었어. 시키가미 상대로 모의전을 하거나 지하 미궁에서 악령이랑 싸우거나——."

"……반년간, 인가요."

유키나가 작게 눈썹을 찌푸렸다. 이들의 입장에서 보면 코죠가 실종된 기간은 겨우 3일뿐이다. 반년간이라는 코죠의 말을 액면 그대로 받아들이지 못하는 것도 무리는 아니었다.

"지하 미궁에서 악령 퇴치……라."

한편, 야제는 당장에라도 웃음을 터트릴 듯한 심술 맞은 표정을 짓고 있었다. 그는 주머니에서 스마트폰을 꺼내 짧은 단어를 입력하더니 코죠 쪽으로 화면을 돌렸다.

"혹시 이거냐?"

"이건……?"

야제가 내민 스마트폰을 들여다보며 코죠는 당황해서 눈을 가늘게 떴다. 화면에 표시된 것은 유명한 장난감 메이커의 공식 사이트였다.

"게임이야. 카르체리 아케이드. 캡슐형의 전용 박스에 들어가서 게임 세계에 접속하는 FSVR――전 감각 대응형 가상현실(풀 센스 버추얼 리얼리티) 액션이란 녀석이라더라."

"……아케이드 게임이면 게임센터나 유원지 같은 데에 있는 그거 말이야?"

스마트폰 화면을 스크롤하는 코죠의 가슴이 술렁였다.

사이트에 표시된 게임 영상과 은래도에서 체험한 코죠의 경험에 공통된 부분이 있다고는 생각되지 않았다. 그러나 관처럼 생긴 대형 게임기 본체는 희미하게 기억나는 것도 같았다.

"애인님은 테티스몰의 게임코너에서 이 신작 게임의 로케이션 테스트에 참가한 뒤, 그곳에서 나오지 않게 되셨습니다."

"나오지……, 않게 됐다?"

코죠는 리디아누를 바라보며 되물었다.

마니아라고 불릴 정도는 아니지만, 코죠도 남들만큼은 게임을 즐겼다. 중학생 시절에는 부 활동이 끝난 뒤에 친구를 따라 게임센터에 들르는 일도 많았다. 복잡한 지식이나 테크닉이 필요한 게임은 어려워도 반사신경과 감으로 헤쳐나가는 단순한 게임은 은근슬쩍 자신도 있었다.

따라서 재밌어 보이는 신작 게임의 테스트 플레이 현장에 우연히 마주쳐 한번 참가해보자는 변덕이 드는 건 이상한 일이 아니었다. 그러나 '나오지 않게 됐다'라는 말의 의미가 이해되지 않았다.

"박스 안에서 사라져버렸거든. 일류 매지션의 마술처럼 흔적도 없이."

코죠의 의문에 답하기 위해서 야제가 무뚝뚝하게 이어서 말했다.

"그 후 히메라기가 날뛴 모습은 정말 굉장했다고."

"……엑?" 코죠가 눈썹을 모았다. 날뛰었다는 게 무슨 뜻인지 몰라서 당황한 것이다.

"테티스몰의 경비원들 몇 명은 지금도 입원 중이라지. 게임회사 담당자는 공포로 유아퇴행을 일으키고 최근 몇 주간의 기억이 사라져버렸대."

"히메라기……, 너……."

"아, 아니에요! 전 그저 조직적인 유괴의 가능성을 생각해서……. 정말 아니에요!"

코죠가 아연실색한 표정으로 바라보자 유키나가 울음을 터트릴 듯한 표정으로 변명했다.

이거 원, 하고 한숨을 쉬며 코죠는 다시 스마트폰으로 시선을 돌렸다.

“카르체리 아케이드라……. 확실히 이름은 비슷하지만, 그건 게임 같은 게 아니었어. 아무리 최신 기술이라고 해도 실제로 죽거나 고통을 느끼진 않을 거 아냐?”

“평범한 게임이라면 그렇겠지. 약간 흔들리거나 자극을 주는 정도는 한다는 것 같지만.”

후루룩 소리를 내며 남은 커피를 홀짝인 뒤 야제는 작게 어깨를 으쓱했다.

코죠는 고통스레 얼굴을 일그러트리며 고개를 저었다. 루이, 노조미, 오오쿠라야마, 그리고 자신——바로 가까이에서 겪은 사람들의 죽음을 코죠는 선명히 기억하고 있었다.

“그건 자극 같은 가벼운 것이 아니었어. 우린 정말로 죽었다고. 몇 번이나 몇 번이나.”

죽음의 감촉을 맛본 것은 한 번이 아니었다. 코죠는 은래도에 있던 반년 사이 동료들의 전멸을 몇 번이나 경험했다. 아니, 전멸하기까지의 반년을 몇 번이나 반복해 체험했다.

그것은 분명한 모순이었지만, 달리 설명할 방법이 없는 사실이기도 했다.

이제 와 모순이 조금 더 늘어난다고 해서 큰 차이는 없을 것이다. 유키나와 다른 이들의 말을 믿는다면, 애초에 코죠가 실종됐던 기간은 겨우 3일에 불과하니까 말이다.

“소인들도 진심으로 애인님께서 게임 세계에 들어갔었다고 생각하는 건 아니옵니다. 만약 사실이라면 나름대로 재미있을 것 같지만요.”

"그럼 난 대체 어디에 있었던 거지? 은래도는 어디에 있는 거야……?!"

코죠는 냉정하게 지적하는 리디아누를 원망 어린 눈빛으로 노려보았다.

코죠가 납치된 경위라면 마술로 얼마든지 설명할 수 있다. 이토가미 섬의 경비망과 유키나의 감시를 속여넘긴 솜씨는 경탄스럽지만, 그것은 그리 중요한 일이 아니다.

그보다 코죠가 걱정하고 있는 것은 은래도에 남겨진 시즈리와 유노였다.

시즈리 일행은 아마 지금도 카르체리 속에 남겨져 있을 것이다. 가능하면 당장에라도 은래도로 돌아가 그녀들을 구하고 싶었다. 자신을 납치한 범인의 정체나 모순된 시간 감각에 대해 고민하는 것은 그다음에 해도 좋으리라.

"'마족 특구'……, 은래도라……."

야제가 동정 어린 눈으로 코죠를 바라보며 어딘가 아이러니함이 느껴지는 어조로 말했다.

"그런 섬은 존재하지 않아."

"……존재하지 않는다? 사실은 다른 이름이란 거냐?"

"아니. 네가 아는 은래도라는 토지는 이 세계 어디에도 존재하지 않는다는 뜻이야. 물론 네트워크상의 가상공간까지 포함해서."

천천히 고개를 젓는 야제를 보고 코죠는 말도 안 된다며 소리를 높였다.

은래도는 게임 내의 가상세계 따위가 아니다. 그것은 리디아누도 인정한 바 있다.

하지만 현실 세계에 존재하지 않는다는 말이 도무지 이해가 되지 않았다. 그렇다면 코죠가 실제로 살았던 그 세계는 대체 뭐였단 말인가?

"맞다……. 히메라기! 넌 은래도를 알지……?!"

코죠가 급히 돌아보며 유키나를 보았다. 순간에 불과했지만 유키나는 분명 은래도에 있는 코죠의 앞에 나타났었다. 그녀는 은래도가 실재한다는 사실을 아는 증인이다.

그러나 유키나는 어째서인지 입술을 깨물며 애매하게 고개를 저었다.

"은래도의 소재는 검무님이 아니라 여제님에게 여쭙는 것이 타당하리라 사료되옵니다."

침묵한 유키나 대신 리디아누가 대답했다.

"여제? 아사기 말이야?"

"그러하옵니다. 검무님을 그 세계로 보낸 것도 여제님의 책략이었다 아뢰옵니다."

리디아누가 살짝 우쭐대며 말했다. 유키나도 그녀의 말에 말없이 고개를 끄덕였다.

"아사기에겐 아까 연락했으니까 아마 곧 이리로 올 거야."

야제는 그렇게 말하며 코죠의 손에서 자신의 스마트폰을 낚아챘다.

아무래도 야제를 비롯한 다른 이들은 은래도의 정체에 대해 더 설명할 생각이 없는 듯했다. 혹은 그들도 정확하게는 알지 못하는 것일지도 모른다.

"자세한 건 아사기에게 직접 물어보라는 건가. 그 녀석은 전부 아는 거지?"

"그러네요. 저희가 이곳에서 어중간하게 설명하는 것보다는 시간이 절약될 것도 같고요."

유키나가 어째서인지 걱정이 가득한 굳은 표정으로 고개를 끄덕였다. 그러고 보니 유키나는 조금 전부터 몇 번이나 시계를 힐끔거리고 있었다.

"게다가 선배는 아이바 선배가 도착하기 전에 해둬야 할 중요한 임무가 있어요."

"……임무?"

코죠의 가슴이 불길함으로 술렁였다. 다친 코죠를 집이 아닌 사이카이 학원으로 데려온 건 아무래도 그 임무란 것 때문인 모양이다.

그러나 코죠는 실종됐다가 귀환한 직후였다. 부상도 채 낫지 않았다. 그리고 무엇보다도 시즈리 일행이 걱정돼서 다른 걸 신경 쓰고 싶지 않다는 것이 코죠의 본심이었다.

그래도 코죠는 유키나에게 항의할 수 없었다. 그녀의 기백에 압도된 것이다.

유키나가 정면에서 코죠를 바라보며 조용히 선포했다. 지금까지 본 적 없는 심각한 표정으로——.

"네. 가혹한 시련이에요."

코죠는 그녀의 말에 고개를 끄덕이는 것밖에 할 수 없었다.

3

“잠깐, 모그와이……. 이게 뭐야?”

키스톤 게이트 중앙 구역 지하 2층. 인공섬 관리공사의 정면 현관 앞에서 아사기는 무표정으로 우두커니 서 있었다.

그녀의 정면에 있는 캐리지 포치에 처음 보는 탑승물이 주차돼 있었다. 전신을 옅은 핑크색으로 칠한 소형 육전 병기다. 마치 육지거북 같은 외관에 구형 타이어가 달린 네 개의 다리. 메인 무기는 짧은 포신의 84밀리 저반동포. 서브 무기는 5.56밀리 기관총 두 대 외 기타 다수――.

「테스트 타입 유각 전차 Ⅶ호 ‘스즈카’야. 화력과 장갑의 강도는 ‘전차 탑승자’ 아가씨의 ‘히자마루’보다 떨어지지만, 기동성과 전자전에 쓰이는 장비로 보면 이쪽이 위라고. 흡배기계와 관절은 이토가미 섬의 기후에 맞춰서 전용 튜닝까지 했다던데?」

아사기가 쥐고 있는 스마트폰에서 어딘가 우쭐거리는 목소리가 들려왔다. 모그와이의 목소리다.

“난 택시를 불러달라고 했거든? 누가 전차를 준비해 달라고 했어?!”

정차된 전차를 가리키며 아사기가 외쳤다. 모그와이는 케켓하고 뻔뻔하게 웃었다.

「택시보다 이쪽이 빠르잖아. 공공도로 주행 허가도 받았으니 걱정할 것 없다고.」

“아아, 정말이지! 말해두겠는데 그 파일럿 슈트는 안 입을 거야!"

「그럼 통기성을 향상시킨 이쪽 시스루 버전을——.」

"입을 것 같아?!"

스마트폰 화면에 표시된 학교 수영복 풍의 파일럿 슈트를 노려보며 아사기가 고함쳤다. 전차에 올라타 시가지를 돌아다니는 것만도 머리가 아픈데 저렇게 창피한 옷까지 입으라고 하면 참을 수 없다.

"아아, 정말! 보나 마나 모토키나 그쪽 사람들이 꾸민 거지? 호위를 붙이지 않는 대신 하다못해 전차 정도는 타고 다니란 거야?"

「정답. 이 섬도 요즘은 뒤숭숭하니까.」

아사기는 짜증을 내며 전차 장갑에 손을 짚었다. 그리고는 등껍질 부분에 있는 콕피트로 기어올라 치마 단을 걱정하며 오토바이처럼 앞으로 기울어진 시트에 걸터앉았다.

본인에겐 딱히 자각이 없지만, 아사기는 '카인의 무녀'라는 이름을 가진 특수한 체질의 소유자였다. 아사기가 무의식적으로 발휘하는 마술적인 연산 능력이 바로 '성섬'이라는 이름으로 알려진 세계를 덧쓰는 금주의 열쇠인 것이다.

그것은 아사기가 제4진조와 동등한, 어쩌면 그 이상으로 위험한 인물임을 의미했다.

실제로 '성섬'의 힘을 손에 넣은 버틀러는 진조 흡혈귀들과 호각 이상으로 겨루었고, 성역 조약 기구의 다국적 함대도 혼자 힘으로 거의 전멸까지 몰고 갔다.

다행스럽게도 아사기의 정체를 아는 자는 아직 많지 않다.

하지만 그렇다고 방심은 할 수 없었다. '성섬'이 실제로 존재한다는 것이 밝혀져, 전 세계에 존재하는 다양한 세력이 '카인의 무녀'를 노리고 움직이고 있기 때문이다. 따라서 아사기에게 자신을 지킬 수 있는 전력을 주려 한 야제의 마음 씀씀이는 타당하다 할 수 있다.

하지만 아무리 그래도 핑크색 유각 전차를 타고 시가지를 돌아다니는 건 너무 눈에 띄는 것 아닌가 싶은 마음이 든다.

「호위도 전차도 싫다면 방법이 하나 더 있긴 한데.」

아사기의 불만을 간파했다는 듯이 모그와이가 진지하게 말했다. 그녀를 태운 유각 전차가 인공섬 남쪽 지구로 향하는 고속도로로 막 진입하고 있던 때였다.

"그게 뭔데?"

아사기가 경계하면서도 흥미를 보였다. 이 창피한 전차로부터 해방될 방법이 있다고 하니 무관심할 수만은 없었다.

그런 아사기의 반응에 모그와이가 케켓 하고 묘하게 인간적인 냄새를 풍기며 웃었다.

「핵심은 아가씨에게 자신을 지킬 만한 힘이 있으면 되는 거잖아? 예를 들어 불사신의 육체나 무한한 마력 같은 것 말이야.」

"그게 뭐야. 이제 와서 갑자기 그런 게 생길 리 없잖아. 흡혈귀도 아니……고……."

아사기는 모그와이의 제안을 쌀쌀맞게 부정하다 핫 하고 숨을 들이켰다.

인공 흡혈귀인 제4진조라는 예외를 제외하면 인간이 후천적으로 흡혈귀로 변하는 일은 있을 수 없다. 그러나 흡혈귀와 동등한 힘을 얻는 방법이라면 확실히 존재했다.

"――설마 나보고 흡혈귀의 '종자'가 되라는 거야?!"

「흡혈귀의 '종자'라, 구체적으로 말하면 코쵸 형님의 '반려' 지.」

모그와이가 짐짓 냉정한 목소리로 말했다. '피의 종자', 혹은 '피의 반려'――그것은 흡혈귀와 계약을 나누어 권속인 유사 흡혈귀가 된 자들의 총칭이다.

순수한 흡혈귀와 달리 권수는 소환할 수 없지만, '종자'가 되어 얻게 되는 불사의 힘과 마력은 '주인'인 흡혈귀와 거의 동등하다. '종자'의 능력에 따라서는 '주인'을 뛰어넘는 전투력을 가지게 된 자도 적지 않다고 들었다.

한편, 흡혈귀의 '종자'가 된다는 것은 '주인'과 함께 영겁의 시간을 함께 산다는 것이기도 했다. 흡혈귀와의 계약은 그것 자체가 흉악한 저주이기도 한 것이다.

그것을 익히 알고 있는 모그와이의 말투는 아사기를 놀리는 것으로밖에 들리지 않았다.

「딱히 선착순인 건 아니지만, 가계약을 맺은 연적도 있으니 유혹할 거면 빨리 하는 게 좋다고 생각하는데.」

"바, 바보 아냐? 난 딱히 '반려' 같은 그런――."

아사기가 뒤집어진 목소리로 콕피트 제어 패널을 난폭하게 내리쳤다. 주행 중이었던 전차의 차체가 조종자의 움직임과 함께 기우뚱거리며 위험한 지그재그 주행을 시작했다. 주변을 달리던 차들이 황급히 진로를 바꾸며 지면을 긁는 격렬한 소리와 항의가 담긴 경적이 고속도로에 울려 퍼졌다.
「진정해, 아가씨. 아무리 자동 운전 중이라지만 콕피트에서 날뛰면 위험해.」
"누구 탓인데?! 네가 어이없는 이야기를 하니까——."
마치 남 일처럼 말하는 모그와이의 충고에 아사기가 언성을 높였다.
그러나 그녀의 반론은 예상하지 못한 충격에 가로막혔다. 유각 전차가 급감속해 아사기는 시트에 엎어지며 꾸엑 하고 비명을 질렀다.
"이번엔 뭐야?!"
「적습이다.」
"적?!"
묘하게 진지한 모그와이의 목소리에 아사기의 표정에도 긴장이 흘렀다.
다시금 도로를 긁는 거친 소리가 울리며 아사기를 추월하려던 후속 차량들이 미끄러졌다. 도로 위에 나타난 불길한 괴물을 피하려다 균형이 크게 무너진 것이다.
가드레일에 접촉한 후속 차량의 차체에서 거친 불꽃이 흩날렸다. 그러나 지금 아사기는 운전자의 무사를 확인할 여유가 없었다.
"징그럿! 저게 다 뭐야?!"
아사기를 놀라게 한 것은 도로 위를 기어오는 기괴한 그림자였다.
형태는 고양이와 닮았지만, 흉측하게 부풀어 오른 몸의 크기는 고양이보다 호랑이나 사자에 가까웠다. 네 다리 대신 몸을 떠받치고 있는 것은 해파리 같은 무수한 수의 촉수였다.

「체온도 호흡도 맥박도 없어. 이거 동물의 사체로군.」

유각 전차에 달린 센서로 스캔하며 모그와이가 유쾌하게 중얼거렸다. 아사기의 볼이 움찔 경련했다.

"좀비? 사령마술사(네크로멘서)의 사역마란 소리야?"

「그럴 가능성도 전혀 없는 건 아니지만……, 확인하고 있을 여유가 없구만. 온다!」

"켁?! 잠깐……. 싫어! 이쪽으로 오지 마!"

모그와이의 경고와 동시에 좀비가 예상외의 속도로 뛰어 올랐다.

아사기는 반사적으로 유각 전차를 후퇴시키며 전술 인공지능(택티컬 AI)의 안전장치를 해제했다. 인공지능이 기동되면서 즉시 자가방어 행동을 발령, 앞다리 측면에 내장되어 있던 두 대의 기관총이 엄청난 기세로 총탄을 뿜어댔다.

공중에 뜬 좀비가 대 마족용 강장탄 포화를 정면에서 받고 그대로 날아갔다. 지상에 떨어진 좀비의 잔해는 태양 속에서 녹아내리듯 허물어졌다.

"의, 의외로 약하네?"

「재료는 평범한 사체니까.」

싱겁게 소멸해버린 좀비의 잔해를 바라보며 아사기는 휴 하고 가슴을 쓸어내렸다.

그러나 그녀가 안도할 수 있었던 것은 한순간에 불과했다.

크기도 형태도 다양한 좀비 무리가 도로 옆 펜스를 넘어 아사기를 포위하듯이 속속들이 모여들었기 때문이다. 그 수는 눈 깜짝할 사이에 수십 마리를 넘겨 도로 전체를 완전히 메워 버렸다.

「——하지만 이 숫자는 곤란한걸? 놈들이 이대로 계속 늘어나면 탄환이 부족해.」

휘오, 하고 모그와이가 어째서인지 신이 나서 말했다. 유각 전차 '스즈카'에 탑재된 기관총의 탄환은 좌우 각각 100발씩이다. 물론 예비 탄환 따위는 없다. 괴물 무리를 상대하기에는 너무나도 불안한 숫자다.

"혹시 도망갈 길을 막는 게 목적인가……?!"

이 상황을 만든 술자가 무엇을 노리고 있는지 알아차린 아사기의 표정에 초조함이 떠올랐다.

고작 좀비 정도의 공격력으로 유각 전차의 장갑을 부수려 했다고는 생각하기 어렵다. 그러나 일단 한번 포위당하면 너무나도 성가셔진다.

미끌미끌한 좀비의 점액으로 바퀴가 미끄러질 가능성도 높고 찢겨진 살점이 관절에 끼거나 하는 날에는 차마 눈 뜨고 볼 수 없는 참상이 벌어질 것이다. 무엇보다도 좀비에게 가까이 다가가고 싶지 않았다. 기분 나쁜 괴물로 이루어진 살점의 벽은 함정으로써 예상 이상으로 효과적이었다.

「아가씨, 어떻게 할래? 강행돌파 할 거면 지금인데?」

"저 녀석들 속으로 뛰어들라고?! 그런 걸 어떻게 해! 절대로 싫어!"

비명 섞인 절규를 지르며 아사기가 기관총을 난사했다.

전차의 앞다리에서 발사된 탄환이 눈부신 빛에 휩싸였다. 섬세한 마법진이 포함된 진홍색 입자. 그것은 세계를 바꾸어 버리는 죄악의 신의 금주――'성섬'의 빛이었다.

진홍색 탄환에 꿰뚫린 좀비들이 순백의 소금 덩어리로 변했다. '성섬'은 세계를 덧쓰는 마술이다. 단순히 좀비를 소금으로 바꾼 것이 아니라 그곳에 좀비가 존재했다는 사실 자체를 바꾼 것이다. 자력으로는 마술을 쓰지 못하는 아사기도 유각 전차를 촉매로 사용하면 어느 정도 '성섬'의 힘을 끌어낼 수 있었다. '성섬'의 본래 힘에는 아득히 미치지 않지만, 좀비를 상대할 뿐이라면 이것으로 충분하다.

좀비로 이루어진 포위망이 무너지며 하얀 소금이 빽빽이 깔린 도로가 생겨났다. 살아남은 좀비들도 소금으로 이루어진 길에는 들어오지 못했다. 소금이 가진 높은 제습 효과가 좀비의 점액질에서 수분을 빼앗아 그들의 행동을 저지하고 있는 것이다.

"도망가자, 모그와이!"

아사기가 포위망에 생겨난 틈으로 유각 전차를 돌진시켰다. 소금 결정을 흩트리며 좀비들을 뿌리치고 가속했다. 그때.

「잠깐, 아가씨! 사람이 있어!」

"거짓말이지?!"

모그와이의 경고에 아사기의 얼굴이 굳었다. 까슬까슬한 소금에 바퀴가 헛도는 속에서도 유각 전차를 급정지시켰다.

고속도로 중앙에 서서 아사기의 전차를 바라보고 있던 것은 기묘한 옷을 입은 소녀였다.

수녀 같은 긴 머리쓰개와 중세의 기사가 연상되는 장식이 달린 긴 코트. 등에는 금속 메이스를 메고 허리에는 긴 장검을 차고 있었다.

"설마……, 이 애가 좀비를 조종하고 있는 술자야……?!"

모니터에 비친 소녀를 노려보며 아사기가 당혹감이 느껴지는 목소리로 중얼거렸다.

순백색의 긴 머리와 푸른.눈동자. 마치 판타지 게임에서 튀어나온 듯한 용모의 미소녀지만, 이 상황에서 아사기의 앞길을 저지하고 있는 사람이 평범한 코스튬 플레이어라고는 생각할 수 없다.

얼음처럼 굳은 표정으로 소녀는 장검을 뽑아 들었다. 불꽃처럼 파도치는 아름다운 날이 심홍색 빛에 휩싸였다.

"저 검……!"

말로 표현할 수 없는 공포를 느끼고 아사기는 전차에 후퇴를 명령했다. 카앙, 하고 고통에 겨운 마찰음을 울리며 유각전차가 후퇴했다.

"모그와이, 실드!"

「오우.」

빈정거림이 묻어나는 인공지능의 맞장구와 동시에 진홍색 빛이 전차 주변을 감쌌다. 정사면체의 장벽이 전차를 중심으로 전개되어 뒤따라온 좀비들을 무해한 소금 덩어리로 바꾸어버렸다.

그러나 좀비들을 조종하고 있을 게 분명한 소녀는 그 모습을 보고서도 표정이 전혀 변하지 않았다. 그녀는 조용히 장검을 들어 올리더니 소리 없이 아무렇게나 휘둘렀다.

유리가 깨지는 듯한 날카로운 소리가 울리며 진홍색 정사면체가 소실됐다.

뭣, 하고 아사기의 숨이 떨렸다.

"뭐야, 저 검?! '성섬' 장벽이 파괴됐어!"

「파괴됐다기보다는 마력 자체를 먹어치운 느낌인걸?」

흠, 하고 흥미롭다는 듯이 모그와이가 말했다.

소녀가 쥔 장검이 발하던 빛은 장벽을 찢어낸 뒤 확연하게 더욱 강렬해져 있었다. 모그와이의 말대로 '성섬'의 마력을 먹어치운 것이다.

"냉정하게 분석하고 있을 때야? 스턴탄을 준비해! 어서!"

아사기가 다급히 전차의 전술 인공지능에게 명령했다. 아무리 아사기여도 살아 있는 사람을 상대로 실탄을 쏠 만한 담력은 없었다.

그러나 전차의 무장이 전환되는 단 한순간의 틈을 노리고 백발 소녀는 단번에 아사기와의 거리를 좁혀 들어왔다. 소녀는 오른손에 장검을 든 채로 왼손으로 등에 멘 메이스를 뽑아 들었다.

메이스에 담긴 폭약에 반응해 유각 전차의 센서가 날카로운 경고음을 울렸다. 밀착 상태에서 폭탄으로 가하는 직접 공격. 보병의 대전차 전술――육박 공격이다.

"회, 회피!"

아사기가 전차를 후퇴시키려 했다. 그러나 소녀의 공격이 더 빨랐다. 은색 메이스가 전차의 옆구리를 직격, 경량 FRP

장갑을 뚫고 메이스의 끝이 전차에 파묻혔다.

소녀가 메이스를 버리고 거리를 벌린 직후, 전차 표면에 섬광이 내달렸다.

전차 안쪽에 지향성 폭풍이 휘몰아쳤다. 고무공처럼 튕겨 나간 차체가 도로 가장자리의 벽에 격돌했다. 결코 대규모 폭발은 아니었으나 전차의 기능을 파괴하기에는 충분했다.

"모그와이……! 안 들려, 모그와이?!"

충격 흡수용 에어백에 엉망으로 눌린 아사기가 열심히 파트너를 불렀다. 그러나 모그와이는 대답할 수 없었다. 아무리 고성능이어도 결국은 인공지능이다. 파괴되어버린 전차에는 이미 그가 조작할 수 있는 전자기기가 남아 있지 않았다.

콕피트의 해치가 날아갈 듯한 기세로 벌컥 열렸다. 행동 불능에 빠진 유각 전차의 안전장치가 작동된 것이다.

소화를 위해 뿜어져 나온 냉각액이 짙은 안개를 이루며 전차를 휘감았다.

그 안개 속에서 심홍색의 장검을 든 소녀가 나타났다. 전차 위에 소리도 없이 내려서서는 몸을 움직이지 못하는 아사기를 무감정하게 바라보았다.

소녀가 말없이 장검을 들어 올렸다. 에어백에 파묻혀 있는 아사기로서는 공격을 피할 방법이 없었다. 무의식적으로 죽음을 각오한 아사기가 입술을 강하게 깨물었다.

그러나 백발 소녀가 내려친 장검은 보이지 않는 벽에 가로막혀 세차게 튕겨 나갔다.

"미안하지만, 그 아이에겐 손대지 말아줄래?"

아사기의 머리 위에서 웃음 섞인 장난기 어린 목소리가 들려왔다. 투명감이 있는 알토 보이스다. 백발 소녀의 무감정한 눈동자에 선명한 경계의 빛이 떠올랐다.

"이 아이는 내 친구의 소중한 사람이니까——."

그 말이 끝나기도 전에 귀에 거슬리는 소리가 키잉 울리며 대기가 삐걱거렸다. 인공적인 공간의 뒤틀림이 대기를 압축해 보이지 않는 충격파를 만들어낸 것이다.

발사된 충격파의 탄환이 장검을 든 백발 소녀를 덮쳤다.

마력을 집어삼키는 그녀의 검으로도 공기 덩어리는 베는 것이 불가능했다. 쏟아져 내리는 충격파를 피해 코트를 나부끼며 소녀가 후퇴했다. 소녀는 고속도로 가장자리의 벽을 가볍게 뛰어넘고는 그대로 고가 밑으로 사라졌다. 그녀가 조종하고 있던 좀비들도 어느 틈엔가 사라져 보이지 않았다.

"도망 한번 잘 치는걸? 추적은 무리일 것 같아."

태양 빛을 등지고 가로등 위에 서 있던 그림자가 감탄하며 중얼거렸다. 늘씬하고 중성적인 실루엣. 불안정한 발판을 전혀 신경도 쓰지 않고 태연하게 밑을 내려다보더니 아사기의 무사를 확인하고 눈을 가늘게 뜨며 웃었다.

"넌……, 코쵸의……!"

에어백 속에서 기어 나온 아사기가 머리 위를 올려다보고 입을 쩍 벌렸다.

그런 아사기를 그리운 눈으로 바라보며 **그녀**는 붙임성 있는 미소를 지었다.

4

"……어떻게 된 거예요?"

책상 위에 펼쳐진 프린트를 내려다보며 아카츠키 코죠는 머리를 감싸 쥐었다.

종이에는 장문의 외국어와 복잡한 수식이 인쇄돼 있었다. 영어와 수학 시험문제다. 중요한 임무가 있다며 유키나에게 끌려 온 곳은 교실이었고 코죠는 이 문제지를 건네받았다.

"어떻게고 뭐고 보다시피 추가시험이다만?"

상황을 미처 파악하지 못하고 있는 코죠를 성가시다는 눈으로 바라보며 미나미야 나츠키가 말했다.

미나미야 나츠키의 복장은 평소와 같은 프릴이 잔뜩 달린 호화로운 드레스였다. 표정에 노골적으로 의욕 없는 빛을 띠고 있는 것은 오늘이 일요일인 것과 관계없지 않으리라. 모처럼의 휴일에 추가시험 감독을 맡게 되었으니 그녀가 언짢아하는 것도 무리는 아니다.

그러나 그것을 논하자면 코죠 역시 원하지 않는 추가시험을 받는 처지였다.

"그러니까~, 사정은 설명했죠? 전 최근 반년간 기억을 잃고 은래도란 곳에 있다가 오늘 아침에에서야 막 돌아왔다니까요?"

"그건 네 주관적인 사정이잖아?"

굴곡 없는 목소리로 나츠키는 코죠에게 무시하는 시선을 보냈다.

“객관적인 사실은 네가 기말시험을 땡땡이치고 3일 내내 무단결석 중이었다는 거야. 덧붙여 말하자면, 이 추가시험에서 낙제를 받을 경우 네놈은 내년에 자신의 동생과 같은 반에서 수업을 받게 될 거다.”

“유급 확정이란 겁니까. 빌어먹을!”

피도 눈물도 없냐고 속으로 욕하며 코죠는 문제지로 시선을 돌렸다.

코죠의 동생인 아카츠키 나기사는 중등부 3학년에 재적 중이다. 이대로 코죠가 낙제해 고등학교 1학년을 다시 다니게 된다면 동생과 같은 학년이 되는 것은 기정사실이다.

손이 많이 가는 학생이라고 나츠키가 한숨을 쉬며 나른하게 의자에 기대앉았다.

고등학교 교실에는 어울리지 않는 앤티크 팔걸이의자였다. 메이드 옷을 입은 호문클루스(인공생명체) 소녀가 그런 나츠키에게 막 우린 홍차를 날라 왔다.

“밤의 제국 영주가 낙제라니. ‘이토가미 시국’인지 뭔지의 앞날이 보이는군.”

“아직 낙제라고 결정된 건 아니잖아요……!”

코죠는 작은 소리로 반론하면서 영어 지문 해석에 달려들었다. 시사 문제를 다룬 긴 지문이었다. 사흘 전의 코죠라면 아마 손도 대지 못했을 것이다.

그러나 코죠는 고민하면서도 어떻게든 해석해 내려갔다. 예상 밖의 건투에 시험감독인 나츠키가 노골적으로 의심쩍어하는 표정을 지었다.

설마 하고 교실 구석에 대기하고 있는 유키나와 야제에게 의혹이 담긴 시선을 보내자, 공범자 의심을 받은 유키나와 야제가 황급히 고개를 저었다.

"아까 말했잖아요. 전 반년이나 덤으로 공부하고 왔다니까요. 고1 수준의 문제라면 누워서 떡 먹기라고요. 특히 영어라면 어느 수녀기사님께 호되게 당하며 배웠다고요."

코죠가 살짝 상처받은 표정으로 해명했다. 은래도에서 반년, 혹은 그 이상의 긴 시간을 보낸 것은 코죠에게 있어 틀림없는 사실이었다. 죽을 고생을 한 건 한두 번 정도가 아니지만, 그곳에서 체험한 것이 전부 무의미했던 것은 아니다.

"흥. 성단의 수녀기사……라."

나츠키가 작게 콧방귀를 뀌면서 험악한 표정으로 코죠를 보았다.

엇, 하고 코죠는 놀라 고개를 들었다.

"미야나미 선생님, 성단을 아시나요?"

"수녀이자 성기사……라는 게 코죠의 망상이 아니라고요?"

유키나가 당혹스러운 표정으로 묻고 야제는 실례가 가득한 감상을 입에 담았다.

나츠키는 자신의 실언을 후회하듯이 작게 얼굴을 찡그리더니, 이들의 시선에 밀렸는지 짧게 한숨을 쉬고 입을 열었다.

"성단은 로타랭지아 정교의 소규모 분파야. 말하자면 이단 일파라 할 수 있지."

"……로타랭지아?"

귀에 익은 단어에 코죠가 살짝 눈을 부릅떴다. 외의라고 하면 의외이지만, 믿지 못할 정도는 아니었다. 그러고 보니 시즈리가 애용하는 코트의 의장과 묘하게 완고한 그녀의 성격은 코죠가 아는 로타랭지아의 섬교사와 흡사한 면이 있었다.

"로타랭지아 정교의 특징은 그 성인 신앙에 있어. 많은 사람을 구원한 성직자와 마족과의 싸움에서 공을 세운 영웅을 성인으로 기리며 숭배하지. 물론 이러한 신앙 형태는 많든 적든 세계 각지의 종교에서 공통적으로 나타나는 특징이긴 하다만."

"그런 것 같더군요."

코죠는 씁쓸한 표정으로 나츠키의 말에 수긍했다.

'마족 특구'에서 사는 한 체감할 기회는 그리 많지 않지만, 수많은 나라와 여러 지역에서는 지금도 마족을 인류의 위협으로 여기며 두려워하고 있다.

진조 흡혈귀로서는 복잡한 심경이지만, 마족을 두려워하는 사람들의 마음은 충분히 이해가 되었다.

마족 대부분이 인류를 초월한 신체 능력을 가지고 있는 것은 사실이니, 사람들이 마족에 대항 가능한 성인을 동경하게 되는 것은 당연하다.

"하지만 이단이라고요?"

나츠키의 말에 일말의 위화감을 느낀 코죠가 물었다. 나츠키는 말없이 고개를 끄덕였다.

"성인을 숭배하는 로타랭지아 정교에 있어 마족이란 섬멸해야 할 사악한 존재다. 정의를 표방하는 자들은 자신의 올바름을 증명하기 위해 합당한 적이 필요한 법이지."

"마족은 알기 쉬운 악역이었다 이건가요."

코쵸는 이번에야말로 확연히 불쾌한 표정을 지었다.

동료들의 이익을 위해 스스로 적을 만들어 증오하고, 싸운다. 결국 처음 목적은 완전히 잊혀져서 증오와 싸움만이 남는다. 인류와 마족에 한정된 이야기는 아니다. 전 세계에서 흔히 벌어지는 일이다.

"그러나 성단의 교의는 달라. 놈들은 마족을 인도하고 교화해야 할 존재라고 주장했지. 인류와 적대하는 존재가 아니라고 말이야."

"그것도 나름대로 기분 나쁜데요? 내려다보는 느낌이라서."

코쵸는 불만스레 턱을 괴었다. 나츠키는 코쵸의 말을 부정하지 않았다. 일단은 교사인 그녀로서도 성단의 교의에는 나름의 생각이 있는 것이리라. 인도한다고 하면 듣기엔 좋지만, 그것은 살짝만 어긋나도 가치관을 그저 밀어붙일 뿐일 수 있는 위험한 행위이다.

그렇다고는 해도 마족을 악으로 규정하지 않는 성단의 사상이 코쵸에게 반드시 불쾌하기만 한 것은 아니었다. 오히려 이것은 '마족 특구'의 주민과 가까운 가치관이다.

"성단을 높게 평가할 점이 있다고 한다면, 놈들의 주장이 말뿐은 아니었다는 것이겠지. 실제로 놈들은 전쟁터나 마족이 심하게 차별받는 지역을 찾아가 학대당하는 마족을 보호하는 활동을 계속했어."

나츠키는 그렇게 말하며 우아하게 찻잔을 기울였다. 코쵸는 감탄했다. 확실히 그것은 높게 평가할 만한 행위였다. 그리고 위험한 행동이기도 했다.
"물론 그것을 좋게 보지 않는 놈도 많았다. 성단은 마족과 적대 중이던 각국의 군대는 물론이거니와 동포인 로타랭지아 정교의 다른 분파에게서도 격렬한 비난을 받았지. 보호한 마족들과 함께 습격을 받아 수많은 희생자가 나온 적도 있어."
"이단이란 건 그런 뜻이었나요."
주체할 수 없는 분노에 휩싸여 코쵸가 주먹을 떨었다.
이념과 주장의 대립이 학살로 발전하는 것 역시 전 세계에서 흔히 벌어지는 일이다.
마족을 보호하려 한 성단은 잘못이 없다. 그러나 목숨을 걸고 마족과 싸워온 사람들이 성단에 증오심을 품게 된 것도 이해가 가지 않는 것은 아니었다.
이것은 정의나 악이라는 일차원적인 말로는 해결할 수 없는 문제였다.
"그러한 적대 세력에게서 동료와 마족을 지키려면 성단도 무장할 필요가 있었지. 성단은 늘 전쟁의 최전선에서 활동했다. 그 결과 실전으로 단련된 강력한 전사가 자라난 것은 아이러니라 할 수 있겠군."
나츠키는 그렇게 말하며 희미하게 웃었다. 코쵸는 분노도 잊고 그녀를 뚫어지게 바라보았다.
"설마 그 전사란 것이……."
"그래. 성단의 수녀기사다."
나츠키가 무감정하게 고개를 끄덕였다.
그렇게 된 건가. 코쵸는 전신에서 힘을 빼며 숨을 토했다.

수녀기사란 호칭에 대한 높은 프라이드. 코죠의 감시에 이상할 정도로 집념을 불태우던 것. 그리고 묘하게 남을 잘 보살폈던 것. 그러한 시즈리의 성격은 성단의 성립 과정을 생각하면 모두 납득이 가는 것이었다.

"성단이 실제로 존재하는 조직이라면 카스가야 씨의 신원을 조사할 유력한 실마리가 되겠네요."

조용히 설명을 듣고 있던 유키나가 혼잣말처럼 말했다.

"그렇구나. 성단이란 곳에 직접 문의하면 되는 거였어."

야제가 즉시 스마트폰을 꺼내 들었다. 인공섬 관리공사의 누군가에게 명령해 성단에 접촉할 생각인 것이리라.

그런 그들을 바라보며 나츠키는 조용히 고개를 저었다.

"안타깝지만 그건 무리다."

"어째서요? 성단은 사자왕 기관처럼 비밀조직도 아니잖아요?"

코죠가 의아한 얼굴로 나츠키를 바라보자, 유키나가 '특무기관이에요'라고 정정했다.

"확실히 성단에겐 수녀기사의 신원을 숨길 이유가 없지."

나츠키의 말은 마치 체념한 듯한 느낌이었다.

"그럼――."

"하지만 불가능해. 성단은 이제 존재하지 않으니까."

당장에라도 달려들 것 같은 코죠를 타이르듯이 나츠키가 담담하게 잘라 말했다.

"존재……하지 않는다?"

"6년 전, 성단의 본거지는 유럽의 '이로와즈 마족 특구'에 있었다.”

“이로와즈……, 마족 특구……?”

나츠키의 일방적인 설명을 듣고 코죠는 당혹스러운 표정을 지었다.

그녀의 말이 의외였던 것은 아니다. 성단의 목적이 마족을 보호하는 것이라면 ‘마족 특구’에 본거지를 두는 것은 논리에 맞는다. 이토가미 섬을 포함한 세계 각지에 세워진 ‘마족 특구’의 목적은 인류와 마족의 공존이기 때문이다.

코죠가 당혹스러워한 지점은 이로와즈라는 지명 자체에 대한 것이었다.

코죠는 그 도시의 이름을 알고 있었다. 다름 아닌 나츠키의 입에서 그것을 들었다.

“타르타로스 라프스…….”

유키나가 굳은 목소리로 중얼거렸다. 그 말로 코죠의 기억이 이어졌다.

“그래 맞아……. 타르타로스 라프스! 유럽의 ‘이로와즈 마족 특구’는 센가 타케히토 일당이 6년 전에 멸망시킨 도시의 이름이야……!”

“성단 구성원 대부분은 마지막까지 이로와즈에 남아 시민을 구조하려 애썼다고 하더군. 그 결과, 그들은 끝내 도망치지 못했고 성단이란 조직은 소멸되고 말았어. 성단의 수녀기사 중 생존자는 없다. 적어도 내가 아는 한에서는.”

나츠키의 어조는 온화했지만, 그만큼 진실의 무게가 더욱 무겁게 느껴졌다.

"전멸……한 건가……."

코죠의 시선이 미덥지 못하게 공중을 헤맸다. 나츠키의 설명은 논리정연했다. 그녀가 이런 일로 코죠를 속일 이유도 없다. 성단은 정말로 더 이상 존재하지 않는 것이다.

하지만 아무리 그렇다고 해도 코죠는 시즈리가 거짓말을 했다고는 생각할 수 없었다. 그녀는 분명 성단의 수녀기사라고 자신을 소개했고 그녀의 말에는 모순점이 없었다. 아니면 시즈리는 이미 죽은 사람이고 코죠가 본 것은 그녀의 망령이기라도 한 것일까――?

뭐가 어떻게 된 거야. 코죠는 넋을 잃고 자문했다.

"잡담이 길어졌군. 영어 시험이 끝날 때까지 25분 남았다."

금색 회중시계를 꺼낸 나츠키가 갑자기 어조를 바꾸며 그렇게 말했다.

예상 못 한 그녀의 말에 코죠가 쿨럭 하고 격하게 재채기를 했다. 아무래도 그녀는 지금 이야기한 시간까지 시험 시간에 넣어 확실히 시간을 재고 있었던 것 같다. 일부러 경고한 걸 보면 시간을 연장해줄 생각은 물론 없는 것이리라. 스스로 그렇게나 떠들어 놓고 너무나도 가혹한 처사다.

그리고 코죠의 손에는 거의 손을 대지 않은 새하얀 답안용지가 남아 있었다.

코죠는 될 대로 되라는 심정으로 이게 대체 어떻게 된 거냐며 다시 한 번 깊은 한숨을 쉬었다.

5

퇴실해 있던 아스타르테가 교실로 다시 돌아온 것은 코죠가 어떻게든 영어 추가시험을 마치고 쉬는 시간도 없이 수학 문제에 매달린 직후였다.

"교관(마스터), 긴급 연락을 수신하였습니다."

호문클루스 소녀가 들고 있는 트레이에는 다시 우려온 홍차와 쿠키 두 개, 그리고 소형 통신 단말이 놓여 있었다. 국가공마관 전용 암호 통신기다.

"흠."

나츠키는 단말을 힐끗 보고 교실을 슥 둘러보았다. 진급 여부라는 낭떠러지 끝에 서 있는 코죠는 연립부등식을 계산 중이고, 그의 감시자인 유키나는 상당히 피곤했는지 교실 벽에 기대 깊은 잠에 빠져 있었다. 그 옆에서는 야제와 리디아누가 카드 게임에 열을 올리고 있었다. 어떤 의미로는 평화로운 광경이다.

"아스타르테. 이곳은 맡기마. 부정행위에는 엄정하게 대처하도록."

"명령 수락(억셉트)."

주인인 나츠키가 대강 명령하자 아스타르테가 고개를 끄덕였다.

그녀가 가져온 쿠키를 하나 집고 나츠키는 교실에서 나가려 했다. 그것을 코죠가 불러 세웠다.

"나츠키짱?"

"잊어라. 네놈이 신경 써봤자 네가 어떻게 할 수 있는 건 없어. 생각하지 마."

뭔가 벌어진 거냐고 묻고 싶다는 표정을 한 코죠를 나츠키가 쌀쌀하게 내쳤다.

"시험을 보는 사람에게 생각하지 말라는 건 좀 아니지 않나요……."

선생님이 학생에게 할 말이냐고 코죠는 부루퉁하게 턱을 괴었다. 코죠가 다시 얼굴을 들었을 때, 나츠키의 모습은 이미 홀연히 사라진 뒤였다.

창고에서는 총격전이 벌어지고 있었다. 인공섬 동쪽 지구 외곽에 있는 낡은 대여창고다.

간판에는 이벤트 운영회사의 이름이 적혀 있었다. 낯선 짐이 빈번하게 실려 와도 의심받을 일이 별로 없다는 점을 생각하면 나쁘지 않은 위장이라 해도 좋을 것이다.

총격전을 벌이고 있는 것은 공마국의 수사관이 지휘하는 특구 경비대(아일랜드 가드)의 기습 부대였다. 머릿수와 화력으로는 특구 경비대가 우세를 점하고 있지만, 결코 유리하다고는 할 수 없는 상황이다. 창고에서 농성 중인 마도 범죄자가 강력한 공격 마술을 구사하고 있는 탓이었다. 나츠키에게 구원요청이 온 것도 아마 이것이 이유이리라.

공간을 제어해 창고 안으로 **도약한** 나츠키가 전투 한가운데로 걸어 들어갔다.

안에 틀어박힌 마도 범죄자의 수는 일곱 명 정도. 그들이 사용하고 있는 것은 현대 기준으로는 위험하고 비효율적인――하지만 흉악한 마술이었다.

금속을 부식시키는 강력한 독기와 무차별적인 착란을 일으키는 정신공격계 마술.

술자들은 각자 중후한 장정의 낡은 마도서를 들고 있었다.

"LCO의 마도사인가?"

마도 범죄자들의 정체를 넘겨짚은 나츠키가 따분하다는 듯이 한숨을 쉬었다.

라이브러리 오브 크리미널 오가니제이션――통칭 '도서관(LCO)'. 재앙을 퍼트린다고 전해지는 금단의 마도서를 수도 없이 거두어 보관하며, 그것을 연구하는 것이 목적인 마도사 집단이다.

한때는 세계 곳곳에 큰 영향력을 가졌지만, 지도자인 토코요기 아야의 배신으로 큰 타격을 입어 현재는 조직이 점차 몰락의 길을 걷고 있다. 그중에서도 주요 구성원을 수없이 잃은 땅인 이토가미 섬은 그들에게 있어 무척 증오스러운 토지일 터였다.

"아야에게 혼쭐이 나서 꼬리 내리고 도망가놓고 이제 와서 뻔뻔하게 되돌아왔나? 독립한 직후인 지금의 이토가미 섬이라면 어떻게든 숨어 들어올 수 있을 거라고 생각한 거냐?"

주문을 영창하는 마도사들을 향해 나츠키는 들고 있던 부채를 아무렇게나 휘둘렀다.

그곳에서 날아간 보이지 않는 충격파가 가차 없이 적을 쓰러트렸다. 창고 안을 뒤덮고 있던 독기가 흩어지면서 특구 경비대의 기세가 올랐다.

"미나미야 공마관!"

면식이 있는 수사관이 나츠키를 보고 달려왔다. 담당 구역이 어지럽혀졌다는 분함과 미처 다 숨기지 못한 안도감이 섞인 복잡한 표정이었다.

"미나미야 나츠키……?"

"'공극의 마녀'인가!"

농성 중이던 마도사들 사이에 술렁임이 번졌다. 토코요기 아야를 붙잡아 LCO의 추락 원인을 만든 나츠키는 그들에게 있어 증오와 공포의 대상이었다.

"부상자를 데리고 후퇴하도록. 이곳은 나 혼자로도 충분해."

나츠키가 수사관에게 거만하게 말했다. 순간, 수사관은 머쓱해졌지만 반론하지는 않았다. 혼자서 충분하다는 나츠키의 말이 사실임을 아는 것이다.

맵시 있는 드레스를 걸친 나츠키의 모습이 허공에 녹아들듯이 사라졌다.

다음 순간, 그녀가 나타난 곳은 농성 중인 마도사들의 정중앙이었다.

다양한 각도에서 날아오는 은색의 사슬이 그 자리에 꼼짝 못 하고 서 있는 마도사들을 꿰뚫었다. 사슬은 그대로 그들을 옭아매 자유를 빼앗았다. 고작 한순간에 벌어진 일이었다. 바닥에 쓰러져 고통스러운 신음을 흘리는 마도사들을 나츠키는 날벌레라도 보는 듯한 따분한 시선으로 흘겨보았다.

"약하군. LCO가 아무리 약해졌다고 해도 이 정도의 전력밖에 준비하지 못했을 거라고는 생각하기 어려운데……."

마도사들이 무력화된 것을 확인하고 특구 경비원들이 창고 안쪽으로 들어왔다. 하나같이 안도의 미소를 띤 그들과는 대조적으로 나츠키의 표정에서는 떨떠름함이 가시지 않았다. LCO 마도사들이 너무나도 허무하게 진 것이 마음에 걸렸다.

그런 나츠키의 생각을 가로막은 것은 포박한 마도사들의 공포에 질린 비명이었다.

"으……으아아아아아아아아아아아아악!"

"뭣……?!"

"이 녀석들은 뭐지?!"

특구 경비대대원들도 동요하며 다리가 굳어버렸다. 그들의 앞에 펼쳐진 광경은 그만큼 기이한 것이었다.

창고 안쪽, 깊은 어둠 속에서 무수한 그림자가 기어 나오고 있었다. 썩어서 부풀어 오른 기괴한 짐승들의 무리였다. 들개와 새, 물고기 등 다양한 동물들의 흔적이 남아 있지만, 하나의 원형을 온전히 유지하고 있는 것은 없었다. 수십 마리나 되는 그런 괴물들이 한 덩어리가 되어 창고 안으로 밀고 들어왔다.

"아…, 악령?! 말도 안 돼! 어째서입니까, 대사서!! 왜 우리 LCO 동지를──."

바닥에 쓰러져 있던 마도사가 비통한 표정으로 절규했다.

육박해 오는 괴물들을 향해 특구 경비대가 총격을 뿜었다.

그러나 악령이라 불린 괴물들의 침공은 도저히 멈출 것 같지가 않았다. 번들번들 빛나는 점액질 그림자가 움직이지 못하는 마도사들을 꿀떡 삼켜 그들의 육체를 질겅질겅 씹어 넘기기 시작했다.

"그렇군. 이 녀석들은 버리는 말이었나? 목적은 증거 은멸이군."

불쾌하게 눈을 찡그리며 나츠키가 오른손에 든 부채를 휘둘렀다.

주변 공간이 파문처럼 일렁이더니 그 속에서 작은 곰 인형이 연이어 튀어나왔다. 회색, 갈색, 파스텔 블루, 물방울무늬, 체크무늬. 색색의 인형들은 일사불란하게 대열을 이루어 악령 무리에 달려들었다. 곰 인형들의 정체는 나츠키의 사역마(패밀리어)다. 나츠키가 마력으로 만들어낸 **폭탄**인 것이다.

악령들을 몇 미터인가 밀쳐낸 뒤 나츠키의 사역마가 계속해서 터져나갔다. 폭파 규모는 작지만, 어차피 좀비에 불과한 악령을 날려버리기에는 충분한 위력이었다. 무엇보다도 사역마의 수가 압도적이었다.

그을린 살점으로 변한 악령들이 흰 증기가 되어 하나둘 사라져갔다. 남은 것은 멍청히 선 특구 경비대대원들과 다친 마도사들뿐이었다.

"자, 아무래도 너희는 상사에게 버림받은 것 같은데 아직도 저항할 기력이 남았나?"

상처에서 오는 고통과 공포로 어물어물 눈물을 쏟은 마도사 한 명에게 나츠키가 차갑게 물었다.

마도사는 오열을 멈추지 않았지만, 그래도 필사적으로 고개를 가로저었다. 나츠키가 악령을 날려버리지 않았다면 지금쯤 자신은 죽은 목숨이었다고 깨달은 것이다.

"그렇다면 네놈들이 옮겨 온 짐을 내어주겠지?"

나츠키가 감정이 담기지 않은 목소리로 물었다. 여전히 은색 사슬에 묶여 있던 마도사는 간신히 자유를 찾은 왼손으로 근처에 놓여 있던 기계를 가리켰다.

플라스틱제의 싸구려 외장과 화려한 컬러링. 유원지나 게임 센터에서 자주 보는 대형 게임 박스였다.

"지금 장난하는 거냐!"

공마국의 수사관이 배짱 한번 좋다고 윽박지르며 마도사의 멱살을 움켜쥐었다.

"아냐, 정말이라고! 대사서는……, '봉마(逢魔)의 마녀'는 우리에게 이 기계를 누구에게도 넘기지 말라고 명령했어."

마도사가 오열하며 대답했다. 그 필사적인 모습에 수사관은 침묵했다. 이 정보를 어떻게 다루어야 할지 모르겠다는 태도였다.

"'봉마의 마녀'……라. 그랬군."

나츠키가 소리 없이 중얼거렸다. 창고 안에서 3일분의 먼지를 뒤집어쓴 게임 박스가 흥미로 가득한 그녀의 눈동자에 비쳤다.

6

"시험 종료."

한산한 교실에 호문클루스 소녀의 무기질적인 목소리가 울려 퍼졌다.

시곗바늘은 오전 11시 50분을 가리키고 있었다. 코쥬의 추가시험 종료 시각이다.

"끝났……다……."

간신히 답안지를 채운 코쥬가 책상에 엎드려 미동도 하지 않았다.

이토가미 섬 해안에서 코쥬가 발견된 지 아직 6시간밖에 지나지 않았다.

영문도 모르고 학교에 끌려와 갑자기 치른 추가시험. 게다가 성단의 정체까지 들어 코쥬의 뇌는 지금 과열 직전이었다.

머리를 써야 하는 복잡한 것들은 당분간 아무것도 생각하고 싶지 않았다.

물론 그럴 수는 없다는 것 정도는 코쥬도 잘 알고 있었다.

"답안지 제출 확인. 추가시험 결과는 이틀 뒤에 통보됩니다."

코쥬의 고통을 아는지 모르는지 아스타르테가 지극히 사무적인 태도로 말했다. 회수한 시험지를 무표정하게 확인한 다음, 그녀는 그것을 봉투에 넣었다. 이제 코쥬와 친구들이 할 수 있는 일은 합격을 기도하는 것뿐이다.

"선배, 수고하셨어요."

허탈한 상태에 빠져 있는 코쥬에게 유키나가 말했다. 유키나의 표정이 약간 밝아 보이는 것은 코쥬의 기분 탓이 아닐 것이다.

어쩌면 감시자로서 코죠가 낙제 직전까지 몰려버린 것에 대한 책임을 느끼고 있던 것인지도 모른다. 단순히 수면 부족이 해소되었기 때문일 수도 있지만.

"히메라기, 벌써 일어나도 되는 거야?"

코죠가 일단은 유키나의 몸을 걱정하며 물었다. 본인은 눈치채지 못하게 잘 숨겼다고 생각하고 있을지도 모르지만, 유키나가 앉아서 졸고 있었다는 건 시험 중이었던 코죠에게도 뻔히 다 보였다.

그래도 유키나는 시치미를 떼며 부정했다.

"무슨 말씀이죠? 전 딱히 수면 부족이 아닌데요. 사자왕 기관의 검무로서 96시간 정도는 수면이나 휴식을 취하지 않아도 활동할 수 있도록 훈련을 받았고――."

"자국 남았다."

유키나의 왼쪽 볼을 가리키며 코죠가 필요 최저한의 정보를 전달했다. 곤히 잔 유키나의 볼에는 베게 대신으로 삼았던 팔의 흔적이 뚜렷하게 남아 있었다.

"코죠, 상처는 좀 어때?"

새빨개진 얼굴로 입을 다문 유키나 대신 야제가 쓴웃음을 지으며 물어봤다.

"그냥저냥 괜찮아. 전력 질주 같은 건 무리겠지만 말이야."

무의식적으로 왼쪽 가슴을 문지르며 코죠가 대답했다. 아픔에는 점차 익숙해졌지만, '셋카로'에 꿰뚫린 상처이니만큼 단시간에 극적인 회복은 기대하기 어려웠다. 심지어 '셋카로'에 당한 상처는 권수 소환을 방해한다. 코죠는 과거의 경험을 통해 그것을 알고 있었다.

그렇다고는 해도 일상생활에 지장을 줄 만한 상처는 아니었다. 그것은 아마도 아슬아슬하게 급소를 비껴준 유키나의 덕분일 것이다.

"그럼 밥이라도 먹으러 갈까? 아사기 녀석도 슬슬 도착할 때가 됐으니까."

시계를 확인하며 야제가 말했다. 그 말을 듣고서야 코죠는 자신이 쫄쫄 굶었음을 깨달았다. 코죠가 마지막으로 식사한 시각은 카르체리에서 온천에 들어가기 전이었다.

그 카르체리가 실제로 존재하는가조차 지금의 코죠는 알지 못한다. 그것에 대해 설명해줄 소녀는 아직 사이카이 학원에 도착하지 않았다.

"그러고 보니 아사기 녀석이 늦네."

코죠가 무심히 중얼거렸다. 야제가 아사기에게 연락한 지 벌써 세 시간 가까이 지났다.

그러나 야제는 딱히 당황하는 기색도 없이 고개를 끄덕이며 말했다.

"응. 오는 도중에 전차에 트러블이 있었대."

"……트러블?!"

코죠가 불안하게 눈썹을 떨었다. 아사기가 시가지에서 왜 전차를 타고 다니는가는 묻지 않았다. 새삼스럽다는 생각이 들었기 때문이다.

"그래도 리디 공을 마중 보냈으니까 걱정할 필요 없을 거야. 듣기로는 오는 도중에――."

야제가 말을 멈췄다. 그는 애용하는 헤드폰을 귀에 대고 평소에는 절대 보이지 않는 험악한 표정을 지었다.

"……야제?"

"손님이야. 여자가 하나. 무장했어."

시선을 어딘가 먼 곳에 고정한 채로 야제가 못마땅하다는 듯이 혀를 찼다.

"무장? 설마 누가 학교를 습격하고 있다는 거야?"

코죠의 표정도 딱딱하게 굳었다. 오늘은 일요일이어서 몇몇 동아리에 속해 있는 학생을 제외하면 교내에는 학생이 거의 없다. 누군가가 학교를 습격할 일이 있다고 한다면, 십중팔구 코죠가 목적임이 분명하다.

"——선배!"

그러나 코죠가 상황을 파악하기도 전에 유키나의 경고가 교실에 울렸다. 교복 주머니에서 주부(呪符)를 꺼낸 유키나가 그것을 수리검처럼 던졌다.

주부는 공중에서 형태를 바꾸며 은색 늑대의 형상을 이루었다. 금속제 시키가미다.

늑대는 코죠의 머리를 뛰어넘어 베란다 쪽의 창문으로 이동했다.

그곳에 검푸른 색의 그림자가 하나 있었다. 도마뱀 두 마리를 억지로 융합시킨 듯한 모습의 다리가 여덟 개인 파충류였다. 도마뱀의 육체는 심하게 부패하여 기분 나쁘게 부풀어 올라 있었다.

그것은 활짝 열려 있던 창문을 타고 넘어와 코죠 일행을 빤히 바라보고 있었다. 마치 코죠 일행을 감시하는 것처럼 불쑥 튀어나온 안구가 뒤룩뒤룩 움직였다.

유키나가 꺼낸 시키가미가 질풍으로 변해 괴물을 덮쳤다. 주력을 두른 발톱에 찢겨 괴물의 육체가 여기저기로 흩어졌다. 사방에 튄 살점은 잠시 경련하다가 이윽고 햇살 속에서 연기로 변해 사라졌다.

"……뭐야, 이 녀석?"

녹다 남은 살덩이를 야제가 기분 나쁘다는 듯이 실내화로 찔렀다.

유키나는 주부로 돌려보낸 시키가미를 다시 주워야 할지 망설이는 것 같았다. 괴물에게서 튄 피를 뒤집어쓴 주부를 맨손으로 만지는 게 꺼려지는 것이리라.

"악령……."

코죠가 괴물의 이름을 나직이 중얼거렸다.

"악……, 뭐?"

야제가 미심쩍어하며 눈을 깜빡였다.

"좀비의 일종이야. 동식물의 사체가 카르체리의 마력을 받아 활성화된 괴물이랬어."

"카르체리라니……. 어이, 진짜냐……."

코죠의 어물어물한 설명에 야제가 어이없어하며 눈을 부릅떴다. 은래도에서만 존재하는 괴물이 이쪽 세계에 출현한 것은 야제로서도 예상 못 한 사태일 것이다.

"이건 자연적으로 발생한 사령이 아니에요. 희미하지만 지향성이 있는 주력이 송신된 기운을 느꼈어요."

유키나가 냉정한 목소리로 지적했다. 그녀의 말에 담긴 뜻을 깨닫고 코죠의 얼굴이 험악해졌다.

"누군가가 이 녀석을 조종하고 있다는 거냐?"

"그럼 정찰이 목적이었을 거야. 저쪽이 알아챘군."

야제가 두 귀를 덮은 헤드폰을 누르며 말했다. 코죠는 야제가 단언하는 근거는 알지 못했지만, 아무래도 헤드폰에 뭔가 장치가 있나보다 하고 수긍하고 넘어갔다.

"혹시 날 노리는 건가……?!"

"뭐, 이 상황에서는 달리 생각할 게 없긴 하지."

"그건 그렇지……."

사람 성가시게 한다고 코죠는 순간 진심으로 화가 솟구쳐 올랐으나 이내 달리 생각하기로 했다. 어차피 트러블에 휘말릴 거라면 직접 자신을 노리고 오는 쪽이 마음 편하다고 고쳐 생각한 것이다.

하물며 상대가 악령을 조종하는 자라면 더욱 그렇다. 습격자를 직접 만나 묻고 싶은 것이 산더미처럼 쌓여 있다.

"침입자의 위치는 알아내셨나요?"

애용하는 기타 케이스에서 은색 창을 꺼내 들며 유키나가 물었다.

"교문을 통해 학교에 들어온 참이야. 이 시간대라면 다른 학생과 마주칠 가능성은 적겠지만……. 어떻게 할래?"

야제가 복도 쪽의 창문 너머로 시선을 돌렸다. 그의 물음은 '이대로 교실에서 매복하는 것과 이쪽에서 자진해서 나가는 것 중 어느 쪽이 좋은가'라는 의미라고 코죠는 해석했다.

"난 나갈 거다. 어차피 우리 위치는 들켰다며?"

코죠가 망설이지 않고 대답했다. 상대의 정체를 모르는 이상, 대책을 세울 수도 없을뿐더러 이미 위치를 들켰으니 기습도 할 수 없다. 그리고 적의 접근을 멍청하게 기다리는 것은 시간 낭비다. 그 이전에 코죠의 권수는 좁은 건물 안에서는 하나같이 도움이 되지 않는다.

"동의. 미나미야 교관의 대리로서 침입자를 구속하겠습니다."

살짝 뜻밖이게도 코죠의 의견에 가장 먼저 찬성한 것은 아스타르테였다.

보호 감찰 중인 호문클루스 아스타르테는 나츠키의 명령에 따를 의무가 있었다. 그런 그녀에게 내려진 것은 이곳을 맡긴다는 애매한 명령이었다. 그 결과, 아스타르테는 나츠키가 부재중인 학교의 치안을 유지하는 것을 자신의 임무로 인식한 것 같았다. 교내 치안 유지라 함은 다시 말해 침입자의 배제다.

"알았다. 학교에 남은 학생들은 내가 피난시킬게. 이럴 줄 알았으면 리디 공을 보내지 말 걸 그랬어."

야제도 마지못해 코죠와 아스타르테의 방침을 받아들였다. 리디 공이란 리디아누를 가리키는 것이리라. 리디아누 자신은 겉보기와 마찬가지로 힘없는 초등학생에 불과하지만, 그녀가 가진 유각 전차는 귀중한 전력이 된다. 하긴 그런 물건이 학교 부지 내에서 날뛰면 그것대로 문제가 되겠지만.

"선공을 실시합니다."

"뭐? 아스타르테……, 야!"

코죠가 제지하기도 전에 아스타르테가 복도 쪽 창가로 이동했다. 그녀는 3층 창문을 뛰어넘어 그대로 지상을 향해 낙하했다. 메이드 옷을 입은 소녀의 등에서 반투명한 날개가 펼쳐지며 낙하 충격을 흡수했다.

"선배, 저희도 가죠."

기타 케이스에서 은색의 창을 뽑아 든 유키나가 망설임 없이 아스타르테를 쫓아갔다. 고양이처럼 공중에서 부드럽게 회전하며 소리도 없이 사뿐히 착지했다. 아마 주력을 사용해 신체 능력을 강화한 것이리라. 뒤집히는 스커트 자락을 단단히 잡아 누르는 여유마저 부렸다.

"아아, 제길! 갈 수밖에 없나……!"

코죠는 살짝 눈물이 맺힌 눈으로 유키나와 아스타르테를 쫓아 뛰어내렸다. 흡혈귀로 변한 지금의 육체에 이 정도 높이는 대단한 것이 아니지만, 그런 것 이전에 무서운 건 무서운 것이다.

"경고(워닝). 악령이라 지칭된 사령의 접근을 확인."

어딘지 모르게 소극적인 자세로 코죠가 착지함과 동시에 아스타르테가 억양 없는 목소리로 말했다.

"악령……. 이 숫자는……!"

학교 안뜰을 둘러보며 유키나가 신음했다. 기분 나쁜 악령 무리가 교문 쪽으로 이어진 통로를 가득 채우며 밀려오고 있었다. 쥐의 사체를 베이스로 한 그 모습은 토악질을 불러일으킬 만큼 추악했다. 그 유키나조차 동요를 숨기지 못했다.

"물러나, 히메라기. 아스타르테 너도야."

어쩔 수 없다는 식으로 오른팔을 빙글빙글 돌리며 코죠가 앞으로 나섰다.

권수를 쓸 생각은 없다. 천재지변에 필적한다고 하는 제4진조의 권수는 기본적으로 대군의 섬멸이나 대규모 파괴가 전문이다. 이런 곳에서 사용하면 너무나도 눈에 띄어버릴뿐더러 교내 설비도 무사하지는 못할 것이다. 필요한 것은 권수가 아니라 권수가 가진 마력의 극히 미세한 조각뿐――.

"엇……?!"

옆에 있던 유키나의 놀라는 기척이 느껴졌다. 코죠의 오른손에 유키나가 교실에 놓고 온 주부가 들려 있었던 것이다. 유키나가 아닌 코죠의 마력을 받아 주부가 시키가미로 변화했다. 청백색의 번개를 두른 사자의 모습이다.

코죠의 시키가미가 현현한 것은 고작 한순간에 불과했다.

그것은 섬광으로 돌변해 악령 무리에게 달려들어 시키가미 안쪽부터 터지듯 폭발해버렸다. 주부가 코죠의 방대한 마력을 버티지 못한 것이다.

그러나 악령 무리는 그 한순간으로 전멸했다. 코죠의 시키가미는 자신이 불타 소멸하기 직전에 수십 마리나 되는 악령을 전부 잡아 찢어낸 것이다.

"뭐, 이 정도인가."

증발하는 악령의 잔해를 바라보며 코죠가 휴 하고 한숨을 쉬었다. 시키가미가 실체화한 것은 겨우 한순간에 불과했고 정밀한 컨트롤도 하지 못했다. 도무지 칭찬받을 정도의 완성도는 아니지만 일단 목적은 달성했으니 성공이라고 해도 좋을 것이다.

"선배……, 지금 그건……?!"

멍하니 눈을 크게 뜨고 보고 있던 유키나가 뒤집힌 목소리로 물었다. 그녀가 놀라는 것도 무리는 아니다. 마력의 양으로 밀어붙인 투박한 술식이었다고는 해도 코죠가 무려 주술을 사용한 것이다.

"말했잖냐. 반년이나 강제로 공마사 수행을 받았다고. 하긴 마지막 순간까지 평범한 주술은 결국 쓸 수 없었지만 말이야."

코죠가 창피하다는 표정으로 말했다. 코죠에게 시키가미 조작법을 포함한 주술의 기초를 가르쳐 준 것은 루이다. 기본에 충실한 그의 수법을 아는 만큼, 코죠는 자신의 술법이 얼마나 지리멸렬한지 아주 잘 이해하고 있었다.

"설마……, 정말로 은래도에서 수행을 한 건가요……?"

유키나가 어안이 벙벙하여 물었다. 그러나 코죠는 그녀의 질문에 대답하지 않았다.

악령의 잔해를 밟으며 다가오는 습격자의 모습을 발견한 것이다.

장검을 든 흰 머리의 소녀였다.

그녀의 모습을 본 코죠가 전기에 감전되기라도 한 듯이 움직임을 멈췄다.

"말도 안 돼……. 네가 악령을 조종하고 있었다……고?!"

코죠가 새파란 얼굴로 고개를 저었다. 무슨 일이 벌어지고 있는지 이해가 되지 않았다.

소녀가 걸치고 있는 것은 곳곳에 보호대를 단 긴 코트였다. 눌러쓴 긴 머리쓰개 아래로 순백색의 긴 머리카락이 흘러내렸다. 뚜렷한 이목구비. 푸른 눈동자.

그녀가 쥐고 있는 것은 불꽃처럼 파도치는 심홍빛 장검——'하우라스'다.

"어째서냐, 카스코——?!"

절규하는 코쇼를 무표정하게 바라보며 카스가야 시즈리는 검을 쥐고 자세를 잡았다.

파도치는 심홍색 날이 햇빛을 반사하며 차갑게 번뜩였다.

7

"침입자의 무력행사를 확인. 인공생명체 보호 조례 · 특례 제2항에 근거하여 자기 방어권 발동."

아스타르테의 무기질적인 목소리가 교정에 울렸다. 메이드 옷을 입은 그녀의 가냘픈 등에서 다시금 투명한 날개가 펼쳐지더니 이윽고 한 쌍의 팔로 변화하였다. 거대한 인간형 권수의 팔이다.

"집행하라(엑시큐트), '장미의 손가락(로드댁틸로스)'."

아스타르테의 몸을 집어삼키며 반투명한 골렘이 나타났다. 그녀는 세계에 하나밖에 존재하지 않는 권수 공생형 인공생명 실험체——권수를 조종하는 호문클루스다.

권수로 이루어진 갑옷을 두른 호문클루스 소녀가 코쇼와 유키나를 감싸며 시즈리의 앞에 나섰다.

권수에는 어떠한 물리 공격도 통하지 않는다. 그리고 아스타르테의 권수 '장미의 손가락'의 능력은 마력 반사와 흡수다. 그것은 바꿔말해 어떠한 공격으로도 아스타르테의 권수에 타격을 줄 수 없다는 것을 의미했다.

그렇지만 코죠는 그 사실을 알면서도 공포로 표정이 일그러졌다.

"안 돼, 아스타르테! 카스코의……, 카스가야의 검은 '하우라스'다!"

코죠의 외침에 아스타르테가 반응하는 것보다 시즈리의 공격 쪽이 빨랐다. 심홍빛 장검을 하단으로 겨누고 질주하며 거대한 인간형 권수에 달려든 것이다.

아스타르테는 권수의 팔을 움직여 공격을 받아내려 했다. 아마 그대로 붙잡아 시즈리를 상처 없이 포획할 생각이었으리라.

그러나 그 거대한 팔은 시즈리에게 닿기 직전, 깊이 잘려나갔다.

권수의 몸은 마력으로 형성된 것이니 이런 대미지는 아무런 문제도 되지 않지만, 예상 못 한 충격으로 아스타르테의 반응이 늦어졌다. 그 틈에 시즈리는 골렘의 품속으로 뛰어들어 더 강한 참격을 날렸다.

"아스타르테 씨의 권수를 베어냈어……?!"

충격을 받은 것은 유키나도 마찬가지였다. 그도 그럴 것이 아스타르테의 권수는 유키나의 '셋카로'로도 상처를 줄 수 없었던 것이다.

'장미의 손가락'의 철벽 방어를 시즈리의 장검은 너무나도 쉽게 돌파해 일방적으로 대미지를 가하고 있었다. 그뿐만 아니라 '장미의 손가락'을 베면 벨수록 검의 위력이 점점 상승하고 있는 것처럼 느껴졌다.

"저 녀석의 검은 마력을 먹어치우면서 힘이 상승하는 검이야. 권수로는 검을 막을 수 없어! 물러나!"

"명령 수락(억셉트). 교전 중지. 이탈합니다."

아스타르테는 순순히 코죠의 명령을 따랐다. 이대로 전투를 계속해봤자 시즈리를 유리하게 만들뿐인 것을 이해한 것이다. 아스타르테는 골렘의 압도적인 완력을 이용해 순식간에 뒤로 물러났고 시즈리도 추격하려고는 하지 않았다.

"카스코……!"

무방비하게 선 코죠가 시즈리를 불렀다. 그런 코죠의 바로 뒤에서는 유키나가 조용히 창을 겨눴다.

"이제야 찾았네요, 아카츠키 코죠."

시즈리가 마치 모르는 사람을 부르는 것처럼 기계적인 어조로 말했다. 무감정한 눈동자로 코죠를 마주 바라보며 심홍색 날을 겨누었다.

"은래도로 돌아오시어요, 제4진조. '마족 특구'에서 탈주하는 것은 중죄이어요."

"탈주……?"

트집이라고밖에 생각할 수 없는 시즈리의 말에 코죠는 무척이나 혼란스러웠다.

물론 코쇼에게는 은래도에서 탈주한 기억이 없다. 시즈리는 유키나의 창에 찔려 코쇼가 카르체리에서 사라진 순간을 직접 목격했을 터였다.

"잠깐, 카스코. 너 정말 은래도에서 온 거야? 어떻게……?"

야제는 은래도라 불리는 땅은 존재하지 않는다고 했다.

그러나 시즈리는 코쇼 일행의 앞에 실제로 나타나 은래도로 돌아가라고 말한다. 그렇다면 이것은 은래도로 왕래할 수단이 존재한다는 뜻이 아닌가?

그러나 시즈리는 코쇼의 의문에 대답하지 않았다. 그녀는 몸을 낮게 가라앉히며 장검을 수직으로 잡아 자세를 취했다. 적을 공격하기 전의 자세다.

"저는 성단의 수녀기사이자 제4진조의 감시자. 아카츠키 코쇼를 카르체리로 인도할 것이어요. 은래도를 수호하기 위해서——!"

"카스코?! 멈춰, 카스가야!"

코쇼가 굳은 얼굴로 외쳤다. 시즈리와 싸울 생각은 없다. 그 이전에 그녀를 이길 수 있다는 생각이 들지 않았다. 그러나 그런 코쇼의 의사와는 상관없이 시즈리는 지면을 박차고 앞으로 뛰쳐나왔다.

인간의 한계를 능가한 압도적인 가속. 서로의 거리가 순식간에 제로에 가까워졌다. 심홍빛 날이 아름다운 곡선을 그리며 코쇼의 몸을 절단했다——.

그 순간, 섬광을 닮은 은빛 날이 코쇼의 눈앞을 가로질렀다.

"'셋카로'!"

"——윽?!"

시즈리의 눈동자가 경악으로 흔들렸다. 그녀가 휘두른 귀신같이 빠른 검이 코죠에게 닿기 직전, 은색의 창에 가로막힌 것이다. 코등이 싸움의 압력을 이용해 시즈리가 뒤로 점프하자 유키나도 빈틈을 보이지 않고 창을 고쳐 잡았다.

"히, 히메라기……?!"

굳어 있던 코죠가 한 호흡 늦게 상황을 인지했다.

그러나 유키나와 시즈리는 이미 임전 태세에 돌입해 있었다. 둘 다 눈앞의 상대가 방심해선 안 될 강적임을 이해한 것이다.

"'하우라스'의 마력이 사라졌어……?!"

빛을 잃은 애검을 바라보며 시즈리가 작게 입술을 깨물었다. 아스타르테의 권수를 집어삼켜서 위력이 더욱 강해져 있던 '하우라스'가 단순한 검으로 돌아가 있었다. 마력을 무효화하는 유키나의 '셋카로'가 검에 축적된 마력을 지워버린 것이다.

"제가 상대하겠습니다. 카스가야 시즈리 카스티엘라."

시즈리의 노기에도 기죽지 않고 유키나가 엄숙히 선언했다.

코죠는 유키나를 막지 않았다. 아니, 막지 못했다고 해야 할까? 신중하게 간격을 재며 노려보는 두 사람에게 코죠는 가까이 다가갈 수조차 없었다. 섣불리 다가가면 유키나의 발목을 잡을 뿐이다.

"정체가 뭐죠?"

유키나를 노려보며 시즈리가 물었다.

"히메라기 유키나. 사자왕 기관의 검무입니다."

"……사자왕 기관?"

시즈리가 작게 고개를 갸웃거렸다. 그녀가 모르는 이름이었던 것이리라.

"무기를 버리고 투항하세요. 당신이 가진 검의 능력은 '셋카로'에 통하지 않습니다."

유키나가 담담하게 경고했다. 시즈리는 그것을 도발로 받아들인 것 같았다. 그녀의 미모가 한층 험악해졌다.

"깔보지 마시어요!"

내뱉는 듯한 외침과 동시에 시즈리는 유키나의 간격으로 파고들어 왔다.

반사적으로 뻗어 나온 유키나의 창을 시즈리의 장검이 받아넘겼다. 그러나 유키나는 공격을 멈추지 않았다. 튕겨 나간 힘을 이용해 창을 빙그르르 돌려 잡고는 금속 창의 자루를 타격무기로 바꾸어 시즈리의 머리 측면을 덮쳤다. 시즈리는 상체를 깊게 가라앉혀 공격을 회피, 그대로 하단에서 올라가는 참격을 날렸다. 유키나는 매끄러운 스텝으로 심홍색 날을 피하며 다시금 직선 찌르기를 펼쳤다. 시즈리는 그것을 상단에서 내려치는 검으로 정면에서 받아냈다. 서로의 무기가 격돌한 반동으로 두 사람이 뒤쪽으로 튕겨 나갔다. 완전히 호각인 공방이었다.

"카스코, 그만둬! 히메라기도 마찬가지야!"

그녀들을 제지하려는 코죠의 목소리는 격돌하는 무기 소리에 묻혀 사라졌다.

흡혈귀로 변한 코죠의 동체 시력으로도 반복해서 어지럽게 뒤엉키는 두 사람의 움직임을 다 파악할 수 없었다. 무기의 수많은 잔상과 튀어 오르는 불꽃이 보일 뿐이다.

"당신, 코죠와 어떤 관계죠?!"

거친 연속 공격을 펼치면서 시즈리가 유키나에게 따지고 들었다.

"전 아카츠키 선배의 감시자입니다!"

폭풍 같은 참격을 모조리 쳐내며 유키나가 대답했다. 그 순간, 시즈리의 눈동자에 일찍이 없던 동요의 빛이 떠올랐다.

"하아?! 감시자?! 그건 제 임무여요! 저는 요 반년간 그와 늘 침식을 함께한 걸요!"

"그와……. 침식을 함께……."

감정이 담기지 않은 목소리로 아스타르테가 복창했다.

"아냐! 아니, 아닌 건 아니지만, 그런 뜻이 아니라!"

엉뚱한 오해를 불러일으킬지도 모를 호문클루스 소녀의 혼잣말을 코죠가 황급히 부정했다.

한층 격렬한 금속음이 울리고 유키나와 시즈리가 다시 거리를 벌렸다. 양쪽 다 피로의 색이 짙었다. 유키나는 호흡이 흐트러져 있었고 시즈리의 볼은 땀에 젖었다.

"선배, 카스가야 씨의 지금 상태는 아마 정상이 아니에요."

유키나가 희미하게 헐떡이며 코죠에게 말했다.

"그거야 그렇겠지만……."

코죠는 유키나의 말을 긍정했다. 시즈리의 상태가 정상이 아니라는 것은 악령 무리를 조종하고 있던 시점에서 이미 알

고 있었다.

그러니, 라면서 유키나가 날카롭게 눈을 떴다.

"죄송하지만, 힘으로 누르도록 하겠습니다!"

"그건 제가 할 말이어요! 성단 수녀기사의 힘을 보여드리겠어요! '하우라스'!"

포효와 함께 시즈리가 가속했다. 대상단 자세에서 비스듬하게 베는 참격. 시즈리가 무엇보다도 자신 있어 하는 방어를 버리는 공격이다.

유키나는 시즈리의 가장 빠른 참격에 정면으로 뛰어들어 말 그대로 종이 한 장 차이로 회피했다. 사자왕 기관 검무의 미래시(未來視)다. 그녀는 시즈리의 검 궤적을 한순간 빨리 보고 있었다.

"뭣?!"

필사의 일격이 빗나갔다는 놀라움에 시즈리의 움직임이 한 템포 늦어졌다. 그녀가 처음으로 보인 치명적인 틈이었다.

"——나루이카즈치(鳴雷)!"

유키나의 무릎차기가 시즈리의 옆구리를 파고들었다. 대 마족전투를 상정하여 만든 검무의 근접 전투술. 멋지게 빗어낸 주력이 충격파가 되어 시즈리의 코트 보호대를 관통했다.

"츠치이카즈치(土雷)!!"

움직임이 멎은 시즈리의 머리 측면을 노리고 공중을 빙글 선회한 유키나의 손등치기가 날아들었다. 시즈리의 머리가 부자연스러운 방향으로 풀썩 꺾였다. 충격이 그녀의 뇌를 직접 뒤흔든 것이다.

"바, 바보. 히메라기……!"

아무리 그래도 너무 심하지 않냐며 코죠의 얼굴이 창백해졌다. 먼저 무기를 휘두르며 공격한 것은 시즈리였지만, 이것은 단순한 과잉방어 수준이 아니다. 사자왕 기관의 검무는 맨손으로도 수인을 무력화할 수 있을 정도의 실력이 있다. 평범한 몸뚱이의 인간이 유키나의 공격을 제대로 받으면 목숨이 왔다 갔다 할 정도의 대참사가 벌어지고 만다.

그러나 그런 코죠의 불안은 곧 공포로 덧칠되었다.

그대로 쓰러지나 싶었던 시즈리가 그 자리에서 버텨내고 다시 검을 번쩍 쳐들었던 것이다.

"아아아아아아아아아아아아앗!"

공격을 펼친 직후, 무방비한 유키나에게 시즈리가 검을 휘둘렀다.

"큭……!"

유키나는 그 반격을 간신히 받아냈다. '하우라스'만의 특징적인 파동이 '셋카로' 자루에 격돌해 청백색의 불꽃이 튀어올랐다. 그러나 그럼에도 불구하고 시즈리의 공격은 멎지 않았다. 내지른 검을 그대로 끝까지 휘둘러 유키나의 몸을 뒤쪽으로 날려버렸다.

"히메라기……?!"

지면에 등을 부딪치며 내팽개쳐진 유키나를 코죠는 속수무책으로 바라보았다.

시즈리는 뛰어난 검사이긴 하지만 결코 몸집이 크거나 근육질인 것은 아니다. 평범하게 생각했을 때, 저항하는 유키나를 한 손으로 날려버리는 일이 가능할 리 없다. 하물며 지금의 그녀는 유키나의 공격에 당한 뒤여서 서 있는 것 자체가 신기한 상태인 것이다.

"코죠……, 돌아가도록 하여요……. 저와, 함께……."

초점이 맞지 않은 눈동자로 코죠를 바라보며 뚝뚝 끊어지는 목소리로 시즈리가 말했다.

몽롱한 의식 속에서 그녀는 코죠에게로 손을 뻗었다. 그녀가 눌러쓴 머리쓰개가 떨어지며 순백색의 머리가 둥실 흩날렸다.

"카스가야……, 너……."

코죠가 쉰 목소리로 중얼거렸다. 지금의 시즈리는 누가 봐도 제대로 걸을 수 있는 상태가 아니었다. 그래도 그녀는 끈질기게 코죠 쪽으로 다가왔다. 비장감마저 느껴지는 광경이었다.

"그렇게 된 거였나요……. 카스가야 시즈리 카스티엘라, 당신은……."

쓰러져 있던 유키나가 천천히 몸을 일으켰다. 그녀의 대미지도 적지 않았다. 떨어진 창을 다시 주워들지도 못하고 있을 정도다.

그런 유키나를 보고, 시즈리의 눈동자 초점이 갑자기 한 점에 모였다.

"아아아아앗――!"

심홍색의 장검을 높이 쳐든 시즈리가 막 일어선 유키나에게 달려들었다. 무의식적인 투쟁심에 촉발된 공격이었으리라.

그러나 시즈리의 공격에는 조금 전까지 존재했던 스피드와 정밀함이 사라져 있었다.

내지른 검을 간단히 받아넘긴 유키나가 시즈리의 품에 파고들었다. 지금까지와는 대조적인 느린 동작으로 시즈리의 가슴에 손바닥을 대 그녀의 몸속에 충격을 때려 넣었다.

"——유라기(響)여!"

시즈리의 몸이 작게 요동쳤다. 컥, 하는 짧은 숨소리를 토해내고 시즈리의 전신에서 힘이 빠져나갔다.

이번에야말로 완전히 의식을 잃은 시즈리를 유키나가 천천히 땅에 눕혔다.

"히메라기, 괜찮아?!"

그대로 주저앉은 유키나에게 코죠가 달려갔다.

유키나의 교복은 심하게 흐트러졌고 땀에 젖은 이마에는 머리카락이 달라붙어 있었다. 호흡도 여전히 흐트러져 있었다. 그러나 시즈리의 대미지는 그보다 훨씬 컸다. 숨이 붙어 있는 것이 신기할 정도다.

"카스코는……? 설마 죽인 건 아니지?"

시즈리의 옆에 몸을 웅크리며 코죠가 머뭇머뭇 물었다.

아스타르테가 시즈리의 손목을 잡고 지금 막 맥박을 측정하기 시작한 참이었다. 그녀는 원래 의료용으로 설계된 호문클루스이기에 이런 상황에서는 웬만한 의사보다 의지가 된다.

"의식을 잃은 것뿐일 거예요. 그런데 이 사람은——."

정신을 잃은 시즈리를 내려다보며 유키나가 애매하게 말을 끊었다.

코쵸도 말없이 고개를 끄덕였다. 유키나가 삼킨 말이 무엇인지 코쵸도 알 수 있었다.

문득 나츠키의 목소리가 뇌리를 스쳐 지나갔다. 성단의 수녀기사에 생존자는, 없다——.

"그랬던 거구나. 카스코……, 넌……."

잠든 듯 눈을 감은 시즈리의 볼을 코쵸가 살짝 어루만졌다.

순백색의 머리카락으로 뒤덮인 그녀의 머리 측면. 좌우의 귀 위쪽으로 생소한 무언가가 존재했다. 10센티미터가 채 되지 않아 꼭 머리 장식 같이 보이는 작은 돌기다. 그녀가 머리쓰개로 쭉 감추고 있던 것.

비취색으로 빛나는 두 개의 뿔——.

그것은 그녀가 마족이라는 증거였다.

막간iii

장미꽃이 피었다.

하늘을 가득 뒤덮은 거대한 장미였다.

그 광경은 오밀조밀하게 모인 오로라 같기도 했고 마력의 소용돌이 같기도 했다.

공중에 그려진 직경 십수 킬로미터에 달하는 기하학무늬. 마술이 만들어낸 진홍색 장미다.

춤추며 떨어져 내리는 장미 꽃잎이 불길한 환수의 모습으로 변해갔다. 그것은 흡혈귀의 권수와 매우 닮아 있었다. 자신의 의사를 갖게 될 정도로 농밀한 마력 집합체. 이계에서 온 소환수다.

"시나코!"

폭주한 마력이 만들어낸 폭풍 속에서 한 소녀가 외쳤다. 여러 번 빨아 색이 바랜 초라한 옷을 걸쳤지만, 누구나가 시선을 멈출 정도로 아름다운 소녀다. 긴 머리쓰개 밑으로 흘러내린 순백색의 머리가 바람을 따라 춤췄다. 푸른빛을 띈 눈동자에서는 끝없이 눈물이 흘러넘쳤다.

소녀의 팔에는 부드러운 인상의 여기사가 안겨 있었다.

나이는 20대 후반쯤일까. 온화함과 늠름함이 동시에 존재하는 매력적인 용모다. 몸에 걸친 갑옷에 남은 흠집들이 그녀가 역전의 용사임을 이야기해주고 있었다.

그러나 그녀의 갑옷은 크게 갈라져 있었고 터져 나온 선혈은 지면을 적셨다. 장검을 쥔 오른손은 불에 타 살점이 타는 고약한 냄새를 풍겼다.

"어째서야? 시나코?!"

다친 여기사에게 매달려 흰 머리카락의 소녀가 절규했다.

그런 소녀의 볼을 여기사가 부드럽게 어루만졌다. 핏기가 가신 손가락은 몹시도 차가워서 분명 잘 단련되어 있었을 기사의 팔이 마치 깃털처럼 미덥지 못하게 느껴졌다.

"무사……하셨군요, 시즈리……. 다행이어요."

시나코라 불린 기사가 가냘픈 목소리로 소녀를 불렀다.

온화하게 웃는 상처투성이의 기사를 소녀가 강하게 끌어안았다.

"왜 그런 거야?! 시나코 혼자라면 그런 공격쯤은 쉽게 막을 수 있었잖아! 그런데……!"

"제 사명은 이곳에 있는 모두를 지키는 것이어요. 이 성례병장은 그것을 위해 제게 주어진 것이니까요."

그렇게 말하며 기사는 자신의 장검을 만족스러운 눈빛으로 바라보았다. 흔들리는 불꽃 같은 칼날이 방대한 마력을 빨아들여 눈부시게 빛나고 있었다. 장미의 권수를 몇 마리나 쓰러트리며 그들의 마력을 먹어치운 것이다.

그녀의 분투 덕분에 흰 머리의 소녀는 구원받았다. 멸망해 가는 거리에 남겨진 수천 명의 시민도 마찬가지다. 그러나 밀려드는 권수들 앞에서 기사는 이윽고 힘이 바닥나 빈사의 중상을 입고 말았다.

"하지만……, 시나코가……!"

소녀의 목소리에 절망이 묻어났다. 그러나 기사는 고통을 애써 숨기며 소녀를 향해 미소 지었다.

"착한 아이네요, 시즈리……. 당신을 구한 성단은 역시 잘못되지 않았어요."

"읏!"

자부심 넘치는 기사의 말에 소녀가 숨을 삼켰다.

소녀는 입술을 깨물며 불에 타 짓무른 기사의 오른팔에 자신의 손을 겹쳤다.

"내가 지킬게――."

눈물로 젖은 볼을 거칠게 훔치며 흰 머리의 소녀가 조용히 말했다.

"시즈리?"

기사가 당혹스럽다는 듯이 눈을 가늘게 떴다. 기사의 오른팔에서 소녀가 검을 받아 들었다.

"시나코 대신, 내가 모두를 지킬 거야!"

고통으로 떨리는 목소리로 소녀가 선언했다.

방대한 마력을 띤 장검은 그것을 쥐기만 해도 소유자에게 큰 부하를 준다. 정식 기사가 아닌 소녀에게 그 고통은 불에 달궈진 철을 쥐고 있는 것과 같은 고통이었을 것이다.

그래도 소녀는 장검을 놓지 않았다. 놀라움 속에서 그녀를 바라보던 기사가 작게 고개를 끄덕였다. 결의와 각오로 가득 찬 표정으로 화사하게 웃었다.

"알겠어요, 시즈리 카스티엘라――. 카스가야 시나코의 이름으로 당신에게 '하우라스'를 맡기겠습니다."

기사가 검을 쥔 소녀의 손에 살짝 왼손을 겹쳤다. 기사가 짧은 성서 구절을 외움과 동시에 소녀에게 전해지던 고통이 잦아들었다. 장검이 소녀를 새로운 주인으로 인정한 것이다.

"시나코——?!"

그것이 의식의 대가라도 되는 듯 기사의 전신에서 힘이 빠져나갔다.

천천히 무너져 내리는 기사의 모습을 보며 검을 끌어안은 소녀가 비명을 질렀다.

"안녕히 주무시어요, 시즈리……. 나의 수녀기사님……."

선혈의 바다에 누워 기사는 웃으며 그렇게 말했다.

살며시 눈을 감는 기사를 보며 소녀는 작게 어깨를 떨었다. 넘치는 눈물을 참으려고 그녀는 머리 위로 시선을 돌렸다.

하늘을 뒤덮고 있는 장미의 꽃잎이 휘날리며 그곳에 새로운 환수가 소환되었다.

무수한 권수들을 집어삼키며 출현한 네 마리의 짐승.

이들이 사성수라 불린다는 사실을 소녀는 알지 못한다. 그러나 그 짐승들이 가진 압도적인 마력은 멀리 떨어진 지상에서도 알 수 있었다.

저 짐승들이 완전히 실체화하면 그녀의 섬은 눈 깜짝할 사이에 붕괴할 것이다.

절대 그렇게 두지 않아. 소녀는 생각했다.

그녀와 약속했으니까. 이 섬에 있는 모두를 지키겠다고.

설령 그것이 **어떠한 결과를 불러온다 하더라도**——.

제4장 상실된 마족 특구
The Lost Demon-Sanctuary

1

"……오거?"

양호실 침대에 누운 시즈리를 바라보는 코죠의 미간에 깊은 주름이 새겨졌다.

야제와 아스타르테는 뒤처리와 은폐 공작을 위해 바쁘게 이곳저곳을 뛰어다니는 중이어서 양호실에 남아 있는 것은 코죠와 유키나뿐이다. 다행스럽게도 오늘은 일요일이라 다른 학생들이 양호실을 찾을 걱정은 없었다.

시즈리의 머리에 돋은 돌기는 확실히 뿔이라고밖에 표현할 수 없는 것이었다. 그리고 그녀가 유키나와 싸우면서 보인 경이로운 맷집도 절대 평범한 사람의 것은 아니었다. 하지만, 아무리 그래도 시즈리의 성격과 오거라는 단어에서 느껴지는 이미지가 코죠의 안에서는 잘 연결되지 않았다.

"네. 카스가야 씨는 *오그레스예요. 멸종 위기에 있는 희소 마족이죠."

유키나가 딱 잘라 단언했다. 시즈리와 온 힘을 끌어내 싸운 그녀가 그렇게 말해버리면 코죠로서도 믿을 수밖에 없다.

"내가 상상하던 오거와는 상당히 다른걸."

코죠가 입을 꾹 다물며 낮게 신음했다. 시즈리의 코트와 머리쓰개는 잘 개어 가까이에 있는 소파 위에 두었다. 장검 '하우라스'는 만약을 대비해 유키나가 안고 있었다. 교복을 입고

*오그레스: 오거의 여성형.

누운 시즈리는 약간 특이한 머리 장식을 한 다른 학교의 여학생으로밖에 보이지 않았다.

"잔인하고 포악한 마족으로 오해받기 쉽지만, 오그레스는 온화하고 섬세한 종족이에요."

여전히 의심을 떨치지 못하는 코죠를 타이르듯이 유키나가 진지한 어조로 이어 말했다.

"성역 조약이 체결되기 전부터 오거족와 인류 사이에는 대규모 분쟁이 벌어진 적이 한 번도 없어요. 그들은 인류나 다른 마족과의 접촉을 피해서 정글 깊은 곳에서 생활하고 있었거든요."

"그렇군……. 야생 고릴라 같은 느낌인가?"

코죠가 이제야 이해했다는 듯이 고개를 끄덕였다.

고릴라는 생김새 때문에 무섭다는 인상을 받기 쉽지만, 사실은 지적이고 얌전한 동물이라고 들었다. 인간이 오거에 대해 품는 공포도 그러한 오해의 산물임이 분명하다.

그런 걸 생각하며 코죠가 혼자 납득하고 있었더니,

"……고릴라라니 대체 누가 말이죠?"

희미하게 눈을 뜬 시즈리가 언짢은 목소리로 중얼거렸다. 신경을 곤두세우며 얼굴을 찌푸리고 있는 것은 코죠와 유키나의 대화를 들어서가 아니라 얻어맞은 상처의 고통 때문일 것이다.

"카스코, 괜찮아? 무슨 일이 있었는지 기억나?"

언제든지 시즈리를 잡아 누를 수 있도록 경계하며 코죠가 물었다.

시즈리는 경계하는 코쵸를 보며 어딘가 괴이쩍어하는 표정을 짓고 있었다. 그 반응에서 코쵸 일행에 대한 적의는 느껴지지 않았다. 평소와 다름없는 시즈리였다.

"아야얏……!"

천천히 상체를 일으키려다 시즈리가 자신의 머리를 눌렀다. 유키나의 손등치기에 얻어맞은 부위였다. 기술이 들어간 순간 요란하게 날아간 것처럼 보였는데, 역시 상당한 타격을 받았던 듯하다.

"무리하지 마. 정말 무자비하게 얻어맞았으니까."

"죄송합니다. 하지만 카스가야 씨가 강했기에 그럴 수밖에 없었어요."

코쵸가 시즈리를 걱정하며 말하자 유키나가 추욱 어깨를 늘어트렸다. 시즈리에게 대미지를 준 것보다 힘을 조절할 여유가 없었던 것을 반성하고 있을 것이다.

그러나 시즈리는 유키나의 말을 자신에 대한 찬사로 받아들였는지, 스며 올라오던 언짢은 기색은 완전히 사라지고 그리 싫지는 않다는 표정을 지었다.

"대충은 기억이 나요. 사자왕 기관의 검무, 였던가요?"

몽롱한 기억을 되짚듯이 이마를 누르며 시즈리가 말했다. 그녀는 불안한 눈빛으로 양호실 안을 두리번거렸다. 그리고는 창밖에 보이는 익숙하지 않은 풍경에 시선을 멈추고 눈썹을 모았다.

"이곳이 어디죠?"

"역시 기억 안 나는 거야? 네가 악령 무리를 이끌고 우리 학교를 습격했다고. 아……. 학교란 건 이토가미 섬의 사이카이 학원을 말하는데…….”

“이토가미 섬……?”

코죠의 설명을 들은 시즈리가 명백히 이해할 수 없다는 표정을 지었다. 자신이 은래도 밖에 있다는 사실에 적지 않게 당혹스러워 하는 것 같았다.

창밖의 풍경을 확인하기 위해 시즈리가 다시 창문으로 시선을 돌렸다. 그 바람에 그녀의 흰 머리가 사르륵 흘러내렸다. 시즈리가 순간 어찌할 바 모르겠다는 표정을 지은 것은 자신이 머리쓰개를 쓰고 있지 않다는 걸 알아차렸기 때문이리라. 순간적으로 좌우의 뿔을 가리려던 시즈리는 곧 포기한 듯이 손을 내렸다. 코죠와 유키나가 그녀의 정체를 알아차렸다는 걸 받아들인 것이다.

“이걸……, 보고 말았군요.”

코죠의 얼굴을 돌아보며 시즈리가 한숨을 쉬었다. 그 한숨에는 억눌린 감정이 담겨 있었다. 코죠는 무표정을 가장한 그녀의 눈동자가 겁에 질려 떨고 있다는 것을 알아차렸다.

“——마음껏 웃으시어요.”

코죠가 대답하기보다 먼저 자포자기한 어조로 시즈리가 말했다.

“웃다니?”

‘뭘?’ 하고 되물은 코죠를 노려보며 시즈리가 토라진 듯이 입술을 삐죽였다.

“오거 주제에 성단의 수녀기사인 양 행세한 것 말이어요.”

"행세했다니, 진짜 수녀기사가 아니란 말이야?"

시즈리의 뜻밖의 고백에 코죠는 눈을 크게 깜빡였다. 굳이 따지자면 코죠로서는 그녀가 마족이었다는 것보다도 이쪽이 더 놀라웠다. 시즈리는 무슨 일이 있을 때마다 자신이 수녀기사임을 강조했고, 실제로도 그렇게 행동했기 때문이다.

하지만 시즈리는 침대의 시트를 강하게 움켜쥐며 당장에라도 울음을 터트릴 듯한 표정으로 웃어 보였다.

"그 '하우라스'도 원래는 시나코의……, 제 은인인 수녀기사의 물건이어요. 전 그녀에게서 건네받았을 뿐이죠. 사실은 전 이걸 가질 자격이 없어요. 제4진조의 감시자라고 해놓고 스스로도 한심한 이야기여요."

"별로 한심하다고는 생각하지 않는데."

코죠가 귀찮다는 듯이 머리를 긁적이며 말했다. 의표를 찔린 시즈리가 놀라서 눈을 깜빡였다.

"난 진짜 수녀기사가 어떤 건지 모르지만, 네가 수녀기사답게 행동하려고 노력한 건 가까이에서 봐왔어. 그리고 난 그걸 보고 꼴사납다고 생각한 적은 한 번도 없었어. 그 수상쩍은 말투는 솔직히 좀 그렇지 않나 싶긴 하지만——."

"코죠……."

시즈리가 뭐라고 형용할 수 없는 표정을 지었다. 감사해야 할지 화를 내야 할지 판단할 수 없다는 표정이었다. 한편 코죠는 어딘가 지나칠 정도로 감탄하며 말했다.

"그보다 성단이니 수녀기사니 하는 게 정말로 존재했구나. 난 네 머릿속 설정이 아닐까 의심했는데."

"당연히 **실제로 존재하고 있었**어요!"

시즈리는 이번에야말로 분명하게 노기를 표출했다. 절 뭐라고 생각하는 거죠, 라며 왼쪽 눈을 실룩였다.

"——카스가야 씨, 당신은 성단에 보호받던 마족 중 한 명이셨던 거죠?"

코죠에게 맡겼다간 끝이 없겠다고 판단했는지 유키나가 어쩔 수 없이 끼어들었다.

"보호받던? '마족 특구' 안에서 말이야?"

어째서냐며 코죠가 고개를 갸웃했다. '마족 특구'는 인류와 마족의 공존을 꾀하기 위해 세워진 인공 모델 도시다. 마족의 권리는 성역 조약에 의해 보호받아 마족에게 위해가 가해지는 일은 있을 수 없다.

그러나 유키나는 괴로운 기색으로 눈을 내리깔며 고개를 저었다.

"오그레스는 밀렵……, 유괴나 학살의 대상이 되는 일이 상당히 많아요. 설령 그곳이 마족령이나 '마족 특구' 안이라 할지라도——."

"밀렵……? 그렇구나, 뿔인가!"

코죠가 시즈리의 뿔 쪽으로 시선을 돌렸다. 유키나는 굳은 표정으로 고개를 끄덕였다.

"오그레스의 뿔과 두개골은 고가에 거래된다고 들었어요. 물론 비합법적인 암시장의 가격이지만요."

"지독한 이야기네……. 하긴 저렇게나 아름다우니 가격이 붙는 것도 이해는 가지만……."

코죠가 혐오로 얼굴을 일그러트렸다. 마족의 뿔과 이빨의 매매는 조약에서 엄격히 금지하고 있다. 그래도 밀수는 끊이지 않고 있으며 밀렵당해 살해되는 마족의 수는 지금도 적지 않다고 들었다.

코죠의 진지한 눈빛을 받은 시즈리의 시선이 어딘가 안절부절못하며 이곳저곳을 방황했다.

"아, 아름다워……?"

"응."

쑥스러운 듯이 볼을 붉게 물들인 시즈리를 코죠가 신기하다는 눈빛으로 바라보았다. 비취색으로 빛나는 뿔은 고가의 보석이나 공예품과 비교해도 손색이 없을 정도로 아름다웠다.

"조금만 만져봐도 돼?"

모처럼인데, 라며 코죠가 말했다. 유키나는 입가를 일자로 꾹 다물고 시즈리는 멍하니 눈을 동그랗게 떴다.

"마, 만지다니. 이걸요?"

"아까부터 조금 궁금했거든. 만지면 어떤 느낌일까 싶어서."

코죠는 망설임 없이 고개를 끄덕였다. 윤기 있는 광택이 흐르는 시즈리의 뿔은 만져보고 싶다는 욕망에 저항하기 힘든 매력을 가지고 있었다. 잘 닦은 유리나 눈의 결정을 볼 때처럼 만져보고 싶어 좀이 쑤신다.

그런 코죠의 시선에 본능적인 공포를 느꼈는지 시즈리가 뿔을 누르며 고개를 저었다.

"아, 아니 되어요! 절대로 아니 되어요! 남자가 만지게 두다니, 그런 건 무리여요!"

"도저히 안 돼? 딱히 난폭하게 만지진 않을 건데?"

코죠는 눈에 띄게 실망한 기색을 보였다. 만지지 말라고 하면 더 만지고 싶어지는 그 심리다.

시즈리는 망설여지는지 머뭇머뭇 양손의 손가락을 꼬며 말했다.

"하지만 그런 거, 부, 부끄럽고……. 지금까지 누구도 만지게 한 적 없는데……."

"부탁할게. 어떻게 안 될까? 끝부분만 살짝 만져볼게. 끝을 살짝 건드려보는 정도로도 충분해!"

"으~……."

시즈리가 고개를 숙이고 침묵했다. 이 반응에 코죠는 가능성을 느꼈다. 이대로 밀어붙이면 돌파할 수 있다. 코죠의 승부감이 그렇게 말하고 있었다.

코죠가 억지를 부리는 모습을 가만히 두고 볼 수 없었는지 유키나가 자기도 모르게 입을 열어 말했다.

"저기, 선배――."

"뭐 하는 거야, 코죠――?!"

그 직후, 양호실 문이 부서질 듯한 기세로 활짝 열렸다.

문 너머에는 화려한 헤어스타일의 여학생이 서 있었다. 긴 자연산 속눈썹에 감싸인 눈동자가 분노로 형형하게 빛나고 있었다.

"아, 아사기?"

"복도까지 다 들렸어! 너, 다친 여자애에게 대낮부터 대체 무슨 짓을 하고 있는 거야?! 히메라기도 같이 있었으면 좀 말려! 아니면 설마 너희 셋이 같이——?!"

난폭한 발소리를 내며 아이바 아사기가 코죠에게 다가왔다.

코죠는 경악에 찬 표정으로 굳어 고개를 저으며 말했다.

"이, 바보! 아니야! 대체 뭘 상상한 거야?!"

"뭐냐니? 나, 나보고 말하게 할 생각이야? 이 변태!"

"그러니까 뭘?!"

"그보다 이 사람은 날 죽이려고 한 여자잖아! 어째서 사이좋게 담소를 나누고 있는 건데?!"

아사기가 코죠의 멱살을 쥔 채로 시즈리를 가리키며 따져 물었다.

코죠의 표정이 순간 험악해졌다.

"죽이려 했다고?"

"그래. 좀비가 습격하는 바람에 전차도 망가져서 쟤가 구해주지 않았으면 정말 위험했단 말이야!"

"……쟤?"

'누군데?'라며 코죠가 엉겁결에 되물었다.

그 순간, 활짝 열린 문 너머에서 더는 참지 못하겠다는 듯한 실소가 들려왔다. 그 목소리는 이윽고 밝고 명랑한 웃음소리로 변했다.

"네 주변은 여전히 떠들썩하구나, 코죠."

그렇게 말하며 양호실로 들어온 것은 장난기 가득한 웃음을 머금고 있는 쾌활한 분위기의 소녀였다.

끝만 살짝 뻗은 쇼트 보브 헤어. 몸에 걸친 퀼로트 풍의 미

니스커트는 이토가미 시립대학 부속 고등학교의 교복이었다. 늘씬하게 뻗은 긴 다리와 투박한 농구 슈즈의 조합이 사랑스럽다.

"유마……!"

생각지 못한 옛 친구와의 재회에 코죠는 순수하게 놀란 표정을 지었다.

"오랜만이야. 건강해 보여서 다행이야."

토코요기 유마는 그렇게 말하고 수줍게 피스 사인을 그린 손을 불쑥 앞으로 내밀었다.

2

코죠가 어리둥절해하던 시간은 그리 길지 않았다. 시즈리가 멍하니 선 코죠의 교복을 주뼛주뼛 잡아당겼기 때문이다.

"저분들은 누구죠?"

시즈리의 목소리에는 불안이 깔려 있었다. 자신이 아사기를 습격했다는 사실을 어렴풋하게 기억하고 있는 것이리라. 습격한 이유를 스스로도 알지 못하는 만큼 괜히 더 공포를 느끼고 있는 것인지도 모른다.

"난 토코요기 유마야. 잘 부탁해. 일단은 코죠의 소꿉친구라고나 할까?"

시즈리의 불안을 누그러뜨리려는 듯이 유마가 그렇게 말하며 붙임성 있는 미소를 지어 보였다.

"카, 카스가야 시즈리 카스티엘라여요."

그런 유마에게 시선을 빼앗겨 시즈리가 어색하게 이름을 밝혔다. 마음을 열었다기보다는 단순히 유마의 페이스에 말려든 것뿐이지만, 긴장이 풀린 것도 사실이었다.

"유마, 어떻게 여기 있는 거야? 공마국의 조사는 이제 끝났어?"

시즈리와 악수를 나누는 유마에게 코죠가 물었다.

작년 가을에 벌어진 '암서서 사건' 이후로 유마는 공마국에 구속된 상태였다.

구속 원인은 금술로 지정된 마도서의 무단 사용과 그녀의 어머니 '서기(노타리아)의 마녀'——토코요기 아야의 탈옥 방조 혐의다.

그러나 유마는 아직 미성년자였고 어머니에게 조종당한 피해자이기도 했다. 그렇기에 유마 자신에게 형벌이 내려질 가능성은 낮았다. 그녀는 범죄자라기보다 귀중한 증인으로서 신변을 보호받게 되었다. '총기(제네럴)' 토코요기 아야의 딸인 유마는 마도 범죄조직 '도서관'의 실태를 조사할 유력한 실마리였던 것이다.

"미안, 코죠. 걱정 끼쳤지? 자세한 건 나중에 천천히 이야기할게."

마치 코죠를 놀리는 듯한 어조로 그렇게 말한 뒤, 유마는 다시 몸을 돌려 시즈리를 정면에서 바라보았다.

"그보다는 이쪽과 먼저 이야기를 해도 될까? 내 사정과 관계가 없는 것도 아니니까."

"카스코가?"

유마의 뜻밖의 발언에 코죠가 당황했다. 시즈리도 짐작 가는 것이 없는지 멍한 표정을 지었다. 그러던 시즈리의 눈이 갑자기 놀라움으로 휘둥그레졌다.

투박한 장갑에 뒤덮인 거대한 기계가 양호실 창문 밖에서 불쑥 나타난 것이다.

"이, 이번엔 뭐죠……?!"

엉뚱한 분풀이가 담긴 노성으로 시즈리가 코죠에게 물었다.

그것은 경트럭 정도 되는 크기의 진홍색 유각 전차였다. 리디아누 디디에의 '히자마루'다. 땅딸막하고 둥그런 실루엣에서 위압감은 그리 느껴지지 않지만, 그래도 병기임은 틀림없다. 시즈리가 경계하며 방어 자세를 취하는 것도 당연하다.

"대략적인 사정은 모토키에게서 들었어——."

굳어 있는 시즈리를 향해 아사기가 일방적으로 말했다. 그 목소리에는 역시 시즈리에 대한 경계심과 적의가 배어 있었다. 시즈리에게 목숨을 위협받은 탓인지, 아니면 그녀와 코죠의 거리가 묘하게 가까운 탓인지 코죠로서는 판단하기 어려웠다.

"묻고 싶은 게 많겠지만, 그전에 카스가야 씨 당신을 조사해봐도 될까?"

"——삶아 먹든 구워 먹든 마음대로 하시어요."

시즈리가 강경하게 노려보며 말했다.

"좋은 대답이야."

아사기도 시즈리를 노려보며 마주 웃었다. 누가 봐도 악당이 지을 법한 미소다.

코죠는 어쩔 줄 몰라 하며 두 사람의 얼굴을 번갈아 보다가 서로 노려보고 있는 그녀들 사이에 끼어들었다.

"야, 아사기. 일단은 환자니까 너무 거칠게 대하진——."

"해버려, '전차 탑승자'."

코죠의 배려를 완전히 무시하고서 아사기가 리디아누를 불렀다.

「분부 받잡습니다」라며 스피커 너머로 리디아누의 대답이 들려왔다.

유각 전차의 동체가 열리며 촉수처럼 생긴 기계 팔이 우글우글 몰려나온 것은 그 직후였다. 그것들은 양호실 창문을 능숙하게 열어젖히고 시즈리의 왼팔을 덥석 잡아 움직이지 못하게 고정했다.

"윽!"

마지막으로 튀어나온 기계 팔이 새파랗게 질린 시즈리의 팔을 향해 뻗어 나갔다. 그 끝에 둔탁한 빛으로 번쩍이는 가느다란 바늘이 들려 있었다.

"……주사? 아니, 채혈인가?"

도중에 리디아누의 목적을 알아차린 코죠가 멍하니 중얼거렸다. 자세히 보니 시즈리는 처음부터 저항 같은 건 하지 않았다. 숙련된 간호사 같은 섬세한 움직임으로 시즈리의 혈관에 꽂힌 주삿바늘이 그녀의 혈액을 천천히 빨아들였다.

「채혈 완료이옵니다. 모그와이 님, 뒤는 부탁드립니다.」

「오케이.」

아사기의 주머니 속에 있는 스마트폰에서 묘하게 인간적인 합성음이 흘러나왔다. 채혈한 시즈리의 혈액은 유각 전차가 가지고 온 분석장치에 즉각 투입됐다. 원심분리기와 입자측정장치, 형광분광분석기, 그리고 마력측정기와 술식 해석기——하나같이 거창한 분석기기들이었다.

"혈액검사를 하려던 게 아닌가? 뭘 하는 거지?"

"제게 묻지 말아주시어요."

코쵸의 질문에 시즈리가 떨떠름한 표정으로 고개를 저었다. 유키나는 침묵을 견지하며 시즈리의 주삿바늘 자국에 반창고를 붙였다.

"아사기, 어때?"

유마가 진지하게 물었다. 아사기는 분석장치의 모니터를 바라보고 고개를 끄덕였다.

"생각 대로야. 게임 센터 박스에 남아 있던 것과 같아."

"분석할 수 있겠어?"

"맡겨둬. 이 사람에게서 채취한 샘플은 내장 마술 구조가 파괴되지도 않았고 리버스 엔지니어링도 해뒀어."

영문을 알 수 없는 커맨드를 입력하며 아사기가 불길한 미소를 지었다.

코쵸는 그녀가 조작하던 분석장치의 사이로 어렴풋한 붉은 빛이 새어 나오고 있다는 걸 알아차렸다. 미세 마법진이 내장된 진홍색 입자. 세계를 덧쓰는 금주 '성섬'의 빛이다.

"아사기, 이제 그만 우리도 알아들을 수 있게 설명해줘!"

이쯤에서 불안해진 코쵸가 목소리에 힘을 주어 아사기에게 말했다.

"좋아. 마술 연산회로를 추출하려면 조금 더 시간이 걸릴 것 같으니까. 뭘 알고 싶은데?"
아사기가 한숨을 쉬며 어깨를 으쓱했다. 가볍게 내뱉는 그녀의 태도에 약간 울컥했지만, 지금 불평을 늘어놓는다고 해서 이야기가 진행되는 것은 아니기에 코죠는 꾹 참았다.
잠시 망설이다가 결국 가장 기본적인 질문부터 시작하기로 했다.
"넌 은래도의 정체를 아는 거야?"
"……은래도? 너희가 살고 있었다는 '마족 특구' 말이지? 우리 일은 완전히 잊고 그 애랑 오손도손 잘 지내고 있었던 것 같지만."
"딱히 오손도손하지는──."
"──아, 아니하였어요!"
코죠와 시즈리가 미리 짜기라도 한 듯한 타이밍에 반론했다. 손발이 척척 맞는 두 사람을 아사기가 반쯤 뜬 눈으로 지그시 바라보았다.
"네가 모토키에게 들은 이야기가 맞아. 은래도라는 섬은 존재하지 않아."
나른하게 고개를 저으며 아사기가 이어 말했다.
코죠는 납득할 수 없다는 듯 옆에 있는 시즈리를 가리켰다.
"그럼 카스가야는 대체 어디에서 온 건데?"
"은래도지. 아냐?"
"뭐……?"
당연하다는 듯한 아사기의 대답에 코죠는 이번에야말로 완전히 혼란에 빠졌다.

은래도는 존재하지 않는다. 그러나 시즈리는 은래도에서 왔다. 대체 뭐가 어떻게 된 건지 알 수가 없었다. 마치 질 나쁜 선문답을 들은 듯한 기분이었다.

"은래도라는 섬은 현실에 존재하지 않아. 하지만 현실이 아닌 곳에서는 존재해도 이상할 것 없지. 예를 들면 누군가의 꿈속?"

사고가 정지해버린 코죠에게 아사기가 의미심장한 말투로 다시 한 번 설명했다.

"꿈……, 속……?"

코죠의 눈이 번쩍 뜨였다. 뇌리에서 불꽃이 튄 듯한 느낌이었다.

"설마……!"

"맞아, 코죠. 은래도라는 건 아마 감옥 결계일 거야. 정확하게는 감옥 결계와 같은 원리로 만들어진 이공간이라고 해야겠지만."

창가 벽에 기대어 선 유마가 부드럽게 말했다.

감옥 결계란 '공극의 마녀'라는 이명으로 널리 알려진 미나미야 나츠키가 만들어내는 마술적인 가상 공간을 말한다.

그녀의 꿈속에 구축된 세계는 외부의 침입이나 내부에서의 탈출을 허용하지 않는 궁극의 감옥으로, 흉악한 마도 범죄자들의 수감에 사용되고 있었다. 이토가미 섬과 중첩되어 존재하지만 이토가미 섬 어디에도 존재하지 않는 이세계다. 확실히 그것은 은래도의 성질과 매우 흡사했다.

"감옥 결계는 누군가의 꿈이 만들어낸 이세계야. 꿈속이니까 평범한 세계와 시간의 속도도 다르지. 고작 3일을 반년이라고 착각하는 것도, 같은 시간을 몇 번이고 반복하는 것도 가능해. 물론 제4진조가 권수를 소환하는 걸 방해하는 것도 가능하지——. 아냐?"

"아……, 그랬던 건가. 그래, 확실히……."

코죠가 끌어안고 있던 수많은 의문이 유마의 말 한마디로 단번에 녹아내렸다. 은래도의 정체는 감옥 결계와 같은 결계 세계(어나더 유니버스)였다——. 그렇게 생각하는 것에는 이론이 없다. 그러나.

"하지만 불가능하잖아?! 나츠키짱의 감옥 결계와는 비교할 수 없는 규모야. 은래도에는 6천 명 이상의 주민이 살고 있다고. 면적도 어쩌면 이토가미 섬보다 클지도 모르는데——."

"그래. 감옥 결계를 유지하려면 막대한 마력과 어마어마한 양의 마술 연산이 필요해. 미나미야 선생님은 마녀의 계약으로 그것을 손에 넣었지만 그래도 펼칠 수 있는 규모는 기껏해야 요새 하나 정도의 크기지. 그럼에도 현실과 착각할 만큼 리얼한 세계는 만들지 못해."

유마는 코죠의 반론을 너무나도 간단히 인정했다.

"그래서 이게 필요한 거야."

아사기가 그렇게 말하며 코죠의 눈앞에 분석기기와 연결한 태블릿 단말을 내밀었다. 단말 화면에 표시된 것은 현미경으로 본 바이러스의 사진과 닮은 은색의 동그란 입자였다.

"……이게 뭔데?"

코죠가 고개를 갸우뚱거리며 물었다. 시즈리도 그저 눈을 깜빡일 뿐이었다.

"이 아이……. 카스가야 씨의 혈액에서 채취한 미세한 마술기계. 나노 시키가미라고 불러야 할까? 바이러스 정도밖에 안 되는 크기에 자기 증식 시스템과 마술 연산 회로가 들어 있어. 외부의 강력한 주력에 노출돼 지금은 대부분이 정지해버렸지만 말이야."

아사기가 시즈리를 가리키며 말했다. 외부의 강한 주력이란 아마 유키나가 시즈리에게 가한 타격일 것이다. 마족의 생체 활동을 저해하는 검무의 공격이 나노 시키가미에게도 효과가 있었던 것이다.

"나노 시키가미……? 이것이 제 몸속에?"

단말기에 표시된 바이러스 비슷한 것을 바라보며 시즈리가 겁먹은 듯이 어깨를 떨었다.

"은래도에 있는 모든 주민의 몸속이야. 코죠의 기억을 빼앗고 권수 소환을 방해하고 있던 것도 아마 이 녀석 짓일 거야."

아사기는 그렇게 말하며 다시금 수상한 커맨드를 입력했다. 시즈리에게서 채취한 나노 시키가미의 샘플을 사용해 무언가를 꾸미고 있는 듯했다.

"이 나노 시키가미로 은래도라는 결계 세계가 유지되고 있다——는 걸 바꿔 말하면, 나노 시키가미를 가지지 못한 자는 은래도를 인식할 수도 없고 결계 안에 들어갈 수도 없다는 말이 돼. 내가 외부에서 마술 연산을 서포트해서 히메라기를 결계 안쪽에 집어 넣어보려고 노력은 해봤지만."

"그렇구나……. 우리가 본 히메라기의 유령은 그렇게 된 거였나."

코죠는 은래도에서 본 망령 같은 유키나의 모습을 떠올렸다. 유키나가 완전한 형태로 실체화되지 못했던 것은 나노 시키가미를 가지지 못한 그녀가 은래도에 있어 이물질에 불과했기 때문이었다.

"잠깐. 그럼 그때 히메라기가 날 창으로 찌른 건──."

"네. 선배의 몸속에 있는 나노 시키가미를 파괴하기 위해서였어요. 감옥 결계 안에서도 '셋카로'의 능력이 유효하다는 건 미나미야 선생님 때 증명된 사실이니까요. 심장 근처를 노린 건 전신의 혈관에 신격진동파를 효율적으로 보내기 위해서였죠."

죄송했습니다, 라며 유키나가 깊게 고개를 숙였다.

그녀가 코죠에게 창을 사용하는 건 위험한 도박이었을 것이다. '셋카로'는 진조 흡혈귀마저 죽일 수 있는 파마의 창이기 때문이다. 실체가 불안정한 상태에서도 그 파편수를 손쉽게 소멸시킬 정도의 위력이었다. 새삼스럽긴 해도 자신의 목숨이 극히 위험한 상태였다는 것을 자각하여 코죠의 등골에 오한이 들었다.

그러나 결과적으로 유키나의 그 공격 덕분에 코죠는 이토가미 섬으로 돌아올 수 있었다.

「그건 그렇고 마술 연산 회로를 내장한 나노 시키가미라니 참으로 경탄스럽습니다. 여제님도 용케 이러한 시스템을 눈치채셨습니다.」
유각 전차의 콕피트에 있는 리디아누가 대화에 끼어들었다.
"역시 대단한 기술인 건가요?"
미처 다 이해하지 못한 듯한 말투로 시즈리가 물었다. 육체 노동 계열 공마사인 시즈리는 기본적으로 기계에 약했다.
그리고 아사기는 뜻밖에도 순순히 고개를 끄덕였다.
"아무리 마술을 병용했다고는 하지만, 이 내가 해석하는 데 3일이나 걸렸어. 최신 기술 같은 수준이 아니야. '성섬'의 지식이 없었다면 못 당해냈을지도 몰라."
"그렇구나……."
아사기의 설명을 다 이해한 것은 아니었으나, 코죠 역시 잘 이해하지 못한 쪽 나름대로 진지한 표정을 지으며 맞장구를 쳤다.
그 '성섬'도 콧노래를 부르며 해독한 아사기가 자기 입으로 애를 먹었다고 고백한 것이다. 나노 시키가미를 만들어 낸 것은 무서울 만큼 고도의 테크놀로지를 가진 자이리라.
"대체 누가 무엇을 위해 그런 고도의 기술까지 써가며 은래도를 만든 거야?"
"그건 그걸 만든 장본인에게 묻는 게 가장 빠르겠지."
코죠의 질문에 대답한 것은 유마였다. 그녀의 표정에서는 어느 틈엔가 평소의 붙임성 있는 미소가 사라져 있었다. 칼날 같은 날카로운 살기를 두르고 그녀는 양호실의 입구를 노려보았다.
"만든 장본인?"

코쵸가 괴이쩍은 눈빛으로 유마를 보았다. 그런 코쵸의 시선 한구석에 공간이 흔들리는 기척이 느껴졌다.

사이카이 학원 복도에 굳건한 성문이 연상되는 복잡한 마법진이 생성되었다. 불길한 보라색 번개를 흩뿌리며 공간이 천천히 갈라졌다. 공간제어에 의해 생성된 결계로 이어지는 '문(게이트)'——결계 세계로 넘어가는 입구가 열린 것이다.

그 '문'을 통과해 나타난 것은 수영복 위에 흰 가운이라는, 사람을 바보 취급하나 싶은 복장의 여자였다.

코쵸와 시즈리가 동시에 숨을 삼켰다. 여자의 얼굴을 아주 잘 알고 있었기 때문이다.

"마가토키 카코. 통칭 '봉마의 마녀'—— LCO의 전 간부이자 제5대 '과학(사이언스)'의 대사서야."

유마가 조용히 말했다.

그런 유마의 목소리를 들으며 마가토키 카코는 요염하게 웃었다.

3

"마가토키 교관이……, LCO의 전 간부……?"

시즈리가 떨리는 목소리로 중얼거렸다. 범죄 조직 '도서관(LCO)'은 '이로와즈 마족 특구'에서 자란 시즈리에겐 익숙한 이름이었을 것이다. 시즈리의 목소리에는 단순한 놀라움이 아니라 확연한 공포가 묻어났다.

그러한 시즈리의 눈앞에 유키나 장검을 내밀었다. 시즈리에게도 몸을 지키기 위한 무기가 필요하다고 판단한 것이다. 유키나도 애용하는 기타 케이스를 끌어당겨 은색의 창에 손을 얹었다.

그사이 아사기는 유각 전차가 있는 창문가까지 후퇴했다. 그리고 그녀를 감싸듯이 유마가 앞으로 나섰다.

"직접 만나는 건 처음일까? 소문으로는 들었어. '창(蒼)의 마녀' 토코요기 유마——."

호전적인 표정인 유마를 유쾌하게 바라보며 카코가 칙칙한 금발을 흔들었다.

LCO의 전 간부인 카코에게 있어 유마는 배신자의 딸인 셈이 된다. 그러나 유마를 바라보는 카코의 눈동자에는 적의가 없었다. 그곳에 있는 것은 그저 순수한 호기심의 빛이었다.

"——공마국의 일원이 되어 LCO 잔당을 사냥하고 있다지? 네가 계약한 악마가 용케 계약 변경을 용인했구나."

"LCO를 섬멸하면 토코요기 아야를 석방하겠다는 공마국의 약속을 받아냈거든."

유마가 의례적인 미소를 지으며 대답했다.

마녀란 계약에 따라 악마의 가호와 힘을 얻은 자들을 말한다. 계약에는 물론 지불해야 할 대가가 포함되어 있으며, 그 계약을 어긴 자는 그 즉시 악마의 권속에게 목숨을 빼앗기게 된다. LCO가 만들어낸 마녀이면서 LCO의 적이 되었으니, 유마가 계약을 파기했을 거라고 생각해도 이상할 것은 없었다. 카코는 그것을 지적한 것이다.

하지만 유마는 태연하게 고개를 저었다.

"내가 악마에게 부여받은 의무는 어머니를 감옥 결계의 밖으로 데리고 나오는 거였으니까 말이야. 수단을 변경했을 뿐이지 목적 자체는 변하지 않았어. 마녀의 힘을 잃은 어머니는 석방되더라도 공마국에 실질적인 피해는 없으니까."

"그렇군. 그럼 넌 악마와의 계약에 따라 날 붙잡아야만 한다는 말이 되는구나."

카코가 감탄한 듯이 고개를 끄덕였다. 그런 카코를 바라보며 유마가 아름답게 웃었다.

"맞아. 그러니 저항하지 않아준다면 기쁘겠는데."

"아쉽지만, 기대엔 부응하지 못하겠는걸? 내게도 해야 할 일이 있거든."

카코가 태연하게 웃으며 말했다. 보이지 않는 칼을 부딪치는 듯한 두 사람의 대화를 보며 코죠 일행은 숨통이 조여오는 듯한 착각에 빠져들었다.

"마가토키 교관……, 당신이 LCO의 간부라는 말이 사실인가요?"

시즈리가 대화에 끼어들었다. 카코가 '호오?' 하며 눈썹을 추켜세웠다. 나노 시키가미에 의한 시즈리의 세뇌가 풀린 것이 조금 뜻밖이었던 모양이다.

"왜 이제 와서 LCO가 튀어나오는 거야? 복수냐?"

코죠가 넌더리를 내며 질문했다. LCO 쇠퇴의 직접적인 원인을 만든 토코요기 아야는 이미 감옥 결계에 수감됐다. 토코요기 아야를 최종적으로 포박한 것은 코죠 일행이지만, 그렇다고 해서 LCO 잔당에게 원망받는 건 얼토당토않다.

카코는 그런 코죠를 바라보면서 재미있다는 듯이 고개를 저었다.

"그럴 리가. LCO는 기본적으로 이기적인 마도서 연구자들의 집단인걸. 조직에 대한 충성심은 희박해. 쓸데없는 복수 따위를 위해 제4진조를 적으로 돌리다니, 그런 건 딱 질색이야."

"그럼 왜 날 은래도로 데리고 갔지?"

코죠가 카코를 노려보며 물었다.

유키나와 다른 이들의 증언에 따르면 코죠는 우연히 은래도로 들어간 것이 아니었다. 명백하게 타깃이 되어 끌려간 것이다. 그것이 복수가 아니라면 달리 뭔가 동기가 있을 터였다.

그러나 카코의 대답은 코죠의 예상을 벗어난 것이었다.

"그냥 간단한 아르바이트야. 어떤 사람에게 부탁받았거든."

카코는 미안해하는 기색도 없이 그렇게 대답했다. 코죠는 어안이 벙벙해져서 그녀를 뚫어지게 쳐다보았다.

"부탁받았다……? 누구에게?"

"그건 말할 수 없어. 그것이 의뢰주(스폰서)의 의향이니까."

카코가 태연하게 고개를 저었다. 코죠의 목소리가 분노로 뒤집혔다.

"멋대로 남을 돈벌이 수단에 이용하지 마!"

"응. 실로 타당한 의견이야. 그러면 얼마를 내면 협력해줄래?"

"뻔뻔한 것도 정도가 있지! 대체 어떻게 내가 댁에게 협력해줄 거라고 생각할 수 있지?!"

"그거야 뭐, 사람의 목숨이 걸려 있으니까."

카코가 오싹할 정도로 냉정하게 말했다.

"뭐……?"

코죠는 일순 카코의 고요함에 압도됐다. 이런 이런, 하고 카코가 야유하듯이 웃었다.

"설마 잊은 건 아니겠지? 은래도에는 지금도 여전히 6천 명의 주민이 남아 있어. 그들을 죽게 내버려 둘 셈이야?"

"무슨……, 의미죠?"

대꾸할 말을 잃은 코죠 대신 시즈리가 물었다. 그녀의 목소리 역시 분노로 떨리고 있었다.

"은래도는 마술 결계 안에 구축된 이세계라서 그 섬을 유지하려면 막대한 양의 마력이 필요해. 그리고 지금 그 마력이 거의 고갈되어가고 있지."

그야말로 선생님 같은 어조로 카코가 설명했다.

"이대로 있다간 은래도는 소멸해버릴 테고 6천 명의 섬 주민들도 그와 함께 이세계에 집어삼켜지고 말아. 하지만 대체 가능한 마력원이 쉽게 발견될 리 없지. 그 섬을 지탱하기 위해서는 진조 흡혈귀에 필적하는 막대한 마력이 필요하거든."

"설마 코죠를 그 마력원으로 쓸 생각이었던 건가요……?"

시즈리의 볼이 딱딱하게 굳으며 경련했다.

신들의 저주로 태어난 진조 흡혈귀는 무한한 '부(負)의 생명력'을 가진다. 이를 바꾸어 말하면, 그들이 가진 마력이 무한하다는 것을 의미한다. 그러한 진조의 힘이 있다면 은래도를 계속 유지하는 것도 가능할 것이다.

"그랬던 거로군. 코죠를 은래도로 다시 데려가려고 카스가야 씨를 보낸 것도 그것 때문이었나? 그에 앞서 아이바를 공격한 건 아이바가 나노 시키가미를 해석했기 때문일까?"

카코의 허점을 살피며 유마가 물었다.

유마의 목적은 카코를 구속하는 것이다. 그녀에게는 고지식하게 카코와의 대화를 끝까지 이어나갈 이유가 없었다. 그래도 카코를 공격하지 못하고 있는 것은 얼핏 보면 그저 느슨한 태도로 서 있을 뿐인 그녀에게서 전혀 틈이 보이지 않았기 때문이다.

"그렇지. 하지만 딱히 그를 산제물로 삼겠다는 건 아니야."

카코는 희미한 미소를 지으며 고개를 저었다.

"예를 들면 이런 건 어떨까? 카스가야 시즈리 카스티엘라, 너와 아카츠키 코죠가 사랑을 나누어 새로운 생명을 잉태한다, 같은 것?"

"하아?" 시즈리가 굳어버렸다. 카코가 자신에게 무엇을 요구한 것인지 연애 방면에 어두운 시즈리도 이해한 듯하다.

카코는 자화자찬하며 자신의 제안에 몇 번이나 고개를 끄덕였다.

"제2세대의 흡혈귀는 진조에 버금가는 막대한 마력을 가지고 태어난다지. 열 명 정도만 낳아주면 최소한의 부담으로 결계를 유지할 수 있을 거야. 결계 내에서는 시간의 속도를 조절할 수 있으니 출산까지 걸리는 시간도 단축할 수 있고."

"웃기지 마——!"

"——시어요!"

코죠와 시즈리가 동시에 외쳤다. 문득 돌아보니 유키나와 아사기도 조용히 살기를 내뿜고 있었다.

"어라? 좋은 아이디어라고 생각했는데……. 혹시 카스가야 양이 혼자 낳는 게 힘들다면 여기 있는 여자들이 제4진조의 애첩이 되는 방법도——."

카코가 살짝 허둥대며 급히 보충 설명을 했다.

"그런 소리가 아니라고!" 결국 코죠가 폭발했다. "어째서 은래도의 주민을 가둬두는 게 전제지?! 주민들을 은래도에서 해방하면 전부 끝나는 얘기잖아!"

"그 의견은 받아들일 수 없어. 은래도의 창조주는 그걸 바라지 않으니까."

"창조주……?"

시즈리가 움찔 반응했다. 카코의 말이 사실이라면, 은래도를 만들어낸 것은 카코가 아니라는 말이 된다. 결계의 관리자가 따로 존재한다는 뜻이다.

"그 녀석을 쓰러트리면 은래도의 주민을 구할 수 있다는 말이지?"

코죠가 입술 한쪽을 씨익 끌어 올렸다. 자신이 무엇을 해야 하는지, 이제 와서야 드디어 이해한 기분이 들었다. 결계의 관리자를 쓰러트리고 은래도에 사로잡혀 있는 6천 명의 인질을 해방한다. 간단해서 좋네, 라며 무의식적으로 미소를 흘렸다.

"그거야 그렇지. 가능하다면 말이지만."

그러나 카코도 역시 웃으며 그렇게 말했다. 그녀의 발밑에

드리운 그림자에서 소형 괴물이 흘러넘쳐 나왔다. 부패한 육체를 가진 사령들이었다.

"악령……!"

시즈리가 검집에서 장검을 뽑아 들었다. 유키나는 은색 창을 거머쥐고 유마는 '수호자'를 불러냈다. 녹슨 검을 든 얼굴 없는 청기사——그녀와 계약한 악마의 권속이다.

그녀들의 공격은 사령들을 간단히 분쇄해버렸다. 그러나 사령의 수는 전혀 줄어들 기미가 보이지 않았다. 압도적인 수로 코쇼 일행을 밀어내 결계 속으로 끌어들일 생각인 것이다.

"이런 거친 수단은 내 취향이 아닌데 말이야. 뭐, 교섭에 실패했으니 어쩔 수 없지."

신바람이 난 어조로 말하며 카코가 마법진을 그리기 시작했다. 공간 전송용 '문'을 만들어내는 마법진이다.

"'셋카로'!"

가장 빨리 반응한 것은 유키나였다. 바닥에 스칠 듯 아슬아슬하게 창을 잡고 카코를 향해 질주했다. 방해하는 악령들을 날려버리면서 그대로 카코를 후려치려는 것이다.

"그 창과 네 존재는 조금 위험하긴 해. 잠깐 잠자코 있어줘야겠어. ——히메라기 유키나."

유키나의 창이 카코의 옆에서 옆구리를 향해 휘몰아쳐 들어갔다. 창의 끝을 비튼 칼등 공격이다.

그러나 공격이 닿았다고 느낀 순간, 카코의 그림자가 흐릿해졌다. 마치 황혼 무렵에 나타나는 환영처럼——.

"윽!"

은색 창이 카코를 뚫고 지나가면서 유키나의 자세가 미세하게 무너졌다. 그런 유키나의 등에 카코가 가볍게 손바닥을 얹었다. 유키나의 전신이 작게 떨리더니 비명을 지를 틈도 없이 의식을 잃고 무너지듯 바닥에 쓰러졌다.

"히메라기?!"

유키나가 전혀 상대가 되지 않는다는 사실을 목격하고 코죠는 경악했다.

결계 세계 안에서의 지위라고는 해도 마가토키 카코는 공마고전의 교관이었다. 그녀에게 그만한 실력이 있다고 해서 이상할 것은 없다. 그러나 설마 이 정도로 압도적일 거라고는 생각하지 못했다. 코죠가 아는 한, 유키나가 이렇게 쉽게 무력화된 것은 이번이 처음이다.

"뭣……. 그런……?!"

"큭……!"

유키나의 패배는 시즈리와 유마에게도 동요를 주었다. 저마다 유키나와 싸운 경험이 있기에 그녀를 압도한 마가토키의 실력을 미루어 짐작할 수 있었던 것이다.

그렇게 시즈리 일행이 악령에게 발이 묶여 있는 사이 카코가 마법진을 완성했다.

마법진의 지름은 10미터가 넘었다. 그녀가 나타났을 때보다 훨씬 거대한 '문'이 열렸다. 코죠와 시즈리뿐만 아니라 피난해 있던 아사기와 리디아누까지 '문'의 효과 범위 안에 완전히 들어가 있었다. 유키나가 의식을 잃었으니 그 '문'을 무효화할 수 있는 자는 이제 없었다. 카코는 그것을 알고 유키나를 가장 먼저 기절시킨 것이다.
"위험해……! '전차 탑승자'! 그걸——."
아사기가 리디아에게 외쳤다. 「분부 받잡습니다!」 하고 사극풍 말투로 대답하고는 리디아누가 전차에서 무언가를 쏘아 올렸다. 연막탄이었다. 흰 연기가 피어오르며 코죠 일행의 시야를 가려버렸다. 그러나 이미 '문'에 사로잡힌 지금은 연막 따위 아무런 소용이 없었다.
기절한 유키나를 안아 올리며 카코가 천천히 코죠를 돌아보았다. '문'에 사로잡힌 코죠는 몸을 움직일 수 없었다. 카코의 옆으로 가까이 가는 것조차 할 수 없다. 유키나가 끌려가는 모습을 그저 무력하게 바라보는 것 말고는 할 수 있는 것이 없다.
"다행이야. 이곳까지 온 보람이 있었어."
무참하게 바닥을 기는 코죠를 바라보며 카코가 즐겁게 눈웃음을 지었다.
"뭣……?!"
코죠의 시야가 일그러졌다.
이공간 이동을 할 때 특유의 불쾌한 현기증이 덮쳐왔다. 발치의 대지가 무너져내리는 듯한 부유감. 멀어져가는 카코와 유키나의 모습을 바라보며 코죠의 표정에 절망이 떠올랐다.
의식을 잃기 직전, 코죠는 '봉마의 마녀'가 한 말을 들었다.

"난 말이지, 네 그 얼굴이 보고 싶었어. 아카츠키 코죠."

막간 iv

오르간 소리가 들려왔다.

가지런한 이중음. 찬미가가 떠오르는 애절한 선율.

기교적이지는 않지만, 아름다운 연주다.

연주자는 연미복을 입은 젊은이였다.

나이는 열네다섯 살쯤일까. 가냘픈 체구의 아름다운 소년이었다.

긴 속눈썹에 감싸인 눈동자는 기도하듯 굳게 감겼다. 어깨길이에서 가지런히 자른 머리는 각도에 따라 색이 변화하는 무지개 같은 금발이다.

건반 위에서 춤추는 그의 손가락은 그 자체가 독립된 하나의 아름다운 생물 같았다.

하지만 곡이 끝나기를 기다릴 새도 없이 연주가 중단됐다.

마지막 화음이 예배당과 매우 흡사한 드넓은 공간에 서글픈 여운을 남기며 사라졌다.

건반을 향해서 앉은 소년의 등 뒤로 젊은 여자가 나타났다. '봉마의 마녀'——마가토키 카코다.

"지금 귀환했습니다."

카코가 정중히 무릎을 꿇으며 인사했다. 그녀의 옷은 흰 가운이 아닌 상복 같은 검은 드레스였다.

"수고하셨습니다, '봉마의 마녀'——."

소년이 눈을 감은 채로 천천히 몸을 뒤로 돌렸다. 그리고는 의아하다는 듯이 눈썹을 추켜세웠다. 카코의 앞에 은색 창과 작은 체구의 잠든 소녀가 눕혀져 있었던 것이다.

"히메라기 유키나. 어째서 이곳에 있죠?"

"아카츠키 코죠를 은래도로 불러들이기 위한 인질로 포획하였습니다. 제 독단을 부디 용서해 주십시오."

카코가 용서를 구하며 깊게 고개를 숙였다.

소년은 마치 한숨처럼 작게 숨을 내쉬었다.

"그러도록 하죠. 그녀는 구속할 필요가 없습니다. 부디 정중히 대하도록 하세요."

"분부 받들겠습니다."

카코가 다시금 고개를 숙였다. 그 목소리에서 희미한 안도가 배어 나왔다. 그러나 얼굴을 든 카코의 얼굴에 떠 있는 것은 감정이라고는 보이지 않는 사무적인 미소뿐이었다.

"보고를 들을 수 있을까요?"

소년이 온화하게 말했다. 카코가 고개를 끄덕이고 입을 열었다.

"아카츠키 코죠에겐 3일간 총 아홉 번의 죽음을 경험하게 했습니다. 현재로써는 안타깝게도 퍼스널리티에 현저한 영향은 확인하지 못했습니다."

"아홉 번……?"

"아이바 아사기가 개입하여 그 이후의 시도는 성립되지 못했습니다."

예정보다 적은 것 아니냐는 소년의 무언의 비난에 카코가 재빨리 해명했다.

“은래도의 방벽을 돌파했다는 말인가요? 고작 3일 만에?”
“면목 없습니다. 나노 오토마타의 구조도 이미 해석당한 것으로 사료됩니다.”
“그렇습니까.”
소년이 드물게도 놀라움을 겉에 드러냈다.
나노 오토마타로 구축한 결계 세계의 방벽이 무너져 내리는 것은 원래 있을 수 없는 일이다. 그 시키가미에 사용된 기술은 해석이 불가능하기 때문이다. 그것에는 이 시대의 기술로는 절대 해석할 수 없는 이유가 있었다. 그럼에도 불구하고 아이바 아사기는 그 비밀의 일부를 해명해냈다는 말이 된다.
“아뇨, 괜찮습니다. 당신은 정말 잘 해주었어요, 마가토키 카코.”
소년은 동요를 떨쳐내고자 천천히 고개를 저었다. 그리고 문득 화제를 바꿨다.
“창조주의 상태는 어떻습니까?”
“마력 고갈이 심각합니다. 거듭된 시간 조작의 영향이 아닐까 싶습니다.”
카코는 표정 변화 없이 담담하게 보고했다. 소년은 온화하게 미소 지었다.
“슬슬 물러날 때군요.”
“네.”
“마무리는 재량에 맡기겠습니다. 좋을 대로 하세요.”
소년이 부드러운 어조로 말했다.
카코는 만족스레 웃으며 고개를 끄덕였다.

"감사합니다. 종언의 진조——'흡혈왕(더 블러드)'이시여."

공간이 파문 같은 물결을 만들며 카코의 모습이 사라졌다. 예배당에는 소년과 여전히 잠에 빠져든 유키나만이 남았다.

소년이 다시 건반을 향해 몸을 돌렸다.

이윽고 흘러나온 엄숙한 선율이 자장가가 되어 빛이 넘치는 공간을 가득 채웠다——.

제5장 아지랑이의 성기사
Paladiness Of Mirage

1

미지근하고 습한 바람이 코죠의 볼로 불어왔다.

대기를 가득 채운 농밀한 생명의 냄새. 수목과 풀, 이끼, 버섯, 두껍게 쌓인 낙엽과 그 밑에 번식하는 미생물. 그리고 짐승——. 밀림의 냄새다.

코죠는 그런 강렬한 냄새 속에서 눈을 떴다.

눈 바로 앞에 혼탁한 수면이 보였다. 아무래도 그는 물가로 뻗은 나뭇가지에 걸려 의식을 잃고 있었던 듯했다. 늪가의 탁 트인 공터. 눈에 익은 지형이다.

은래도 지하 미궁, 제2층——.

유노가 파편수의 습격을 받고 루이 일행이 살해당한 곳. 그리고 코죠가 유키나에게 찔린 곳이다. 카르체리 내에서 마지막에 방문했던 지점으로 다시 끌려온 것이다. 강제 세이브 포인트냐. 코죠는 속으로 투덜거렸다.

상황을 파악하고 가장 먼저 떠올린 것은 기절한 유키나를 데리고 떠나는 카코의 승리에 찬 얼굴이었다. 분노로 터져나갈 것 같은 마력을 어떻게든 억제하고서 코죠는 몇 번 심호흡했다.

그것만으로 분노가 가라앉은 것은 아니지만, 냉정함은 어느 정도 돌아왔다. 여기서 코죠가 감정에 몸을 맡기고 날뛰어봤자 카코를 더욱 즐겁게 할 뿐이리라.

코죠가 간신히 이성을 잃지 않을 수 있었던 것은 유키나에게 당장 위험이 닥치지는 않으리라는 확신이 있었기 때문이다. 그녀를 다치게 할 생각이었다면 일부러 기절시켜서 데려가는 귀찮은 짓을 할 필요가 없다. 카코는 언제든지 유키나를 죽일 수 있었다. 잘은 모르지만, 카코에겐 유키나를 다치게 해선 안 되는 사정이 있는 것 같았다.

불안정한 나뭇가지를 타고 넘어 코죠는 간신히 지면에 내려섰다.

나무껍질의 감촉, 불쾌한 습기, 모든 것이 현실과 전혀 분간되지 않을 만큼 리얼했다. 이것이 아마 아사기가 말한 나노시키가미의 효과이리라. 머리로는 가상 세계인 것을 알아도 육체로 전해져 오는 감각을 완전히 떨쳐내는 것은 어려웠다. 이 세계에서 완전히 빠져나가려면 역시 카코가 말한 창조주인지 뭔지 하는 자를 어떻게 할 수밖에 없을 것 같다.

"——이제야 찾았네요, 아카츠키 코죠."

코죠가 나무줄기에 기대 그런 걸 생각하고 있는데 갑자기 누군가가 이름을 불렀다.

빽빽한 나뭇가지들 사이로 모습을 드러낸 것은 시즈리였다. 평소와 같은 코트와 머리쓰개를 눌러쓰고 오른손에는 검집에 넣은 장검을 쥐고 있었다.

"카스코……."

"카스가야 시즈리 카스티엘라!"

성실하게도 코죠의 말을 하나하나 정정하며 시즈리는 안도한 표정을 지었다.

"당신도 은래도로 다시 끌려와 있었군요."

"그렇지 뭐……. 나 참. 그 망할 교관, 도대체 무슨 생각이야……!"

잊고 있었을 터인 분노가 다시금 타올라 코죠는 빠드득 이를 갈며 눈앞에 있는 나뭇가지를 꺾어버렸다. 가상이란 것을 알게 된 이상, 자연파괴라며 비난당할 이유도 없어졌다.

"기억을 빼앗기지 않은 건 그나마 다행이네요."

약간 어이없어하는 눈빛이긴 했지만, 시즈리가 진지하게 말했다.

확실히 그녀의 말대로 코죠 일행은 기억을 빼앗겨도 이상할 것이 없는 상황이다. 그랬다면 이 강제 세이브 포인트부터 다시 은래도에서 생활하는 처지가 됐을 것이다.

마가토키 카코로서는 그쪽이 명백히 편리할 것이다. 이건 다시 말해, 그녀는 그렇게 하고 싶었지만 하지 못했다는 걸 뜻한다.

"리디아누가 뿌린 이상한 연기 덕분일지도 몰라."

"연기?"

근거라고는 없는 코죠의 혼잣말에 시즈리가 의심의 눈빛을 보냈다.

그러나 코죠로서는 그 긴박한 상황에서 아사기와 리디아누가 뿌린 연기가 평범한 연막일 것이라고는 생각할 수 없었다. 그보다는 나노 시키가미의 대책이었을 거라고 생각하는 쪽이 자연스러웠다.

"어쩌면 나노 시키가미용 백신 같은 거였을지도 몰라. 결계 안에는 침입할 수 있어도 기억 조작이나 능력 제한 같은 귀찮은 영향은 받지 않게 한다거나, 뭐 그런 백신."
"그런 고도의 물건을 만들었다는 말인가요? 그 짧은 시간에?"
"아니, 뭐, 아사기 녀석도 이번엔 꽤 고생한 것 같지만 말이야."
"고생이라니……."
시즈리가 멍하니 입을 쩍 벌렸다. 그녀가 믿지 못하는 마음도 이해는 간다. 그러나 코죠는 카코가 기억을 조작하지 않은 이유를 달리 떠올릴 수가 없었다.
"물론 그 망할 교관의 변덕일 가능성도 있지만."
코죠가 얼굴을 찌푸리며 말했다. 단순히 귀찮아서 기억을 빼앗지 않았다는 가능성도 전혀 없는 것은 아니었다. 확률적으로는 이쪽이 더 높을지도 모른다.
"망할 교관……. 저희는 그녀에게 속고 있었군요……."
코죠의 욕을 들은 시즈리가 입술을 깨물며 눈을 내리깔았다. 믿었던 자에게 배신당했다는 사실에 아직도 연연하고 있는 것이리라. 근본이 선한 만큼, 시즈리는 타인의 이러한 악의에 약했다.
코죠는 그런 시즈리의 머리 위에 자신의 손을 얹어 머리쓰개 너머로 그녀의 머리를 쓰다듬어주었다.
"망할 교관은 신경 쓰지 마. 속은 건 네 잘못이 아냐."
"치, 친한 척 머리를 쓰다듬지 말아주시어요! 딱히 시무룩해져 있던 건 아니어요!"
위로받았다는 자각이 있는 것이리라. 귀까지 새빨개진 시즈리가 난폭하게 고개를 저었다. 그래도 그녀는 코죠가 쓰다듬는 손을 뿌리치려고는 하지 않았다.

"그럼 됐어. 덕분에 번거로운 절차도 줄어들었고."

안도해서 고개를 끄덕이며 코죠가 얼굴을 굳혔다.

뿜어져 나오는 공격적인 기운을 민감히 느낀 시즈리가 발끈하여 눈썹을 모았다.

"절차라니……. 코죠, 무엇을 할 생각이죠?"

"망할 교관에게도 말했잖아. 은래도의 창조주란 녀석을 쓰러트리고 이 섬의 주민들을 해방할 거야. 히메라기도 걱정되고 미야즈미랑 아마세도 구해야지."

"은래도의……, 창조주……."

시즈리가 머뭇머뭇 말을 더듬었다. 자기 생각에 확신이 들지 않아서가 아니라 말해야 할지 말아야 할지 망설이는 분위기였다.

"카스코, 뭔가 아는 거냐?"

"창조주의 정체에 짐작이 가는 것이 있어요."

카스코란 호칭에 불평하는 것도 잊고 절박한 어조로 시즈리가 말했다.

"정말……? 누군데?"

"성단의 마지막 수녀기사――카스가야 시나코. 제 생명의 은인이자 '하우라스'의 원래 소유자여요."

"**카스가야** 시나코……?"

그녀가 꺼낸 이름에 코죠는 약간 당황했다. 카스가야라는 성을 가진 성단 관계자. 하지만 시즈리가 코죠의 앞에서 그 여성의 이름을 꺼낸 것은 처음이었다. 그러고 보니 코쵸는 그녀의 가정환경을 전혀 알지 못했다.

코쵸의 당혹감을 느꼈는지 시즈리가 작게 고개를 저었다.

"친자매는 아니어요, 그녀가 제게 자신의 성을 주었어요. 부모의 얼굴도 모르는 고아 오그레스였던 제게, 카스가야라는 성을……."

코쵸가 말없이 고개를 끄덕였다. 그런 사정이라면 시즈리가 지금까지 가족 이야기를 하지 않았던 것도 이해가 갔다. 그녀가 자신의 이름에 긍지를 갖고 있는 이유도.

"그래서……, 그 사람이 은래도의 창조주라고 생각하는 이유는 뭔데?"

묻고 싶은 건 산더미처럼 많았지만, 코쵸는 일단 가장 핵심이라고 생각하는 걸 질문했다.

시즈리가 고통스러운 기억을 불러일으키려는 듯 강하게 눈을 감았다.

"가능성이 있다는 것뿐이어요. 이로와즈란 이름의 도시를 아시나요?"

"……유럽에 있는 '마족 특구'잖아. 성단의 본거지가 그곳에 있었다는 말은 들었어."

코쵸는 최저한의 정보만을 입에 담았다. 타르타로스 라프스의 이름을 꺼내지 않은 것은 시즈리가 그것을 알고 있는지 알 수 없었기 때문이었다. 어쩌면 그녀는 이로와즈가 이미 사라져버렸다는 것도 모르고 있을 가능성이 있었다.

그러나 코쵸의 불안은 시즈리가 다음에 꺼낸 말로 인해 씻은 듯이 사라졌다.

"은래도의 주민 대부분은 아마 저와 마찬가지로 이로와즈의 생존자일 거여요."

"생존자?"

네, 하고 시즈리가 고개를 끄덕였다.

"그날, 저희는 항구에서 피난선을 기다리고 있었어요. 일본계열 기업이 준비한 피난선이었는데 일본인 학교의 학생과 그 가족이 많았죠. 드디어 배가 도착해 다들 안심했을 때, 본 적 없는 거대한 권수가 하늘에서 내려와——."

"타르타로스 라프스의 사성수인가……."

코죠는 자신도 모르게 고통스러운 표정을 지었다.

사성수는 용맥에서 빨아올린 막대한 영력과 '마족 특구' 주민의 마력을 사용해 소환하는 강력한 환수인데, 그 힘은 진조 흡혈귀의 권수마저 뛰어넘는다. 실제로 사성수와 싸워본 코죠는 그 무서움을 아주 잘 알고 있었다. 이로와즈 주민이었던 시즈리에게 있어 사성수와 마주친 것은 악몽 이외의 그 무엇도 아니었을 것이다.

"전 그 뒤의 일이 기억나지 아니하여요."

시즈리가 서글프게 고개를 저었다.

"하지만, 만약 그때 시나코가 은래도를 창조해 피난민을 이동시킨 거라면 제가 살아남은 것도 설명이 되어요."

"은래도를 창조한다……니. 그런 게 가능해?"

코죠가 의심스러운 말투로 물었다. 결계 세계를 창조하려면 공간제어 마술에 대한 기술과 막대한 마력이 필요하다. 정식 수녀기사인 카스가야 시나코가 설령 공간제어 마술을 알고 있었다 하더라도 은래도를 구축할 정도로 무시무시한 마력을 가지고 있었을 거라고는 생각하기 어려웠다.

"시나코에겐 그만한 마력을 얻을 방법이 있었어요."

시즈리가 그렇게 말하며 자신의 손으로 시선을 떨어트렸다.

그 손은 카스가야 시나코에게 받았다고 한 장검을 쥐고 있었다. 베어낸 상대의 마력을 빼앗아 자신의 힘으로 바꾸는 성단의 성례병장——'하우라스'.

"'하우라스'로 사성수의 마력을 빨아들인 건가……."

"시(네)……. 아마도요."

시즈리는 맥없이 고개를 끄덕였다. 그녀의 말대로 사성수의 마력을 이용하면 결계 세계를 구축하는 것은 가능하다. 만약 시즈리의 가설이 사실이라면 카스가야 시나코는 6천 명이나 되는 주민을 구한 셈이 된다. 그것은 시즈리에게도 좋은 소식일 터다.

그러나 시즈리의 표정은 어두웠다. 은래도의 창조주가 정말 시나코라면 타르타로스 라프스의 위협이 사라진 지금 왜 주민들을 해방하지 않는가——그 이유를 모르기 때문이다.

"이 섬의 지형은 화산이 있다는 것만 빼면 '이로와즈 마족특구'와 매우 흡사하여요. 어째서 그런 것까지 잊고 있었을까요……?"

시즈리가 마치 미아라도 된 듯 힘없이 중얼거렸다.

"그게 나노 시키가미의 능력이잖아. 제4진조인 내 기억까지 바꿔버릴 정도니 평범한 사람이나 마족이 저항하지 못했다고 해도 어쩔 수 없지."

코죠가 시즈리를 위로했다. 설득력이라고는 없는 억지 논리였지만, 뜻밖에도 시즈리는 반론하지 않았다. 망설임을 떨치듯 고개를 젓고 시즈리는 곧은 눈빛으로 코죠를 바라보았다.

"제7층이어요."

"……뭐?"

급격한 화제 변화를 따라잡지 못한 코죠가 당황한 얼굴로 시즈리를 마주 보았다.

"이 섬에 있으면서 누구도 들어가지 못하는 장소. 그리고 은래도 내에서 가장 강력한 마력이 모이는 장소. 만약 정말로 시나코가 있다고 한다면 분명 그곳이어요."

"그렇구나……. 카르체리의 심층부……!"

코죠의 눈빛이 저도 모르게 더욱 날카로워졌다. 확실한 증거가 있는 것은 아니었지만, 코죠는 시즈리의 추리가 정답임을 직감했다. 지금까지 누구도 도달하지 못했다는 카르체리 제7층은 은래도의 창조주가 숨어 있기에는 절호의 환경이었다. 카르체리란 파편수를 가둬두기 위한 것이 아니라 창조주를 보호하기 위한 것이었을지도 모른다.

"제7층에 창조주가 있을 거라는 예상은 아무래도 정답인 것 같네요."

시즈리가 웃음 섞인 목소리로 중얼거리며 검을 뽑았다.

코죠도 한 템포 뒤늦게 알아차렸다. 낮에도 어둑어둑한 밀림 속에서 검은 그림자가 스멀스멀 기어 올라온 것이다. 이제 슬슬 익숙해지기 시작한 악령 무리다.

"뭐가 됐든 제7층에는 가지 못하게 하려는 건가?"

지금까지 본 적이 없을 만큼 어마어마한 악령 대군을 보니 메마른 웃음이 흘러나왔다. 절대 우연이라고는 할 수 없는 타이밍이다. 카코가 이들을 조종하고 있다는 것은 이제 의심할 여지가 없다.

어떻게든 코쵸와 시즈리를 카르체리 최하층에 접근하게 하고 싶지 않은 것인지, 단순한 괴롭힘인지――어느 쪽이든 코쵸와 시즈리가 해야 할 일은 강행돌파 하나뿐이었다.

"물러나, 카스코. 내가 한다."

코쵸의 전신에서 마력이 하늘하늘 분출해 나왔다.

카코가 그럴 생각이라면 코쵸도 봐줄 이유가 없다. 악령이 몇 마리 몰려오든 권수로 단번에 쓸어버리면 된다. '셋카로'에 꿰뚫린 상처가 완전히 낫지는 않았지만 나노 시키가미의 방해는 사라졌다. 권수를 불러낼 수 있다는 자신이 들었다.

코쵸의 마력에 압도되었는지 시즈리가 한 걸음 뒤로 물러났다. 머리 위로 높이 쳐든 코쵸의 오른팔에서 한층 농밀한 마력이 방출됐다. 그것은 진홍색의 안개가 되어 거대한 권수의 모습을 이루었다.

밀림 속에서 작은 불꽃이 튄 것은 그 직후였다.

"――코쵸!"

경고를 담은 시즈리의 목소리는 이미 늦었다.

음속을 넘는 속도로 날아든 저격 라이플 탄환이 나무 사이를 정확히 빠져나와 악령에 정신이 팔려 있던 코쵸의 심장을 핀포인트로 꿰뚫었다.

2

유키나는 의자 위에서 눈을 떴다.

마치 여왕을 위해 맞춤 제작한 듯한 호화로운 앤티크 체어였다. 의자 전체에 붉은 벨벳이 깔린 팔걸이의자다.

흐릿한 빛이 예배당이 연상시키는 드넓은 실내를 비추고 있었다.

유키나는 그 홀 중앙에 앉아 있었다.

묶여 있지는 않았다. 옷도 흐트러지지 않았다. 발밑에는 그녀의 은색 창이 놓여 있었다. 마가토키 카코의 장타(掌打)에 얻어맞은 타격도 남아 있지 않았다. 도무지 씻을 수 없는 패배감 외에는.

아치형의 높은 천장. 정밀한 투각 장식에 덮인 벽.

석조 건물 안에 장엄한 오르간의 음색이 아름답게 울려 퍼졌다.

유키나를 제외하면 예배당 안에 있는 자는 한 명.

오르간을 연주하는 연미복 차림의 소년뿐이었다.

또래의 소녀 같은 가냘픈 체구. 흔들리는 불꽃 같은 금발. 흰 살결. **그녀**와 닮았다고, 유키나는 생각했다.

넋을 잃고 소년을 바라본 시간은 그리 길지 않았다고 생각하지만, 어느 틈엔가 연주가 끝나 있었다. 마지막 한 소절을 마저 연주한 소년이 몸을 뒤로 돌려 유키나를 정면으로 바라보았다.

"깨어나셨습니까, 히메라기 유키나."
눈을 감은 채로 미소 지으며 소년이 말했다.
그 순간, 유키나는 튕겨 오르듯 의자에서 일어나 발치의 창을 집어 들고 공격 자세를 취했다. 공포로 전신이 차갑게 식었다. 기력을 쥐어짜지 않으면 서 있지 못할 정도였다.
소년에게 위압된 것은 아니다. 그는 그저 미소를 지었을 뿐이었다. 강력한 병기가 존재감만으로도 사람들에게 공포를 선사하듯, 그가 품고 있는 잠재적인 힘에 유키나가 본능적인 위기를 느낀 것이다.
"당신은……, 누구죠?"
떨리는 목소리를 애써 누르며 유키나가 물었다. 차게 식은 땀방울이 목을 따라 흘러 떨어졌다.
"더 블러드……. 흡혈왕이라 해두겠습니다. 왕이란 것은 자칭이지만요."
소년은 그렇게 말하며 자조하듯이 고개를 저었다.
유키나는 그의 그런 반응에 당혹감을 느꼈다.
자신을 흡혈왕이라고 소개한 그는 아마도 흡혈귀일 것이다. 그러나 검무인 유키나의 눈으로도 그의 능력은 바닥을 헤아릴 수 없었다.
이 소년과 같은 분위기를 가진 인물을, 유키나는 두 명 알고 있었다.
한 명은 '혼돈의 황녀(케이오스 브라이드)' 재더 쿠쿨칸.
그리고 또 한 명은 아카츠키 코죠다.
"이곳은 우리가 카르체리라 부르고 있는 지하 미궁의 최하층, 은래도의 중추입니다. 당신을 초청할 예정은 없었습니다만 착오가 생겨버렸습니다. 정중히 사과드립니다."

소년이 온화한 말투로 유키나에게 말했다. 표면적인 연기로는 보이지 않았다. 유키나에 대한 정중한 태도가 그의 발언을 뒷받침하고 있었다.

"'봉마의 마녀'의 의뢰주란 건 당신이군요?"

공격 태세에 있던 창을 내리며 유키나가 물었다. 소년에 대한 공포가 사라진 것은 아니었지만, 창을 겨운 채로 대화를 계속하는 것을 실례라고 느낄 정도의 냉정함은 돌아왔다.

"역시 총명하시군요."

소년은 순순히 찬사를 보냈다.

"네. 마가토키 카코의 고용주(클라이언트)는 저입니다. 나노오토마타 기술 일부와 시간제어 술식이 적힌 마도서를 그녀에게 보수로 주었죠."

"시간제어 술식……?!"

유키나의 표정이 놀라움으로 얼어붙었다.

시간의 흐름을 컨트롤하는 마술은 공간제어를 뛰어넘는 초고난이도의 마술이다. 유키나가 아는 한, 그것을 완전한 형태로 구사할 수 있는 것은 '정적 파괴자(페이퍼 노이즈)' 시즈카 코요미뿐이었다. 만약 마가토키 카코가 시간제어를 구사할 수 있다고 한다면 그녀는 사자왕 기관 '삼성'에 필적하는 실력을 가지고 있다는 말이 된다. 은래도의 시간 흐름이 일그러져 있던 것도 아마 그녀의 힘이 작용한 결과이리라.

"'봉마의 마녀'에게 준 것은 그리 편리한 힘이 아닙니다."

전율하는 유키나를 안심시키려는지 소년이 웃으며 말을 보탰다.

"은래도처럼 인식이 그대로 현실이 되는 세계에서라면 겨우 몇 시간밖에 안 되는 시간을 몇 달까지 연장하는 것도 가능하죠. 하지만 현실 세계에서 그녀가 간섭할 수 있는 건 기껏해야 자신의 의식과 육체뿐일 겁니다. 뭐, 의뢰의 대가로 적절하죠."

"의뢰……?"

유키나가 책망하는 시선으로 소년을 보았다. 마가토키 카코에게 일을 의뢰했다는 그는 이번 소동의 주모자다. 코죠를 사건에 끌어들일 동기가 있었던 것은 카코가 아닌 그였다는 말이다.

유키나의 시선을 태연히 받아내며 소년은 전혀 미안해하는 기색 없이 고개를 끄덕였다.

"걱정하실 필요 없습니다. 아카츠키 코죠에게 위해를 가할 생각은 없어요. 애당초 그는 불사자이지 않습니까. 그에게 진정한 의미로 상처를 줄 수 있는 자는 존재하지 않습니다. ——아닙니까?"

"육체만이라면 그럴지도 모르죠."

유키나가 소년을 차갑게 노려봤다. 소년은 훗 하고 기쁨에 찬 숨을 내쉬었다.

"맞습니다. 그의 육체는 파괴되지도 썩지도 않지만, 그의 정신은 그렇지 않아요. 상처 입는 걸 잊으면 그는 마음마저 완전한 괴물이 되고 말겠죠."

그렇기에. 소년이 목소리를 내리깔았다.

"그렇게 되기 전에 그를 부수어주지 않으시렵니까?"

"……부수어?"

"네. 그는 알아야 합니다. 사랑하는 자를 잃는 절망과 공포를, 영혼이 짓눌려 터질 정도로 압도적인 절망과 회한을. 그의 마음이 사람의 나약함을 잃어버리기 전에 평생 아물지 않을 상처를 새겨두는 것입니다. 그의 안일함이 최악의 결말을 불러오기 전에."

묵직한 내용과는 반대로 소년은 담담하게 말을 이었다.

"설마 아카츠키 선배를 은래도로 데려온 것은 그것을 위해서……?!"

유키나의 눈동자에 강한 비난의 빛이 떠올랐다.

소년은 깊게 고개를 끄덕였다.

"그는 이 3일간 아홉 번의 죽음을 경험했습니다. 그때마다 많은 동료를 잃었죠. 공마사 후보생으로서 함께 수련한 친구, 믿음직한 선배들, 어쩌면 애인이라 부를 만한 상대가 있었을지도 모릅니다."

소년이 즐겁게 말했다. 비명횡사한 유명인을 애도하는 이름 모를 행인 같은 무책임한 말투. 그에게 있어 코죠의 고통은 어차피 남의 일에 불과했다.

"그는 그것을 기억하고 있지 않습니다. 하지만 그 기억은 그의 무의식 저 밑바닥에 축적되어 그의 마음을 좀먹을 것입니다. 시간을 들여 천천히, 독이 스며들듯이."

"'봉마의 마녀'에게 한 의뢰란 건 설마……. 그녀에게 카스가야 씨를 죽이도록 할 생각인가요?"

유키나는 소년의 목적을 알아차렸다. 불사신의 육체를 가진 코죠에게 있어 가장 큰 공포는 자신이 다치는 것이 아니라 자신과 가까운 인물을 잃는 것이었다. 소년은 은래도라는 인공 세계에서 코죠에게 동료를 주었다. 오직 빼앗기 위해서라는 목적만으로 준 것이다.

그리고 지금의 코죠에게 가장 가까운 존재는 아마도 시즈리일 것이다. 그녀를 죽임으로써 코죠의 정신에 상처를 새기는 것. 그것이 소년이 카코에게 한 의뢰다.

"감옥 결계는 창조주의 꿈이 실체화되는 세계입니다. 꿈속에 있는 한, 죽은 자는 몇 번이든 되살아나죠. 하지만 아카츠키 코죠와 그 동료들은 자신의 의지로 꿈의 세계를 끝내려 하고 있습니다. 그 결단이 비극을 불러온다면 그는 과연 상처받지 않고 끝날 수 있을까요?"

"당신의 뜻대로 되게 두지 않겠습니다, '흡혈왕'."

유키나가 창을 굳게 쥐며 말했다.

현실 세계에서 코죠를 둘러싸고 있는 환경은 3일 전과 전혀 달라지지 않았다.

코죠가 아끼는 여동생과 그의 가족. 그리고 유키나 자신을 포함한 이토가미 섬의 동료들――**제4진조가 보유한 전력은** 아무 손상도 없이 그대로 유지되고 있다.

그러나 시즈리를 잃는다면 코죠는 확실히 상처받을 것이다. 그 상처를 이용해 그의 인격을 일그러트리는 것. 자신에게 유리한 방향으로 수정하는 것――그것이 '흡혈왕'의 바람이다.

“카스가야 시즈리를 구할 생각입니까? 히메라기 유키나?”

유키나가 창을 겨누어도 소년의 표정은 변하지 않았다.

아름다운 미소를 띄운 채 손가락으로 예배당의 제단을 가리켰다.

“그렇다면 충고해드리죠. 그것은 쓸데없는 시도입니다. 당신은 그녀를 구할 수 없어요. 물론 아카츠키 코죠도 마찬가지죠——.”

“거짓말…….”

제단 위에는 관처럼 생긴 나무함이 놓여 있었다.

수많은 꽃으로 가득 찬 나무함 안에는 여성이 한 명 누워 있었다. 장검을 가슴에 안고 긴 머리쓰개를 눌러쓴 젊은 여자였다. 그녀의 존재를 확인한 유키나는 할 말을 잃었다.

“그런……. 어째서…….”

“아카츠키 코죠에게 전해주십시오. 나를 증오하라고. ‘흡혈왕’의 이름을 두려워하라고——.”

소년의 말투가 미세하게 변화했다. 그가 가진 본래의 ‘힘’에 어울리는 엄숙한 말투였다.

여전히 의자에 앉아 있던 소년의 실루엣이 유키나의 인지 속에서 흔들렸다. 유키나는 환술도 공간제어도 아닌 더욱 두려운 힘을 구사해 그가 이 세계에서 떠나려 하고 있음을 알아차렸다.

“기다려요! 기다리세요, ‘흡혈왕’!”

창을 이용해 강제로 힘을 무효화해야 할까——0.1초도 채 되지 않는 유키나의 망설임으로 인해 소년을 이 세계에 묶어

둘 기회는 영영 사라지고 말았다.

오로라와 닮은 환상적인 빛에 휩싸이며 소년의 모습이 사라져갔다.

"또 만나도록 하죠, 히메라기 유키나. 언젠가 찾아올 종언의 날에——."

소년이 남긴 마지막 말이 망연히 선 유키나의 귓가에 언제까지고 울려 퍼졌다.

3

코죠의 등에서 살점과 선혈, 그리고 늑골 조각이 흩날렸다. 대 마족용 은 이리듐 탄도탄에 의한 장거리 저격. 코죠와 시즈리가 아는 한 은래도에서 이런 것이 가능한 자는 오직 한 명뿐이다.

"루이 씨의 저격?! 어째서?!"

비틀거리는 코죠를 받아서 안으며 시즈리가 외쳤다. 동료였던 루이가 코죠를 저격했다는 사실이 그녀에게서 냉정함을 앗아갔다.

"코죠! 정신 차리시어요, 코죠!"

코트가 피범벅이 되는 것 따위는 전혀 신경 쓰지 않고 시즈리가 코죠를 부축했다. 코죠가 불사신이란 것을 알고 있어도 눈앞에서 그런 충격적인 광경을 목격하면 아무런 도움이 되지 않는다. 실제로 진조가 아닌 흡혈귀라면 즉사해도 이상하지 않을 중상이었다.

"……하긴 생각해보면 당연한가. 카르체리의 심층부까지 간단히 보내줄 리가 없지."

고통스럽게 호흡하면서 코죠가 마치 남의 일처럼 냉정하게 중얼거렸다. 그렇게 토해내는 숨에도 선혈이 섞여 나왔다.

"여유 부리고 있을 때인가요?!"

고개를 드는 코죠를 억지로 잡아 누르며 시즈리가 히스테릭하게 외쳤다. 루이의 두 번째 공격을 경계하는 것이다.

확실히 지면에 엎드려 있으면 계속 저격하는 것은 어렵다. 그러나 그 틈에 악령 무리가 거리를 좁히며 다가왔다. 루이의 저격은 악령의 원호도 겸하고 있었던 것이다.

"그래도 다행이네."

"하아?!"

"부활인지 재생인지는 모르겠지만 미야즈미 녀석, 살아 있어."

"그건……!"

생각지 못한 코죠의 지적에 시즈리가 침묵했다. 설령 기억이 조작당했다 하더라도 루이의 생존을 확인한 것은 틀림없는 희소식이다.

"그건 그렇고 그 망할 교관에게 제대로 한 방 먹었는걸. 저쪽이 그럴 생각이라면 이쪽도 사양 않고 실력을 발휘해주겠어."

상처에서 전해지는 고통을 참으며 코죠가 오른팔을 내밀었다. 지금까지 방해받고 있던 권수 소환 프로세스가 순식간에 완료되면서 무시무시한 마력 덩어리가 아무런 전조도 없이 출현했다.

"오너라, '우두왕(牛頭王)의 호박(琥珀)(콜타우리 스키눔)'――!"

코쵸와 시즈리의 시야가 호박색 빛으로 물들면서 동시에 맹렬한 열파가 휘몰아쳤다.

코쵸가 소환한 것은 불타는 용암에서 태어난 우두신(미노타우로스)이었다.

거대한 전투도끼가 대지를 가르고 분출된 용암이 밀림을 태워버렸다. 물론 악령 무리 따위는 순식간에 타서 없어져버렸다. 저격수인 루이가 근처에 없는 것을 알기에 할 수 있는 거친 기술이다.

"이게……, 이게 제4진조의 진정한 힘이란 말이어요……?"

사납게 날뛰는 코쵸의 권수를 시즈리는 눈을 깜빡이는 것도 잊고 바라보았다.

밀림은 벌써 몇 퍼센트가 잿더미로 변해버렸고 여전히 화염이 타올라 불이 사방으로 번졌다. 고작 한순간에 지형마저 변화시킨 제4진조 권수의 힘에 은래도 전체가 뒤흔들렸다.

"그렇지 뭐……. 그보다 생각보다 힘든걸……?"

권수 소환을 해제함과 동시에 코쵸가 추욱 늘어졌다. 불사신을 자랑하는 진조 흡혈귀도 심장이 날아갈 정도의 대미지를 입으면 회복에는 그만한 시간이 걸린다. 피의 순환이 멈춘 상황이 계속되면 당연히 신체의 자유도 사라진다. 코쵸는 지금 의식을 유지하는 것만으로도 벅찬 상태였다.

"코쵸……, 상처가……!"

"루이 녀석이 잔뜩 쏟아부었으니까."

멎어가던 출혈이 권수를 소환한 반동으로 다시 극심해져 있었다.

루이의 저격 때문만이 아니라 유키나의 '셋카로'에 의한 부상도 아직 완전히 낫지 않은 상태다. 코죠의 육체에 걸린 부담은 예상 이상으로 컸다.

그래도 악령 무리를 일소한 덕에 코죠는 약간의 안도감을 느낄 수 있었다. 권수가 일으킨 화재로 대기가 불안정하다. 아무리 루이여도 이런 시야 속에서 저격을 속행하는 건 불가능할 것이다.

그러나 코죠와 시즈리가 연기 속에 숨어 도망칠 계획을 짜기도 전에 머리 위에 새로운 위협이 나타났다.

"아직이야, 카스코! 온다!"

"권수……?!"

시즈리의 표정이 경악으로 일그러졌다. 하늘을 뒤덮은 검은 연기를 날려버리며 코죠 일행을 향해 접근한 것은 화염을 두른 요조, 카미키바 노조미의 '테레스'였다.

"설마 카미키바 선배까지……?!"

동요에서 빠져나올 틈도 주지 않고 덮쳐온 권수를 향해 시즈리가 장검을 내리쳤다.

마력으로 이루어진 덩어리인 권수에게는 평범한 물리공격이 통하지 않는다. 그러나 시즈리의 애검은 그러한 권수의 육체를 너무나도 쉽게 도려냈다. 첫 일격으로 상대의 마력을 집어삼켜 위력이 상승한 두 번째 일격으로 요조의 몸체를 갈라버렸다. 자신의 마력에 당한 요조의 거구가 튕겨 나갔다.

"엎드려, 카스코!"

공격을 막 끝낸 시즈리를 코죠가 뒤에서 밀쳐냈다. 시즈리는 요란하게 넘어졌지만, 코죠에게 불평할 틈은 없었다. 쓰러진 시즈리의 머리 위 아슬아슬한 곳을 금속 부츠가 스쳐 지나갔기 때문이다.

"유노 씨?!"

연기 속에 숨어 접근한 유노가 수인종 특유의 민첩한 동작으로 돌려차기를 펼쳤다. 시즈리는 검 손잡이로 그것을 받아내고 뒤이어 터져 나오는 좌우 훅은 지면을 굴러 피했다.

수녀기사의 우아함은 손톱만큼도 찾아볼 수 없는 동작이지만, 그런 걸 신경 쓰고 있을 상황이 아니었다. 공격 타깃을 잃은 유노의 주먹이 허공을 가른 직후.

"하아아아아아압——!"

호쾌한 기합과 함께 떨어져 내린 오오쿠라야마의 대검을 시즈리가 간신히 받아냈다. 거대한 바위가 떨어진 듯한 충격에 시즈리의 두 팔이 비명을 질렀다. 노조미의 권수가 가진 마력을 집어삼킨 직후가 아니었다면 '하우라스'가 두 동강이 났을지도 모를 어마어마한 타격이었다.

"크. '하우라스'——!"

장검에 남은 마력을 모조리 방출해 시즈리가 오오쿠라야마를 튕겨냈다. 오오쿠라야마의 거구가 유노와 충돌해 두 사람이 뒤엉켜 지면을 굴렀다.

"'하우라스'의 마력이 한계여요!"

시즈리의 눈동자에 초조함이 떠올랐다. 마력을 쥐어 짜낸 장검의 날에서 빛이 거의 사라져 있었다. 아마도 지금의 '하우라스'로는 오오쿠라야마의 다음 공격을 막지 못할 것이다.

"아니. 잘했어, 카스코! 오너라, '갑각(甲殼)의 은무(銀霧)(나트라 시네레우스)'!"

출혈로 비틀거리던 코죠가 마지막 힘을 쥐어짜 시즈리를 당겨 안았다.

그런 두 사람의 모습이 은색 안개에 파묻혔다. 흡혈귀 특유의 안개화 능력――.

제4진조의 권수가 일으킨 안개는 맹렬한 기세로 주변을 집어삼켜 카르케리 제2층 대부분을 시야 제로미터에 달하는 짙은 안개로 완전히 덮어버렸다.

4

"흡혈귀의 안개화 능력……. 이렇게 넓은 범위를 한꺼번에 안개로 바꾸어버리다니……."

공포에 휩싸여 멍하니 눈을 뜬 시즈리가 바위 위에 털썩 주저앉았다.

코죠의 권수가 만들어낸 농무는 발생했던 때와 마찬가지로 순식간에 사라져버렸다. 그러나 시즈리가 실체화한 장소는 처음에 있던 곳과 다른 곳이었다. 오오쿠라야마 일행의 추격에서 벗어나기 위해 안개 상태로 이동한 것이다.

"이걸로 한동안은 시간을 벌 수 있겠지……."

힘이 다 빠진 듯 벌러덩 드러누운 코죠가 꺼질듯한 목소리로 말했다.

거리로는 겨우 몇 킬로미터에 불과하지만 카르체리를 뒤덮은 안개와 동화한 상태로 누구에게도 들키지 않고 이동한 것이다. 아무리 오오쿠라야마 일행이 상대여도 금방은 따라잡지 못할 것이다.

"확실히 맞는 말이어요."

시즈리는 일단 코죠의 주장을 인정했다. 그리고 그녀는 어딘가 냉랭한 눈빛으로 주변 경치를 둘러보았다. 습기 찬 벽. 흰 수증기. 수면에 떠도는 독특한 냄새. 수온 41도 전후를 유지한 욕조. 그리고 남녀가 분리된 탈의실——익숙한 노천 온천의 풍경이었다.

"그래서 어째서 도착지가 OC기지인 거죠?"

"달리 쉴 만한 장소가 떠오르지 않았어. 딱히 온천이 목적이었던 건 아냐."

코죠는 어딘가 거북한 표정으로 변명했다.

카르체리 제1층의 OC기지. 실제로 뭔가 특별한 이유가 있어서 이곳을 고른 것은 아니었다. 카르체리 초심자인 코죠로서는 이곳이 관측기지 중 유일하게 익숙한 곳이었을 뿐이다.

"뭐, 그렇다고 해두겠어요. 이곳이라면 장비도 보충할 수 있고요."

아직 살짝 의심스러운 표정을 지으면서도 시즈리는 더 추궁하지 않겠다는 듯이 어깨를 가볍게 움츠려 보였다. 관측 기지에는 경비 담당자가 쓰는 각종 무기와 탄약이 보관되어 있다. 제대로 된 장비도 갖추지 못한 코죠와 시즈리가 이곳을 찾은 것은 나쁘지 않은 선택이었다.

"일단 치료가 필요하여요. 당장 구급상자를 가지고 오겠어요."

시즈리가 그렇게 말하며 탈의실 쪽으로 걸어갔다.

날아가버린 코죠의 폐와 심장은 이미 재생을 시작했지만, 아직은 제대로 움직이는 것이 불가능한 상태였다. 붕대를 감을 뿐이라고 해도 일시적인 위안은 될 것이다.

그러나 탈의실 입구에 도착한 시즈리는 놀라서 발걸음을 멈췄다.

탈의실의 문이 사라져 있었다. 탈의실 문만이 아니다. 관측기지 건물 자체가 소멸했다. 수십 년이나 방치된 폐허처럼 썩어서 무너져 내린 것이다.

"어째서……?!"

자연현상으로는 도저히 불가능한 기지의 급격한 변화에 시즈리의 얼굴이 창백해졌다. 누군가에 의해 의도적으로 시간이 변이된 것이다.

기지의 노후화에 따라 보관되어 있던 의약품과 무기류도 부식이 진행되어 도저히 쓸 수 없는 것이 되어 있었다. 코죠의 치료를 방해하기보다는 장비를 손에 넣는 걸 막는 것이 목적이었을 것이다.

마가토키 카코의 짓은 아니다. 그녀라면 시설 노후화 같은 번거로운 수단 대신 악령들을 보내 습격하게 했으리라.

"창조주의 의사란 건가? 우릴 어지간히도 최하층에 보내고 싶지 않은가보지."

너무나도 앞뒤 가리지 않는 적의 수단에 코죠가 어이없어하며 쓴웃음을 지었다. 지금까지 모호하기만 했던 창조주인지 뭔지의 존재가 처음으로 분명히 느껴졌다. 이 은래도가 누군가의 의사로 만들어진 세계라는 사실을 다시금 실감했다. 그리고——.

"열……, 받았어요……!"

꼭 약이라도 올리는 듯한 창조주의 개입에 시즈리가 낮게 목소리를 깔았다. 뚝 하고 무언가가 끊어지는 듯한 환청에 코죠의 표정이 굳었다. 시즈리는 작게 어깨를 부들거리며 어금니를 갈고 있었다. 창조주의 존재를 실감함으로써 지금까지 쌓인 분노를 터트릴 곳을 찾은 것일지도 모른다. 그녀의 전신에서 분노의 아우라가 울렁울렁 용솟음쳤다.

"카, 카스코?"

머뭇거리며 부르는 코죠의 앞에서 시즈리가 갑자기 코트를 벗었다. 이어서 교복 상의도 벗어 던지고 블라우스의 버튼을 똑똑 풀어나갔다. 그리고 그녀는 주저하듯이 움직임을 멈춘 다음, 눌러쓰고 있던 머리쓰개를 잡아채 벗어버렸다. 순백색의 긴 머리가 사르륵 흩어지며 비취색의 뿔이 만천하에 드러났다.

"잠깐……. 카스코, 뭘 하려는 거야?!"

이해를 할 수 없는 시즈리의 행동에 코죠가 진심으로 당황했다.

시즈리는 기세 좋게 뒤를 돌아보며 그런 코죠를 부릅 노려봤다. 블라우스의 옷깃이 크게 벌어진 탓에 그녀의 뽀얀 목덜미와 쇄골, 그리고 아담한 가슴 계곡까지 전부 빤히 보였다.
그리고 시즈리는 벌러덩 누워 있던 코쵸의 몸 위에 말을 타는 자세로 올라탔다.
"당신이 카미키바 선배에게 하려고 했던 것이어요!"
그렇게 말하며 시즈리가 자신의 목덜미를 덮은 머리를 뒤로 넘겼다. 눈동자는 호전적이었으나, 딱히 이판사판이란 인상은 아니었다. 사명감에 타오르는 의연한 표정은 평소의 그녀와 같은 것이었다. 평소와 다른 점이 있다고 한다면, 그 볼이 수줍음으로 붉게 물들었다는 점일까——.
"혹시 네 피를 빨라는 거냐……?"
코쵸는 시즈리를 멍하니 올려다보았다. 확실히 무기와 탄약을 보충할 수 없게 된 이상, 이 절박한 상황을 타개할 유일한 수단은 다친 코쵸를 회복시키는 것이었다. 그러나 고지식한 자칭 '수녀기사'가 스스로 그런 말을 꺼내리라고는 미처 생각 못 했다.
코쵸의 질문을 완곡한 거절로 받아들였는지 시즈리는 발끈하며 자신의 얼굴을 코쵸에게 가까이 가져갔다.
"뭐, 뭔가 불만이라도 있으시어요?! 확실히 선배에 비하면 가슴도 작고 그런 경험도 없지만——."
"아니, 네 성격에 경험이 있다고 하면 오히려 그쪽이 놀라운데……."
"그, 그런 뜻의 경험이 아니어요! 아, 아니. 제가 처녀가 아니라는 뜻이 아니라, 물론 그런 쪽 경험도 없지만——."
멋쩍음을 숨기려던 코쵸의 태클을 성실하게 꼬박꼬박 반박하던 시즈리가 자신이 자폭했다는 사실을 깨닫고 전신이 붉게 달아올랐다. 수치심에 눈물을 글썽이면서 그녀는 코죠의 목에 손을 올렸다.

"주, 죽어——!"

"네가 자진해서 말한 거잖냐!"

시즈리에게 진짜로 목을 졸린 코죠가 우물거리면서 비명을 질렀다.

호흡 곤란과 과다 출혈로 흙빛이 된 코죠의 볼에 따뜻한 물방울이 떨어진 것은 그 직후였다.

정신을 차리고 보니 시즈리의 두 손에선 이미 힘이 빠져나가 있었다. 기가 센 시즈리의 표정이 일그러지더니 나이에 맞는 심약한 소녀의 맨얼굴이 드러났다. 넘쳐흐르는 눈물이 그녀의 볼을 타고 비가 되어 코죠에게 떨어져 내렸다.

"부탁이어요……. 제게는 당신에게 내놓을 만한 것이 달리 없어요……."

오열로 시즈리의 목소리가 떨렸다.

"저희 탓으로……, 성단과 이로와즈의 문제에 당신을 끌어들여놓고 멋대로 고집부리고 있다는 건 저도 잘 알아요. 하지만 부탁이어요. 조금만 더 힘을 빌려주시어요……."

힘없이 고개를 숙인 그녀를 코죠는 말없이 올려다보았다.

불순물 하나 섞이지 않은 순백색의 머리카락. 그 누구도 건드린 적 없는 눈처럼 새하얀 살결. 눈물로 엉망이 된 얼굴이 일그러져 있지만, 그래도 시즈리는 역시 아름다운 소녀였다. 아름다운 것은 그녀의 용모가 아니라 그녀의 영혼 그 자체다.

그녀는 자신을 위해서가 아니라 사로잡힌 6천 명의 이로와즈 주민을 위해 코죠에게 도움을 요청했다. 자신이 가짜 수녀기사임을 기억해냈음에도 불구하고 수녀기사로 있고자 하는 마음가짐을 잃지 않았다. 그러한 완고하고 서투른 삶의 형태가 코죠의 감시자인 또 다른 소녀의 모습과 겹쳐 보였다.

코죠는 웃음 섞인 한숨을 쉬며 그녀에게 살며시 손을 뻗었다. 그리고.

"냐앗!"

시즈리가 비명을 지르며 전신에 움찔 힘을 주었다. 코죠의 손이 시즈리의 양쪽 뿔을 건드린 것이다.

"어, 어딜 만지는 것이어요?!"

"역시 아름다워, 이 뿔. 매끄럽다고 할까, 마치 손에 달라붙은 듯한 감촉이야."

그렇게 말하며 코죠가 손가락 끝으로 시즈리의 뿔을 쓰다듬었다. 그때마다 시즈리가 크게 반응했다. 아무래도 그녀의 뿔은 뼈의 일부가 아니라 일각고래의 이빨처럼 예민한 감각기관인 모양이다.

"그, 그곳은 기척과 마력을 감지하는 감각기관이어요! 그렇게 거칠게 어루만지면──!"

코죠가 이번에는 각별히 주의를 기울여 시즈리의 뿔을 부드럽게 쓰다듬었다. 창피함과 간지러움이 뒤섞인 자극에 시즈리가 입술을 깨물며 필사적으로 버텼다. 그녀의 호흡이 얕고 빨라지면서 붉게 상기한 볼에 땀이 맺혔다. 이윽고 시즈리는 힘이 다한 듯 코죠의 위로 추욱 늘어졌다. 그녀의 전신이 움

찔움찔 경련하는 걸 본 코쵸는 너무 심했나 하고 반성했다.

다행히도 시즈리는 의식까지 잃은 것은 아니었다. 흰 머리를 넘겨 그대로 드러난 그녀의 귓가에 코쵸가 힘찬 미소를 머금고 속삭였다.

"이제 와서 섭섭하게 힘을 빌려달라는 말 하지 마, 팀장. 우리도 이미 이 일의 당사자야. 그 망할 교관을 날려버리고 모두 구하자. 히메라기도, 은래도의 주민들도."

"응."

시즈리가 약하게 고개를 끄덕였다. 코쵸가 그녀의 무방비한 흰 목덜미에 살짝 입술을 가져갔다. 그대로 드러난 뾰족한 이빨이 시즈리에게 닿았다. 땀에 젖은 피부가 찢어지며 선혈이 흘러나왔다.

"고마워요, 코쵸――."

마지막까지 이어지지 못한 그녀의 목소리를 들으며 코쵸는 그녀의 몸속에 이빨을 박아 넣었다.

5

시즈리가 의식을 잃은 시간은 고작 10분 정도에 불과했다. 자신이 여전히 코쵸의 몸 위에 엎드려 있다는 것을 알아차린 그녀가 황급히 몸을 일으켜 스스로 벗어 던진 상의를 긁어모았다.

루이가 날려버렸던 코쵸의 심장은 이미 재생이 끝나 있었다. '셋카로'에 의한 대미지도 사라졌다. 시즈리는 그것을 확인하고 안심한 듯이 한숨을 쉬었다.

"알 거라고는 생각하지만, 조금 전의 일은 누구에게도 발설하지 말아주시어요."

겸연쩍게 시선을 돌린 코죠를 향해 그녀가 처음으로 꺼낸 말은 이것이었다.

"조금 전? 처녀가 어쩌고 했던 이야기라면――."

"아니어욧! 당신과 제 해, 행위에 대한 것이어요!"

시즈리가 물어뜯을 듯한 기세로 코죠에게 호통쳤다. 아~, 하고 코죠가 나른하게 어깨를 으쓱했다.

"말 안 해. 그보다 카스코, 의외로 귀여운 속옷을 입고 다니는구나."

"주, 죽일 거야!"

옷깃 사이로 보이는 프릴 달린 브래지어를 감추며 시즈리가 검을 향해 손을 뻗었다.

"이 바보, 스톱. 진정해!"

코죠가 순수한 살기를 느끼고 뒤로 펄쩍 뛰며 물러났다. 그 순간, 코죠의 교복 주머니에서 무언가가 떨어졌다. 손아귀에 쏙 들어오는 전자기기다.

"그건……?"

시즈리가 검을 겨눈 채로 그 기계를 가만히 바라보았다. 약간 큰 지우개 같은 둥그런 직방체. 플라스틱 방범 버저였다.

"그러고 보니 이건 그 망할 교관에게 받은 거였지……."

집어 든 방범 버저를 바라보며 코죠가 눈살을 찌푸렸다.

이상하다고는 생각했다. 시즈리와 카코는 이토가미 섬으로 돌아온 코죠를 어떻게 그렇게 정확하게 추적할 수 있었는가. 루이 일행은 밀림 속에 있는 코죠의 위치를 어떻게 특정하였는가.

"혹시 방범 버저가 아니라 발신기였던 것인가요?"

"속였겠다, 망할 교관……!"

코죠가 방범 버저를 지면에 내동댕이치고 그대로 사정없이 짓밟았다. 싸구려 플라스틱 상자는 싱겁게 부서져 내부의 부품이 사방으로 튀어나갔다.

"우리가 이곳으로 도망간 것도 이미 알고 있다는 게 되나? 어서 이동하는 게 좋겠어."

"아뇨. 안타깝게도 이미 늦은 것 같아요."

무너진 벽 틈새로 밖을 내다본 시즈리가 말했다. 폐허로 변한 기지로 걸음을 옮긴 코죠도 그만 한숨을 쉬고 말았다.

기지를 둘러싼 황폐한 바위 더미에 수많은 사람 그림자가 모여 있었다. 대부분은 기업에 고용되어 은래도에 상주하고 있다는 **설정**의 경비원들이었다. 코죠가 아는 얼굴도 드문드문 섞여 있었다. 공마고전의 카르체리 탐색 팀이리라.

"카르체리 안에 있던 은래도 주민은 전부 모였다는 느낌인걸."

코죠가 진저리를 치며 말했다. 악령으로는 끝이 나지 않겠다고 판단한 카코가 그들을 보낸 것이리라.

실제로 효과적인 수단이었다. 제4진조의 권수는 너무나도 강력해서 대인 전투에서는 거의 도움이 되지 않기 때문이다. 사령을 태워버리는 것은 딱히 아무렇지도 않지만, 살아 있는 사람이 상대면 아무래도 주저하게 될 수밖에 없다. 그들이 조종당하고 있을 뿐이면 더더욱 그렇다.

"아까처럼 안개가 되어 도망갈 수는 없는 것인가요?"

시즈리가 코죠를 올려다보며 물었다. 기대에 찬 그녀의 눈동자를 보고 코죠가 작게 얼굴을 찡그렸다.

"아~……. 그거? 불가능한 건 아니지만, 그걸 써버리면 원래 상태로 돌아올 수 있을지 좀 애매하거든. 안 그래도 여긴 불안정한 공간이기도 하고."

"그런 위험한 능력에 절 끌어들였단 말이어요……?!"

시즈리가 코죠를 노려보며 할 말을 잃자, 코죠가 어색하게 시선을 돌렸다. 이곳에서 안개화 권수를 사용하면 밖에 있는 습격자들까지 확실하게 휘말리게 될 것이다. 코죠와 시즈리만이라면 몰라도 숙주인 코죠에게 적의를 품고 있는 자를 권수가 원래대로 재생해줄 거라고는 생각하기 어려웠다. 무차별적인 파괴와 살육이야말로 제4진조가 보유한 권수들의 본질이기에.

그렇다고 이대로 아무것도 하지 않는 것은 상황을 더욱 악화시킬 뿐이다. 습격자들은 이미 기지 포위를 완료했다. 강행돌파를 시도한다 하더라도 뭔가 물꼬가 필요했다.

"여기까지 오면 역시 위험한가……."

습격자 중에는 드물게 로켓런처와 기관포 같은 중화기를 장비한 자도 보였다. 그들의 집중포화를 뒤집어쓰면 코죠도 시즈리를 상처 없이 지켜낼 자신이 없었다.

"제기랄……!"

코죠는 이판사판으로 권수를 부를 각오를 굳혔다. 그와 거의 동시에 이변을 감지한 시즈리가 눈을 가늘게 떴다. 기지를 포위한 습격자들의 머리 위로 흰 연기를 내뿜는 포탄 몇 개가 날아올랐다. 전차에서 쏘아 올린 연막탄이다.

"뭐지……?!"

연기에 삼켜진 습격자들이 어째서인지 멍하니 움직임을 멈췄다.

갑자기 꿈에서 깨어난 듯한 그 모습은 코죠도 익히 본 모습이었다. 나노 시키가미의 주박에서 풀려난 시즈리가 양호실에서 보인 것과 같은 표정이다.

"코죠! 저것!"

"엑?!"

시즈리가 가리킨 방향으로 시선을 돌린 코죠가 작게 신음했다. 연막탄을 난사하며 접근해 오는 진홍색 유각 전차를 발견한 것이다.

「애인님! 카스코 님!」

외부 스피커에서 굵은 음성으로 변환된 리디아누의 목소리가 들려왔다. 육지거북과 닮은 유각 전차가 네 다리를 솜씨 좋게 움직이며 예상 밖의 속도로 바위 사이를 질주하고 있었다. 그 등에는 다리를 옆으로 모으고 다소곳하게 앉은 아사기의 모습도 보였다.

어안이 벙벙해진 습격자들이 그녀들의 진로를 막을 리도 없어서 유각 전차가 코죠 일행의 앞까지 도착하는 데에는 그리 많은 시간이 소요되지 않았다.

「두 분, 무사하셨습니까? 어찌 늦지는 않아 다행이옵니다.」

끼익끼익 관절을 울리며 진홍색 전차가 정지했다.

"너희도 이쪽으로 끌려와 있던 거냐……."

반쯤 멀뚱히 서서 코죠가 간신히 입을 열었다. 카코가 양호실에서 억지로 열어젖힌 '문'은 역시나 아사기와 리디아누를 전차까지 통째로 끌어들였다.

「그러하옵니다. 두 분을 찾아 이곳저곳 헤매고 다녔습니다. 그건 그렇고 이 은래도란 곳은 참으로 풍경이 아름다운 섬이군요.」

"이런 남국의 섬에서 몇 개월이나 지냈다니 걱정해서 손해 봤어. 얼마나 달콤한 나날을 보내셨을까?"

아사기가 시즈리에게 기대어 선 코죠를 반쯤 뜬 눈으로 노려보며 웃음기가 전혀 느껴지지 않은 인공적인 미소를 지으며 물었다. 코죠는 씁쓸하게 얼굴을 일그러트렸다.

"그럴 리 있냐. 내가 대체 몇 번이나 죽을 뻔했다고 생각하는 거야. 뭔지 모를 이상한 실습을 받질 않나, 성가시게 구는 감시자가 따라붙질 않나. 그리고 놀 거리도 전혀 없다고!"

"그런 이야기를 하고 있을 때가 아니어요. 그보다 방금 연기는 무엇이지요?!"

시시한 말싸움을 시작한 코죠와 아사기를 제지하며 시즈리가 물었다.

「ANN이옵니다.」

"……ANN?"

너무 단편적인 리디아누의 설명에 코죠가 미간을 찌푸렸다.

「안티(A) 나노 시키가미(N) 나노 시키가미(N)――. 나노 시키가미를 무효화하는 나노 시키마이이옵지요. 한 번 살포하면 지수함수형으로 자가증식하므로 반나절 정도만 지나면 이 세계에 존재하는 오리지널 나노 시키가미를 전부 무효화할 수 있을 것이라 사료됩니다. 먹이인 나노 시키가미가 사라지면 ANN도 자동 소멸하게 되며 부작용 또한 없으니 부디 안심해주십시오.」

"잘은 모르겠지만. 나노 시키가미의 천적이란 건가?"

코죠는 대강 알아듣고 고개를 끄덕였다. 역시 양호실에서 리디아누가 쏜 연막은 나노 시키가미를 무효화하면서 코죠 일행이 세뇌되는 걸 막는 물건이었다.

"단, 단순히 나노 시키가미를 박멸하는 것만으로는 은래도의 주민을 구하지 못해. 나노 시키가미는 어디까지나 보조 시스템일 뿐이지 결계 세계를 만들어낸 마술과는 별개거든."

아사기가 리디아누의 말에 보충 설명을 곁들였다. 그것은 코죠도 예상한 것이었다.

"결국은 결계 세계를 만들어낸 창조주를 직접 두들겨 패는 수밖에 없다는 건가."

"――그렇다면 다음이 내가 나설 차례인가?"

코죠 일행의 뒤에서 목소리가 들려오더니 대기가 아지랑이처럼 일렁거렸다. 그곳에 나타난 것은 푸른 기사에게 안긴 쇼트 헤어의 소녀였다.

"유마! 너도 무사했냐!"

청기사의 품에서 내려온 유마와 코죠가 하이터치로 인사를 대신했다. 이로써 유키나를 제외하면 양호실에 있던 사람은 전원 무사하다는 것이 확인됐다.

"나노 시키가미의 농도가 옅어지면서 창조주의 영향력이 약해진 덕분일까? 지금이라면 내 힘으로도 어느 정도는 이 세계를 자유롭게 이동할 수 있어. 너희가 가려는 곳은 이 지하 미궁의 최하층이야?"

"도약할 수 있는 거야?"

"입구까지라면 아마도."

깜짝 놀라는 코죠를 바라보며 유마가 약간 우쭐거리며 웃었다. 코죠와 시즈리는 서로의 얼굴을 마주 보고 굳게 고개를 끄덕였다.

"미안하지만, 우린 먼저 탈출할게. 이 세계가 붕괴하면 현실 세계 쪽도 나름의 준비는 필요할 거 아냐. 나노 시카가미가 완전히 활동을 정지하면 이런 대규모의 결계는 그렇게 오래 버티지 못해."

「흠. '히자마루'의 배터리도 슬슬 한계입니다.」

아사기와 리디아누가 저마다 현실적인 의견을 피력했다.

은래도는 곧 붕괴한다. 그것은 마가토키 카코도 인정한 사실이었다. 안티 나노 시키가미의 효과는 결계의 붕괴를 아주 살짝 앞당기는 것에 불과하다.

은래도가 붕괴하면 정확히 무슨 일이 벌어지는지 코죠 일행은 알지 못한다.

그러나 가령 6천 명이나 되는 사람이 갑자기 현실 세계에 내던져진다면 무언가 사전 대책이 필요하다는 것은 누가 봐도 자명했다. 그렇지 않으면 대참사가 벌어질 수밖에 없다. 게다가 안티 나노 시키가미의 살포를 끝낸 지금, 아사기와 리디아누는 이 세계에서 할 수 있는 일이 더는 없었다.

"알았어. 너희는 먼저 돌아가."

"미안. 그보다 너희도 빨리 돌아오도록 해."

「검무 님을 잘 부탁드리옵니다.」

어딘가 불안스레 말하는 아사기와 리디아누에게 걱정하지 말라며 코죠가 고개를 끄덕였다. 그래도 걱정스러운 표정을 짓고 있던 아사기는 문득 무언가를 떠올린 듯 고개를 들었다.

"그보다 코죠, 설마 너 나랑 히메라기가 없다고 유마나 카스가야 씨의 피를 빨 생각인 건 아니겠지? 추, 추잡해……!"

"대체 누가?! 더는 안 마셔!"

"**더는**……?!"

"유마, 부탁할게."

아사기가 이 이상 쓸데없는 말을 꺼내기 전에, 라는 뜻을 담아 코죠가 유마에게 두 손 모아 부탁했다.

정말로 어쩔 수 없다며 어이없는 웃음을 짓고 유마가 자신의 '수호자'에게 '문' 개방을 명령했다. 아사기는 그래도 끊임없이 코죠를 추궁했지만, 허공에 뚫린 공간의 흔들림에 집어삼켜져 곧 자취를 감추고 말았다. 이토가미 섬으로 귀환한 것이다.

"……당신의 친구는 멋진 분들이시네요."

소란스럽게 사라진 아사기와 리디아누를 배웅하며 시즈리가 즐거운 듯이 웃었다.

코쵸는 과연 어떨까 라며 지친 얼굴로 어깨를 으쓱였다.
"너랑도 친구가 될 수 있을 걸? 저쪽 세계로 돌아간다면 말이지만."
"……그럴 수 있으면 참 멋지겠네요."
어쩐지 쓸쓸하게 중얼거리는 시즈리를 코쵸가 의아하게 바라봤다. 그러나 고개를 숙인 그녀의 속내는 읽을 길이 없었다. 유마는 그런 코쵸와 시즈리를 잠시 동안 말없이 바라보았으나,
"가자, 코쵸. 진실이 기다리고 있어."
온화한 목소리로 그렇게 말하고는 카르체리의 심층부로 이어지는 '문'을 열었다.

6

자신을 왕이라 밝힌 소년이 떠난 예배당에서 유키나는 그저 멍하니 서 있었다.
은래도란 이름의 결계 세계의 핵에 예배당이 존재하는 이유가 어렴풋이 짐작됐다.
그것은 이 예배당이 은래도 창조주의 기억 속에 있는 원풍경(原風景)이기 때문이다.
예배당의 양식은 로타랭지아 정교의 것과 매우 흡사했다. 세부 의장이 다른 것은 그것이 성단이라 불린 이단 일파의 양식이라서일 것이다.
즉, 은래도의 창조주는 성단의 관계자다.

"…………."

유키나는 말없이 제단 위에 남은 나무함으로 다가갔다.

나무함 안에는 여성의 시신이 안치되어 있었다. 아름다운 모습 그대로 마치 잠든 듯 죽어 있는 여성은 유키나가 모르는 얼굴이었다. 20대 후반 정도로 보이는 젊은 여성이다.

흰 코트와 머리쓰개. 머리쓰개의 틈으로 보이는 것은 짧게 자른 **검은 머리**다.

그리고 그녀는 가슴에 비어 있는 장검의 검집을 안고 있었다. 검집의 폭은 평범한 검보다 넓었다. 특수한 물결을 그리는 칼날을 집어넣기 위해 제조된 것이리라.

"카스가야……, 시나코……."

머리쓰개 뒤에 자수된 글자를 읽은 유키나의 표정이 험악해졌다.

썩지 않고 아름다운 모습 그대로 남은 여성에게서 영혼의 존재는 느껴지지 않았다. 그녀는 확실히 죽어 있었다. 그것은 그녀가 은래도의 창조주일 리 없다는 사실을 증명했다.

은래도에 남은 성단 관계자는 앞으로 한 명──.

그 순간, 유키나는 은래도의 숨은 비밀을 전부 이해했다.

갈 길 없는 슬픔에 사로잡혀 그녀는 은색의 창을 꾹 쥐었다.

예배당 밖에서 폭발적인 마력이 부풀어 올라 은래도를 뒤흔든 것은 그 직후였다.

세계 자체를 찢어발기는 '절단'의 힘──.

제4진조가 부리는 권수의 마력이었다.

"오너라, '명희(冥姬)의 홍염(虹炎)(미네라우바 이리스)'——!"

코죠가 소환한 거대한 여기사(발큐리아)가 카르체리 제5층 결계에 무지개색 광검을 내리쳤다. 격벽같이 두꺼운 결계가 그 일격으로 산산이 조각나 사방에 흩어졌다.

참격의 여파로 카르체리 전체가 격렬하게 요동치며 제5층을 지탱하던 벽과 기둥이 무너져 내렸다. 파편에 휩쓸리는 걸 피해 코죠 일행은 황급히 동굴 안쪽으로 나아갔다.

"……설마 이런 형태로 카르체리 최심부에 들어가게 될 거라고는 생각 못 하였어요."

점차 붕괴해가는 동굴을 돌아보며 시즈리가 차게 식은 어조로 말했다.

코죠의 권수가 불러오는 대규모 파괴에도 슬슬 익숙해진 듯하다. 그녀의 목소리에서는 분노나 황당함이 아닌 체념이 배어 나오고 있었다.

동굴을 가로막고 있는 격벽 너머에는 돌 타일이 깔린 광장이 기다리고 있었다. 결코 넓지는 않다. 그런 주제에 반대편이 보이지 않아 대체 어디까지 가야 끝이 있을지 가늠하기 어려운——그런 기묘한 공간이었다.

격벽의 안쪽은 파편수의 소굴이라고 들었지만, 그곳에 파편수는 존재하지 않았다. 광장 중앙에 예배당처럼 생긴 작은 건물 한 채가 덩그러니 세워져 있을 뿐이다. 아무래도 그곳이 카르체리의 종점인 듯했다.

"미궁……, 카르체리라."

유마가 작게 중얼거렸다. 그녀의 목소리에서 어딘지 모르게 울적함이 느껴져 코쥬와 시즈리가 뒤를 돌아봤다.

"카르체리는 이탈리아어로 감옥이란 의미야."

"……감옥?"

코쥬와 시즈리가 서로 마주 보았다.

만약 이곳에 파편수의 소굴이 자리하고 있었다면 그 명칭에서 의아함을 느끼지는 못했을 것이다. 파편수를 가둔 우리라는 의미라면 카르체리는 오히려 무척이나 잘 어울리는 이름이었다.

그러나 이곳에 파편수는 없었다. 그들은 마가토키 카코가 조종할 뿐인 존재였으니 그것은 당연하다 할 수 있다. 그렇다면 감옥에 사로잡혀 있는 것은 누구란 말인가――.

코쥬의 질문에 답한 것은 어딘가 빈정거림이 내포된 웃음을 머금은 목소리였다.

"맞아. 감옥 속에 있는 것은 죄인이지."

옅은 안개가 깔린 시야 속으로 검은 드레스를 입은 마녀가 녹아내리듯이 나타났다. 마가토키 카코다.

"마가토키 교관……!"

시즈리가 즉시 검 손잡이로 손을 가져갔다. 임전태세인 시즈리를 바라보며 카코는 재밌다는 듯이 눈웃음을 쳤다.

"카코짱이라고 불러줘도 상관없는데."

"시끄러워, 망할 교관!"

코쥬가 카코에게 욕설을 뱉었다.

"네가 뒤에서 다 조종한 거지? 악령도 파편수도 은래도의 주민까지 전부……. 미야즈미랑 아마세가 우릴 공격하게 한 것도 바로 당신이잖아!"

코쵸가 카코를 노려보며 지적했다.

은래도에 뿌려져 있던 나노 시키가미에는 섬 주민의 기억을 빼앗고 그들의 의사를 조종하는 기능이 내장되어 있었다. 결계 세계를 유지하는 것만이 목적이라면 그런 기능이 필요할 리 없다. 즉, 나노 시키가미는 은래도를 창조하기 위해서가 아니라 **가로채기** 위해 이 섬에 반입된 것이다.

"은래도는 원래 좀 더 소규모의……, 이로와즈의 풍경을 재현했을 뿐인 평화롭고 작은 세계였던 거 아냐? 악령이나 파편수도 원래는 존재하지 않았어. 네놈들은 그걸 가로채서 지하 미궁이니 공마고전이니 하는 무서운 장소로 바꿔버린 거야."

"그것이 의뢰주의 요망 사항이었으니까."

카코는 전혀 미안해하는 기색도 없이 대답했다. 그녀의 말에 코쵸는 자신의 추리가 틀리지 않았음을 깨달았다.

"의뢰주……?"

"그래. 감옥 결계란 마술은 참 편리해. 부수거나 죽여도 몇 번이고 다시 시작할 수 있거든. 덕분에 의뢰주의 요망 사항을 쉽게 달성할 수 있었지."

카코가 칙칙한 색의 머리카락을 나른하게 빗어 넘겼다.

그녀가 코쵸의 질문에 성실하게 답해주고 있는 것은 딱히 친절함 때문이 아니었다. 진실을 알면 코쵸 일행이 더욱 상처 입을 것임을 알기에 말해주고 있는 것이었다.

"의뢰 내용은 네게 절망을 심는 것이었어. 팀의 동료들이 눈앞에서 차례차례 죽어가는 기분은 어땠지?"

"뭐……라고……?"

코죠가 낮게 신음했다.

눈앞에서 목숨을 잃은 루이와 오오쿠라야마의 모습이 뇌리에 떠올랐다. 마술로 재현한 일시적인 죽음이었어도 그들의 공포와 고통은 진짜였다. 그것이 코죠를 절망에 빠트릴 목적을 위해서만 준비된 것이라고 한다면 너무나도 무자비하고 잔혹한 방법이다.

그러나 동요하는 코죠를 바라보며 카코는 태연하게 웃었다.

"기억이 안 날지도 모르지만, 네가 동료를 잃은 건 한두 번 정도가 아니란다. 짧아도 3개월. 길게는 반년——긴 시간을 함께하며 마음을 터놓게 된 동료를 넌 몇 번이나 빼앗겼어. 그 상실감은, 절망은 네 영혼 깊은 곳에 새겨졌지. 세계를 향한 증오의 형태로 말이야."

"그런 걸 위해……, 겨우 그런 걸 위해……, 은래도를 이용한 거냐……!"

코죠가 카코를 노려보며 주먹을 쥐었다. 차마 억누르지 못하고 새어 나온 마력이 번개가 되어 주변을 휘감았다.

"루이 씨?! 유노 씨——?!"

그런 코죠의 옆에서 시즈리가 놀라서 숨을 삼켰다.

광장을 뒤덮은 안개 속에서 과거 카스가야 팀의 동료가 카코를 감싸며 나타난 것이다. 루이가 겨누고 있는 것은 저격총이 아닌 근접전용 권총 두 자루. 유노는 이미 프로텍터 글러브를 손에 끼고 있었다. 감정이 비치지 않는 그들의 눈동자는 시즈리 일행을 적으로 바라보고 있었다.

"표정 멋진걸? 카스가야 시즈리 카스티엘라."

무의식적으로 뒷걸음질 치는 시즈리를 바라보며 카코가 만족스레 고개를 끄덕였다.

그리고 카코는 이어서 세 번째 인물을 소환했다. 전신을 칠흑색 로브로 감싼 작은 체구의 그림자였다. 전에 카르체리에서 코죠 일행을 위기에 몰아넣은 정체불명의 적이다. 그자의 손은 검집에 넣은 한 자루의 장검을 쥐고 있었다.

"안타깝지만 은래도는 이제 한계야. 그러니 너희에게 마지막 절망을 주도록 할게. 진실이란 이름의 절망——이라고나 할까?"

장난기 어린 어조로 카코가 말했다. 동시에 로브를 입은 그림자가 검을 뽑았다.

검집에서 빠져나온 것은 불꽃처럼 파도치는 심홍색 날이었다. 그곳에서 방출되어 나온 충격파를 시즈리는 자신의 검으로 간신히 받아냈다. 그래도 미처 다 상쇄시키지 못한 충격이 시즈리를 비틀비틀 뒷걸음치게 만들었다.

"지금 공격……. 설마 '하우라스'의 마력 방출……?!"

공격을 받아낸 자세 그대로 선 시즈리의 목소리가 떨려왔다. 로브를 입은 그림자가 쥐고 있는 것은 시즈리의 것과 조금도 다르지 않은 심홍색 장검이었다. 베어낸 상대의 마력을 집어삼켜 위력이 증가하는 효과도 같다. 그것은 틀림없는 '하우라스'였다.

새로이 나타난 '하우라스'의 주인이 칠흑색 로브를 벗어 던졌다.

그 속에서 나타난 것은 시즈리와 완전히 똑같이 생긴 소녀였다.

순백색의 머리카락. 푸른 눈동자. 그리고 머리 측면에 돋은 비취색 뿔. 유일한 차이점이라면 그녀가 입은 교복이 검게 물들어 있다는 점일까. 마치 거울을 들여다보고 있는 듯한 또 하나의 자신의 모습에 시즈리는 어떠한 말도 하지 못했다.

"소개할게. 그녀가 바로 은래도의 창조주――**진짜** 카스가야 시즈리 카스티엘라다."

검은 시즈리의 뒤로 다가가며 카코가 말했다.

"진짜……, 나……. 시나코가 아니라 내가 은래도의 창조주라고……?!"

시즈리의 눈동자가 공포로 흔들렸다. **검은 시즈리**는 그것을 무감정하게 바라보았다.

코죠와 유마는 서로를 노려보는 두 사람의 시즈리를 말없이 지켜보았다. 그것을 본 카코가 의아하다는 듯이 눈썹을 추켜세웠다.

"아카츠키 코죠, 놀라지 않는구나? 아하. 이미 눈치채고 있었던 건가? 너희가 미나미야 나츠키의 제자라는 걸 잊고 있었어."

카코가 안타까워하며 어깨를 으쓱였다.

코죠는 아무런 대답도 하지 않았다. 카코의 말은 반만 정답이었다.

미나미야 나츠키가 사용하는 '감옥 결계'는 자신의 꿈속에 이세계를 구축하는 매우 특수하고 복잡한 마술이다. 그 마술의 성질상, 나츠키의 본체는 결계 안에서 쭉 잠들어 있어야만 했다.

즉, 코죠 일행이 평소 현실 세계에서 보고 있는 나츠키는 그녀가 마술로 만들어낸 분신이다.

그리고 은래도는 나츠키의 '감옥 결계'와 같은 종류의 마술이다. 그렇다면 은래도의 창조주 역시 나츠키와 마찬가지로 분신을 조종하고 있다고 해도 하등 이상할 것이 없었다.

관측 기지에서 시즈리의 피를 빨면서 코죠는 그녀의 정체를 알아차렸다. 나츠키와 같은 마녀인 유마는 좀 더 일찍 알아차렸을지도 모른다.

설령 마력으로 만들어낸 인형이라 할지라도 몸속에 실제로 피가 흐르고 생명력이 흐르고 있다면 흡혈 행위에는 아무런 문제가 없다. 따라서 피를 빨린 시즈리 본인은 알아차리지 못했다.

자신이 창조주의 분신이라는 사실을――.

"감옥 결계란 창조주가 꾸는 꿈 같은 것이지. 넌 꿈속의 등장인물이란다. 가짜 수녀기사――. 네 존재는 모조품 그 자체야."

시즈리를 비웃으며 카코가 말했다. 검은 시즈리가 자신의 분신을 향해 검을 내리쳤다.

"그리고 모조품은 너 하나가 아냐. 아마세 유노도 미야즈미 루이도, 은래도에 사는 모든 인간이 모조품이지. 그들이야말로 악령이야!"

"——?!"

검은 시즈리——창조주의 공격에 시즈리의 검이 날카로운 소리를 내며 밑동부터 부러졌다.

부러진 검을 쥔 채로 시즈리는 비틀비틀 뒤로 물러났다. 그녀의 표정에서 생기가 사라지고 푸른 눈동자는 초점을 맺지 못했다.

"넌 성단이——카스가야 시나코가 이로와즈의 피난민을 지키지 못했다는 사실을 인정하지 않았어. 그래서 자신만의 새로운 '마족 특구'를 만들어냈지. '하우라스'가 비축한 사성수의 마력을 사용해서."

창조주가 전의를 상실한 시즈리에게 검 끝을 돌렸다. 코죠는 그 칼날의 색을 알고 있었다. 한때 이토가미 섬의 상공을——그리고 '이로와즈 마족 특구'의 상공을 뒤덮은 불길한 빛. '타르타로스의 장미'의 꽃잎 색이다.

"이 은래도에서 너만은 언제나 아카츠키 코죠의 곁에 마지막까지 머물렀지. 하지만 그것도 이제 끝이야. 카스가야 시즈리 카스티엘라는 사라질 거야. 진짜 자신의 손에 살해당함으로써——."

공포를 조장하는 카코의 말에 시즈리가 나약하게 고개를 저었다.

그녀의 눈동자에 떠오른 것은 절망이었다. 믿고 있던 세계가 사실은 만들어진 것임을 통보받고 자신도 가짜라는 사실이 코앞에 들이밀어졌다. 그리고 바로 눈앞에 진짜 자신이 존재한다.

그런 상황에서 자아를 유지하는 것이 가능할 리 없었다.

루이가 움직임을 멈춘 시즈리에게 조용히 총구를 돌렸다.

무방비한 시즈리의 가슴에 조준을 맞추고서 방아쇠가 당겨졌다.

그러나 굉음과 함께 발사된 탄환은 시즈리에게 닿기 전에 무언가에 의해 튕겨 나갔다. 탄환을 튕겨낸 것은 시즈리의 눈앞에 나타난 거대한 금강석 결정이었다.

"——웃기지 마!"

코죠가 루이를 향해 점프했다. 루이의 권총이 연사하며 불을 뿜었다. 그 탄환은 코죠가 전신에 갑옷처럼 두른 미세한 금강석 결정에 모조리 가로막혔다.

코죠의 주먹이 루이의 턱을 포착하면서 루이는 그대로 뒤쪽으로 날아갔다. 친구가 상대이기에 코죠는 더더욱 힘 조절을 하지 않았다. 루이의 실력을 누구보다도 잘 알기 때문이다. 첫 기습에 실패하면 코죠의 실력으로는 루이를 상처 없이 쓰러트리지 못한다.

"동료를 잃으며 느꼈던 절망은 똑똑히 기억하고 있어. 하지만——."

착지한 코죠를 향해 유노가 호쾌한 돌려차기를 날렸다. 부츠로 강화한 그녀의 킥을 코죠는 교차시킨 두 팔로 받아냈다. 유노에게 한 걸음 다가가 타점을 어긋나게 하는 것도 잊지 않았다. 다름 아닌 유노 본인에게 훈련받으며 몇 번이나 배운 방식이다.

"내가 은래도에서 배운 건 절망만이 아니었어. 덕분에 평범하게 살아갔다면 만날 일도 없었을 이 녀석들과 친구가 됐어. 공마사 훈련도 꽤 신선하고 재밌었다고."

사납게 웃는 코죠의 모습을 시즈리가 놀란 눈으로 바라보고 있었다. 코죠는 내심 기가 막혔다. 루이와 유노가 원래 상태였다면 몰라도 조종당하고 있을 뿐인 지금의 그들에게 코죠가 질 리 없다. 설령 꿈속의 일이라지만, 그들과 함께 보낸 시간은 가짜가 아니었다.

공중에서 빙글 회전한 유노가 좌우 손바닥을 쭉 내밀었다. 그녀가 가장 자신 있어하는 변칙적인 타격기. 호왕권 4번 '조성'——.

"그 움직임도 다 안다고! 카스가야 팀의 짐꾼을 무시하지 마!"

코죠가 마력을 띤 주먹으로 유노의 공격을 쳐냈다. 내동댕이쳐진 유노의 작은 몸이 지면에서 튕겨 올랐다.

"코, 코죠……?!"

시즈리는 경악하며 굳어버렸다. 설마 코죠가 루이와 유노를 압도할 것이라고는 꿈에도 생각 못 한 것이리라. 코죠는 한숨을 쉬며 멍청히 서 있는 시즈리에게로 몸을 돌렸다.

"너도 언제까지 그런 우중충한 얼굴을 하고 있을 거야!"

"우냐앗!"

코죠에게 뿔을 잡힌 시즈리가 등을 쭉 뻗으며 얼빠진 비명을 질렀다.

"네 몸은 마력으로 실체화한 가짜일지도 모르지만, 네 인격까지 가짜라고 정해진 건 아니잖아! 내가 아는 카스가야 시즈리는 오직 너뿐이야. 그 누구도 그걸 부정하게 두지 않겠어! 설령 꿈속이라 하더라도 필사적으로 살아온 네 인격이 모조품이고 그냥 꿈을 꾸고 있을 뿐인 녀석이 진짜라니, 어떻게 그렇게 단언할 수 있어?!"

시즈리의 머리쓰개에 두 손을 집어넣은 채로 코쥬가 그녀를 들여다보았다.

넋이 빠져 있던 시즈리의 눈동자에 다시 생기가 돌아왔다.

"남을 구하기 위해 만들어낸 이 세계를 넌 좀 더 자랑스럽게 여겨도 돼. 쓸데없는 절망을 만들어내기 위해 그걸 이용하는 녀석은 내가 없애주마!"

코쥬가 시즈리에게서 손을 뗐다. 그러나 시즈리는 비틀거리지 않았다. 그녀는 자신의 두 다리로 다부지게 서서 자신의 본체인 창조주를 노려보았다.

후훗. 만족스러운 웃음을 흘린 것은 그때까지 방관하고 있던 유마였다. 과거에 비슷하게 자기 자신을 잃었다가 코쥬에게 설파당한 자신을 시즈리에게 겹쳐 보고 있는 것일지도 모른다.

코쥬가 돌아보며 카코를 노려봤다. 대담하게 한쪽 입술을 끌어 올리며 이빨을 드러냈다.

"자, 시작할까. 망할 교관——. 이제부터는 제4진조의 전쟁이다!"

코쥬의 시선에 관통이라도 당한 듯이 큭 하고 카코의 표정에 경련이 일어났다.

그건 극히 찰나에 불과한 변화였다. 그러나 그 한순간, '봉마의 마녀'는 확실히 여유를 잃었다. 그리고 마치 그것을 부끄럽게 여기기라도 하는 듯, 카코가 대규모의 마술을 발동시켰다.

거대한 마법진에서 파편수——카르체리를 배회하는 숙주 없는 권수들이 나타났다.

그러나 그 불길한 괴물들은 은색 섬광에 의해 찢어져 산산이 흩어졌다.

파괴된 것이 아니라 소멸한 것이다. 마치 처음부터 존재하지 않았던 것처럼 파편수를 만들어내는 마력이 사라졌다. 파편수를 쓰러트린 섬광의 정체는 작은 체구의 소녀가 쥔 은색 창이었다.

"아뇨, 선배. **우리들의** 성전입니다——!"

하얀 안개 속에서 나타난 히메라기 유키나가 고요한 공기를 두르고 카코를 위엄 있게 노려보았다.

7

"히메라기, 미안하다. 늦어버렸어."

유키나를 바라보며 코죠가 짧게 말했다. 사과도 되지 못하는 무뚝뚝한 말.

"네. 저도 탈출에 시간이 걸려버렸어요."

유키나도 짧게 대답했다. 코죠가 이곳에 도달하기까지 얼마나 많이 다치고 무모한 짓을 반복했는지 훤히 알고 있다는 듯한 목소리였다.

굳이 말을 나누지 않아도 서로를 잘 이해하고 있는 두 사람의 태도를 보며 유마는 쓴웃음을 지었고 시즈리는 아연실색한——혹은 어이없어하는 표정을 지었다.

“이번 일은 저도 조금 화가 나 있어요.”

유키나가 카코에게 냉랭한 시선을 던졌다.

카코는 당장에라도 혀를 찰 듯한 표정이었다. 유키나가 드러내놓고 분노하는 이유에 짐작 가는 곳이 있는 것이리라.

유키나가 뒤쪽 공간을 향해 아무렇게나 창을 휘둘렀다. 눈부신 섬광이 한줄기의 궤적을 그리며 광장 중앙에 있던 예배당과 안개에 뒤덮인 공간을 갈랐다.

유키나의 창 본래의 위력은 아니었다. ‘셋카로’의 능력은 마력을 무효화하는 것, 그리고 결계를 베어내는 것이다. 공간 그 자체를 가르는 위력은 원래 있을 수 없다.

그러나 이곳은 마력으로 구축된 이세계였다. ‘셋카로’가 가진 마력 무효화 능력은 이곳에서 세계 그 자체를 없애는 힘과 같은 의미로 작용했다.

“감시자인 제 눈을 속이고 아카츠키 선배를 납치한 것, 가짜 절망을 만들어 선배에게 상처를 주려 한 것, 그리고 이 순간에 이르러서까지 계속 카스가야 씨를 속이고 있다는 것까지!”

유키나가 창을 휘두를 때마다 옅은 안개가 흩어지며 안개에 가려져 있던 세계의 모습이 차츰 드러났다.

누구도 찾아온 적이 없다고 한 카르체리 최심부. 제7층.

돌이 깔린 광장 너머에 꽃이 핀 녹색 대지가 있었다. 그리고 그 완만한 경사면에 수많은 사람이 눈을 감고 누워 있었다. 그 수는 족히 5천 명은 넘어 보였다.

매장을 기다리는 시체 같은 모습이었지만, 그들의 편안한 표정을 보고 코죠는 알아차렸다.

그들은 잠들었을 뿐이다.

꿈을 꾸며, 그저 계속 잠들었을 뿐이다——.

"은래도의 주민은 악령 따위가 아닙니다. 그들은 카스가야 씨와 똑같아요. 은래도 가장 깊은 곳에서 쭉 꿈을 꾸고 있었어요."

결계를 전부 파괴한 유키나가 마지막으로 은색 창을 지면에 박아 넣었다.

카코는 어딘가 지긋지긋한 표정으로 이마를 짚고 있었다. 그래도 그녀는 유키나의 말을 부정하지 않았다.

6천 명이나 되는 피난민을 이로와즈의 붕괴에서 구하기 위해 성단은 '감옥 결계' 술식을 사용해 '결계 세계'로 사람들을 이동시켰다.

아마도 '감옥 결계' 술식 자체는 카스가야 시나코가 준비했을 것이다. 시즈리는 술자인 시나코의 유지를 이어받아 마력 제어와 결계의 유지를 담당하고 있었을 뿐이다.

그러나 술자인 시나코의 죽음으로 인해 시즈리는 '결계 세계'를 해제해 사람들을 해방하는 것이 불가능해졌다. 6년이나 되는 세월 동안, 은래도는 그렇게 이세계 속에서 계속 방황하게 된 것이다.

그러한 은래도를 발견해 자신의 목적을 위해 나노 시키가미로 섬을 탈취한 자가 바로 '봉마의 마녀' 마가토키 카코다.

"카스가야 씨가 한 일은 헛되지 않았어요. 그녀는 이로와즈의 피난민을 구했습니다. 성단의 수녀기사로서."

유키나의 발치의 지면에 균열이 달리며 은래도의 대지가 한층 격렬하게 진동했다.

아사기와 리디아누가 뿌린 안티 나노 시키가미의 증식과 유키나가 결계를 파괴한 것으로 인해서 세계의 붕괴가 가속된 것이다. 결계 세계를 해방하는 데 필요한 조건은 이제 하나——창조주인 시즈리의 각성뿐이다.

"그랬던……, 것이군요."

시즈리의 입술에서 한숨이 흘러나왔다. 이윽고 그것은 웃음소리로 바뀌었다.

고압적으로 보일 정도로 성실하고, 건방져 보일 정도로 올곧으며, 달리 도리가 없을 만큼 사람이 좋고, 남을 잘 돌보는, 평소와 똑같은 카스가야 시즈리의 목소리였다.

"설령 꿈속이라 해도 저는 저이어요——. 하지만, 계속 잠만 자는 것에도 슬슬 질리네요. 제 손으로 직접 당신을 두들겨 패서라도 꿈에서 깨워드리겠어요!"

시즈리가 두 손으로 검 손잡이를 굳게 쥐었다. 밑동부터 부러졌던 장검이 심홍색 빛에 휩싸이며 원래 형태대로 복원됐다. 은래도의 정체는 창조주가 꾸는 꿈이다. 그것은 즉, 창조주의 분신인 시즈리의 의사가 그대로 현실이 되는 세계이기도 한 것이다. 세계에 대한 시즈리의 간섭력은 지금 바야흐로 창조주의 힘을 뛰어넘었다.

"이거야 원. 살짝 실수했나? 모처럼 좋은 실험장을 손에 넣었다고 생각했는데 말이야."

카코가 나른하게 목을 내저었다. 코쵸 일행에 대한 사과는 없다. 물러날 때를 오판한 반성은 해도 저항을 포기하고 항복할 생각은 털끝만큼도 없는 것이리라.

실험장이란 말이 그녀의 위치를 정확히 드러내고 있었다. 그녀는 LCO의 전 간부다. 자신의 연구를 위해서라면 어떠한 범죄도 꺼리지 않는 독선적인 LCO 마도사들의 습성을 그녀도 충실히 계승하고 있었다.

"그럼 난 이쯤에서——라고 하고 싶지만, 도망치게 놔줄 리 없겠지?"

허공에서 꺼낸 마도서를 펼치며 카코는 무자비한 미소를 지었다.

그녀의 마술이 발동함과 동시에 창조주——검은 교복을 입은 시즈리의 검에서 흉흉한 마력이 뿜어져 나왔다. 그것은 그들의 머리 위에서 소용돌이를 이루며 거대한 짐승의 모습으로 변해갔다. 총 길이가 수십 미터에 달하는 세 개의 머리를 가진 맹견. 불꽃에 휩싸인 칠흑색 파편수였다.

"파편수……?! 이 마력은 뭐지……?!"

미친 듯이 날뛰는 칠흑색 맹견을 올려다보며 코쵸의 눈빛이 험악해졌다.

마녀가 사역마로 소환할 수 있는 규모의 환수가 아니다. 진조의 권수에도 필적하는 막대한 마력. 코쵸는 이것과 매우 닮은 존재를 알고 있었다.

"그랬나……. 파편수의 정체는 타르타로스 라프스의 '장미' 권수였던 건가!"

경악에 찬 코죠의 말에 카코가 웃으며 고개를 끄덕였다. 카스가야 시나코가 목숨을 걸고 '하우라스' 안에 봉인한 사성수의 마력을 카코가 멋대로 불러내 파편수란 이름으로 조종하고 있었던 것이다.

"낮과 밤, 삶과 죽음, 꿈과 현실……. 그녀의 본래 힘은 세상의 경계에 존재하는 것을 조작하는 것이야. 따라서 그녀는 황혼을 관장하는 '*봉마의 마녀'라 불리고 있지."

유마가 그렇게 말하며 코죠의 앞으로 걸어 나왔다.

그녀의 등 뒤로 얼굴 없는 청기사가 출렁이며 떠올랐다. 유마의 임무는 LCO의 잔당 사냥이다. 그녀의 당초 목적은 카코를 붙잡는 것이다.

"정답이야, '창의 마녀'. 숙주가 존재하지 않는 권수나 사령 부류는 본래 내 충실한 부하들이거든."

카코가 불쾌하다는 듯이 눈을 가늘게 떴다. 동격의 마녀인 유마가 자신의 '수호자'에게 명령해 카코의 공간제어를 방해하고 있다는 것을 알아차린 것이다.

유마를 쓰러트리지 않는 한, 카코는 은래도에서 빠져나갈 수 없게 됐다. 날뛰는 파편수를 풀어서 그 틈에 도주하려던 카코의 작전은 미수로 끝나버렸다.

그렇다면 카코가 다음에 취할 행동은 하나뿐이었다.

*봉마의 마녀: 낮과 밤의 경계인 시간은 일본어로 '逢魔が時(오우마가토키/봉마시)'라 하는데, 이 말에는 '마물과 마주치는 때'라는 속뜻이 담겨 있음.

"'황혼(크리퍼스큘)'!"

카코가 자신의 '수호자'를 불러냈다. 전신에 검은 안개를 두른 해골 모습인 악마의 권속이었다. 손에는 사신이 연상되는 거대한 낫을 들었다. 황혼 무렵에 나타난다는 악마와 닮은 그 괴물은 '봉마의 마녀'의 '수호자'에 어울렸다.

"코죠, 소환수 상대는 맡길게. 그녀는 내가 맡겠어——!"

유마가 청기사에게 공격을 명령했다. 허공을 가른 청기사의 검이 텅 빈 공간에 빨려 들어가더니 카코의 뒤쪽 공간에서 칼날이 출현했다. 공간제어를 응용한 기습공격이다. 어떠한 달인도 예측할 수 없는 그 일격을 카코는 어마어마한 반응속도로 피해냈다.

"……윽?!"

연이어 펼친 '황혼'의 낫 공격을 청기사는 간신히 받아냈다. 자세가 크게 무너진 청기사에게 카코의 '수호자'가 맹공을 가했다.

"'셋카로'!"

위기에 몰린 유마를 원호하기 위해 유키나가 옆에서 카코의 '수호자'에게 공격을 가했다. 그러나 사신은 그것마저 가뿐히 흘려보내고는 오히려 유키나에게 달려들었다.

마치 미래를 내다보는 듯한 움직임으로 유키나가 공격을 막았다. 한순간 앞의 미래를 보는 사자왕 기관 검무의 특수 능력이다. 그러나 미래시의 능력을 가지고도 카코의 '수호자'를 전부 포착하는 것이 불가능했다. 육안으로는 인식도 못 할 정도인 '황혼'의 무시무시한 참격을 유키나와 유마는 둘이서 간신히 버텨냈다.

코죠 역시 유키나와 유마를 원호할 만한 여유가 없었다.

계속 잠들어 있는 6천 명의 피난민의 바로 위에서 칠흑색의 파편수가 날뛰고 있는 것이다.

카코의 원래 계획은 파편수가 피난민을 공격하게 해서 그 틈에 도주하는 것이었다. '신양(神羊)의 금강(金剛)(메사르트림 아다마스)'과 '쌍각(雙角)의 심비(深緋)(알나슬 미니움)', 그리고 '마갈(磨羯)의 동정(瞳晶)(다비 크리스탈로스)'——. 코죠는 비교적 방어에 뛰어난 권수를 셋이나 불러내 파편수에 대항했다. 하지만 그래도 피난민에게 미칠 피해를 막는 것만으로도 힘에 부쳤다. 파편수가 지닌 세 개의 머리가 번갈아 뿜어대는 불꽃 탓에 도무지 반격의 기회를 잡을 수 없었다. 남을 괴롭히는 것이 능숙한 카코다운 수법이었다.

"유마 씨! '봉마의 마녀'가 가진 책은 아마 시간제어 술식의 마도서일 거예요!"

사신의 공격을 버텨내며 유키나가 '흡혈왕'에게서 들은 정보를 전달했다.

"시간제어 술식?! 그렇군, 자기 가속이야——!"

유마의 눈동자에 이해의 빛이 떠올랐다.

타인을 조종하는 것에 특화된 카코의 '수호자'는 절대 전투형이라고는 보기 어려웠다. 이렇게까지 일방적으로 공격하고 있으면서도 아직도 유마와 유키나를 쓰러트리지 못한 것이 그 증거다.

카코의 '수호자'를 위협적인 존재로 끌어올리고 있는 것은 저 압도적인 속도——그것이 마도서에 의한 것이라는 사실만 알아내면 대항책을 세우는 것은 어렵지 않다.

"'창(루 블루)'!"

'수호자'와 함께 사라지는가 싶던 유마가 카코의 머리 위에서 나타났다. 유마는 공중에서 팔을 내려치며 팔 끝에서 보이지 않는 충격파를 쏘았다.

완전한 사각에서 이루어진 기습이었지만, 그것은 너무나도 쉽게 카코의 사신에게 저지되었다.

"공간 도약(텔레포트)과 공간의 뒤틀림으로 만들어내는 충격파인가? 꼭 미나미야 나츠키의 열화 버전 복제품 같은걸? 이런 빌려온 힘으로 날 붙잡을 수 있을 것 같아?"

카코가 도발적인 어조로 유마에게 말했다. 유마는 다시 한 번 공간 도약으로 이동해 카코에게서 거리를 벌렸다. 얼핏 보면 유마의 공방은 완전히 무의미해 보였다. 괜히 마력만 소비했을 뿐이다. 그러나.

"빌려온 힘이란 건 부정하지 않겠지만 틀렸어, 마가토키 카코."

유마가 발치 지면에 손을 짚었다. 돌바닥 위로 마력을 흘려보내자 바닥 표면 일부가 변색되었다.

그리고 이내 정연하게 늘어선 문자의 나열이 떠올랐다. 마도서에 기록된 문자열이다.

"내 힘의 진짜 주인은 미나미야 스승님이 아닌 토코요기 아야다——. 마가토키 카코, 당신의 마도서, **잘 봤어**!"

완전히 실체화한 문자열이 강렬한 마력의 파동을 흩뿌렸다.

마도서란 긴 세월과 사람들의 강한 사념에 의해 책 자체가 마력을 지니는 것에 이른 '힘을 가진 서적'이다. 문장을 옮겨 적었다고 해서 힘이 발휘되는 그런 것이 아니다.

그럼에도 불구하고 유마가 그린 문자열은 카코의 마도서와 동일한 파동을 발산했다.

"마도서를 복사했어?! 그렇구나, 넌 '서기의 마녀'의 딸……!"

카코의 표정이 초조함으로 일그러졌다. '서기의 마녀'라 불리는 유마의 어머니――토코요기 아야의 능력은 기억 속에 있는 마도서를 재현하는 것이다.

복제한 시간제어 술식으로 유마가 카코의 마술을 상쇄하자 가속 상태에 있던 카코의 '수호자'가 본래의 시간 흐름으로 돌아왔다.

"사자의 신자인 타카가미의 검무가 기원하오니――."

순간의 틈을 놓치지 않고 유키나가 춤췄다. 그녀의 입술에서 엄숙한 축언이 흘러나왔다. 폭발적인 영력이 은색의 창에 흘러 들어가며 내부에 각인된 술식이 그것을 한층 더 증폭시켰다.

"파마의 서광, 설하의 신랑, 강철의 신위로써 제게 악신 백귀를 토벌할 힘을 내리소서!"

마력을 무효화하는 유키나의 창이 섬광으로 변하여 카코의 '수호자'를 꿰뚫었다. 악마의 권속에게서 흘러들어오는 고통이 역류하여 무시무시한 비명이 울려 퍼졌다.

그 순간, 카코에게 조종당하던 파편수가 공격을 멈췄다. 계속 반격할 기회를 엿보던 코죠에게 그것은 바라마지 않던 한

순간이었다.
"오너라, '사자의 황금'——!"
코죠가 새로 불러낸 권수가 번개로 변해 칠흑빛의 파편수를 뚫고 지나갔다.
터져나간 파편수의 육체는 무수한 검은 장미꽃잎이 되어 허공을 춤추더니, 이윽고 가루가 되어 공중에 흩어졌다.
"끝이다, 망할 교관……."
고통스러운 표정으로 쓰러져 있는 카코를 돌아보며 코죠가 거칠게 숨을 토했다. 유키나와 유마도 그런대로 무사했다. 둘 다 꽤 지치기는 했지만 눈에 띄는 상처는 보이지 않았다.
그러나 코죠가 안도할 틈도 없이 은래도의 대지가 흔들리기 시작했다.
결계를 지탱하고 있던 거대한 마력의 소멸로 드디어 붕괴가 시작된 것이다.
"깨어날 시간이어요. 시즈리."
코죠 일행이 마른침을 삼키며 지켜보는 속에서 시즈리가 창조주를 불렀다.
서로를 향해 검을 겨누고 있는 흰 머리의 소녀. 두 사람의 자세는 마치 거울을 보고 있는 것처럼 완전히 똑같았다.
그녀들은 신중하게 거리를 좁히고 동시에 검을 쳐들었다.
그 순간, 흰 교복을 입은 시즈리의 입에서 조용한 기도문이 흘러나왔다.
"——그 이빨은 우리의 어둠을 찢는 빛. 그 숨결은 마를 털어내는 불꽃. 그대의 이름은 화염을 집어삼키는 뱀. 성녀의 영혼에서 태어난 불멸의 칼날이어라."

성례병장 '하우라스'의 진정한 소유자, 성단의 수녀기사에게만 허락된 기도문이었다. 시즈리가 그것을 자신의 의지로 처음 입에 담은 순간, 창조주——또 한 명의 시즈리의 눈동자가 희미하게 떨렸다.

먼저 움직인 것은 어느 쪽의 시즈리였을까——.

그녀들이 검을 내리치자 두 사람의 모습이 겹치며 하나의 그림자가 되었다.

그 순간, 코죠의 시야가 새하얗게 물들었다.

발밑의 대지가 소멸하면서 부유감이 몸을 휘감았다.

강렬한 현기증과 두통이 덮쳐왔다. 언제까지고 끝없이 떨어져 내려가는 듯한 감각.

은래도가 기나긴 꿈에서 깨어나려 하고 있었다.

두 시즈리의 모습은 더이상 보이지 않았다. 그녀들의 싸움 결과도 알지 못한다.

그러나 덮쳐온 충격으로 의식을 잃기 직전, 코죠는 분명 시즈리의 목소리를 들은 듯한 기분이 들었다.

저의 승리여요——라고.

종장
Outro

카스가야 시즈리 카스티엘라는 병원 휴게실에서 우뚝 서 있었다.

그녀의 눈앞에 있는 것은 자판기다. 커다란 액정 디스플레이에 유명 커피 체인점의 로고가 들어간 다양한 음료수의 사진이 줄지어 떠 있었다. 그러나 기계를 조작하는 법을 모르겠다. 이곳이 시즈리에게는 낯선 이국이어서인지, 혹은 그녀가 잠들어 있던 6년 사이에 기계 체계에 큰 변화가 있었던 것인지, 그것도 아니라면 이 자판기가 불친절할 뿐인지 도무지 알 수가 없다. 아무리 생각해도 세 번째가 정답이어요, 라며 시즈리는 원한이 담긴 시선으로 자판기를 노려보았다. 그러자.

"안녕. 만나서 반가워. 혹시 무슨 문제 있어?"

누군가가 갑자기 말을 걸어서 시즈리는 경계하며 뒤를 돌아보았다.

생글생글 친밀한 미소를 띤 잠옷을 입은 작은 체구의 소녀가 서 있었다. 크고 동글동글한 눈에 귀여운 생김새. 긴 머리는 뒤로 짧게 올려서 하나로 묶어 내렸다.

"네, 네……. 이 기계에서 음료수를 살 수 있다고 들었는데요……."

약간 망설이며 시즈리가 대답하자 소녀는 공감한다는 듯이 깊게 고개를 끄덕였다.

병원 안이기도 해서 시즈리는 머리쓰개를 쓰지 않았다. 머리에 뿔이 돋은 걸 봤을 텐데도 소녀에게서는 그걸 신경 쓰는 낌새가 전혀 보이지 않았다.

"이 자판기 사용법이 좀 까다로워. 일단 카드를 센서에 대면 마실 상품을 선택할 수 있어. 마시고 싶은 음료랑 크기를 고른 다음에 마지막에 결정 버튼을 누르면 돼. R이랑 L은 레귤러랑 라지고 이쪽 버튼으로는 토핑을 고를 수 있어."

"그, 그렇군요."

소녀의 설명은 빨랐고 수다스러웠지만, 이상하게도 귀에 쏙 들어왔다. 아직 앳된 모습이 남아 있는 겉모습과는 반대로 머리가 좋은 아이일 것이라고 시즈리는 생각했다.

소녀의 설명에 따라 터치패널식 디스플레이를 조작하자 조금 전에 느낀 난감함이 거짓말이라도 되는 듯 너무나도 간단히 음료가 나왔다. 핫 밀크티다.

"고마워요. 친절함에 감사드리어요."

"아냐아냐. 천만의 말씀."

생글생글 웃으며 소녀도 자판기를 조작했다.

그녀가 고른 것은 생크림을 잔뜩 올린 초콜릿 드링크였다. 자신도 그쪽으로 할 걸 그랬다고 시즈리는 속으로 몰래 부러워했다.

"도움이 돼서 다행이야. 나도 처음에는 고생했거든."

"당신도 입원 중이신가요……?"

깊게 생각하지 않고 질문한 뒤, 눈치 없는 질문을 해버렸다고 즉시 후회했다. 그러나 소녀는 특별히 신경 쓰는 기색도 없이 그렇다고 대답하고는 과장되게 추욱 늘어졌다.

"조금 있으면 한 달이 되나? 영력 소모가 극심했을 뿐 딱히 어디가 아픈 건 아닌데 말이야. 우리 오빠가 과보호가 좀 심하거든. 덕분에 심심해 죽겠어."

"알 것 같아요. 저도 이번 주 내내 검사만 받았거든요. 6년이나 계속 잠들어 있었으니 어쩔 수 없다고는 하지만 지긋지긋하여요."

소녀의 말에 이끌려 시즈리가 그만 사정을 말해버렸다.

그녀를 포함한 6천 명이나 되는 사람들이 은래도에서 해방된 것은 그저께의 일이다.

그만한 수의 난민이 한 번에 몰려오면 보통은 엄청난 혼란에 빠질 테지만, 아이바 아사기의 사전 준비 덕분에 눈에 띄는 소동은 벌어지지 않고 끝났다. '죄악 신의 방주'라 불리는 인공 섬으로 이루어진 광대한 군도가 둘러싸고 있는 덕분에 토지가 남아돌고 있었다는 사정도 한몫 했을지 모른다.

난민 대부분은 건강에 이상이 없었고 정신적인 동요도 그리 크지 않았다.

단 한 명, 극심하게 수척해져 있던 시즈리만이 그날 중에 병원으로 이송되어 이렇게 끊임없이 검사만 받게 된 것이다.

6년. 시즈리가 한 말을 따라 말하며 소녀가 먼 곳을 바라보는 표정을 지었다.

"그렇구나……. 실은 내 친구 중에도 계속 잠들어 있는 아이가 있어……. 그 아이랑 이야기하고 싶은 게 참 많아서 깨어나기를 쭉 기다리고 있는데 말이야."

소녀의 말에서 경솔하게 발을 들이밀 수 없는 고뇌와 슬픔이 느껴졌다. 시즈리는 이 소녀가 어쩌면 자신보다 더 기괴한 경험을 했을지도 모른다고 무의식적으로 느꼈다.

그러나 소녀는 곧 밝게 웃으며 슬픈 빛을 떨쳐냈다.

"그래도 고마워. 덕분에 희망이 생겼어."

"아니어요. 저기, 저도 소중한 친구에게 도움을 받았어요."

소녀를 격려하기 위해서라기보다는 어쩐지 변명하는 듯한 기분으로 시즈리가 말했다.

"앗, 정말? 어떤 사람인데?"

예상 밖의 기세로 소녀가 물고 늘어졌다. 오랜 기간 입원해 있어서 지루해 죽겠다는 말은 아무래도 정말인 듯했다.

시즈리는 그녀의 기백에 약간 압도되어 머릿속에 소중한 친구의 얼굴을 떠올렸다.

"한마디로 표현하자면 손이 많이 가는 남자여요. 덜렁이에 무례하고 둔감한 데다가 난폭하기까지 해서 잠시만 눈을 떼면 바로 귀찮은 일을 벌이고……. 그러니 제가 두 눈을 똑똑히 뜨고 감시하고 있어야 하여요!"

"그, 그렇구나……."

소녀는 어딘가 복잡한 표정을 지으며 힘없이 신음했다. 그러더니 세상에는 비슷한 사람이 있는 법인가 보다며 어쩐지 달관한 듯한 말투로 혼자 중얼거렸다. 그녀와 가까운 인물 중에 그 남자와 비슷한 성격인 자가 있는 것 같다. 이 소녀도 참 고생이 많겠다며 시즈리가 공감한 그때.

"그래도 좋아하는구나?"

"네……?!"

소녀의 갑작스러운 지적에 시즈리는 격렬하게 기침을 했다.

"조, 좋아해……?! 아, 아뇨……. 그렇지 아니하여요! 저에 한해서는 결단코 그런 일은 있을 수 없어요. 그때는 그야 만지게 두긴 했지만, 그건 그 남자가 억지로……."

시즈리가 머리를 감싸 쥐며 웅크려 앉았다. 자신의 의사와는 반대로 시즈리의 얼굴이 새빨갛게 달아올랐다. 풋풋한 시즈리의 반응을 소녀가 흥미진진하게 들여다보았다.

그때 소녀가 '어라?' 하며 고개를 갸웃거렸다. 그녀의 시선은 시즈리의 발치에 놓인 토트백을 향해 있었다. 가방의 내용물은 비닐에 담긴 새 옷이었다. 갈아입을 옷이 없으면 불편할 거라며 아사기가 신경 써서 가져와준 것이다.

"어라? 이 교복——."

"다음 달에 전학 가게 될 학교의 교복이어요. 편입 수속과 시험은 이제부터 준비해야 하지만요. 아마 이름이 사립 사이카이 학원이라고……."

"엇, 정말?! 몇 학년?"

소녀가 깜짝 놀라 몸을 내밀었다. 시즈리는 약간 겁이 나 몸을 뒤로 빼며 말했다.

"주……, 중등부 3학년이어요."

"후후후. 그렇구나. 그럼 내 쪽이 선배네. 아카츠키 나기사야. 잘 부탁해."

기쁘게 웃으며 잠옷을 입은 소녀가 오른손을 내밀었다.

그녀의 말에 시즈리의 심장이 크게 뛰었다.

"아, 아카츠키……?"

시즈리의 등에서 땀이 흥건히 배어 나왔다. 이 나라에 아카츠키란 성을 가진 사람이 얼마나 되는지 시즈리는 모른다. 하지만 우연으로 생각하기에는 너무나도 불길한 일치였다.

생각해보면 시즈리를 이 병원으로 데려온 것도, 전학 갈 학교를 준비해준 것도 그 소년의 관계자였다. 그곳에 그의 동생이 있다고 해도 전혀 이상할 것이 없었다.

문제는 이 소녀는 시즈리가 그를 좋아하고 있다고 오해하고 있다는 점이었다.

혹여나 시즈리가 말한 남자가 자신의 오빠임을 그녀가 알아차린다면——.

거기까지 상상하고 시즈리의 사고가 정지했다.

"그런데 아까부터 신경 쓰였는데……, 그 뿔, 조금만 만져봐도 돼?"

시즈리의 머리를 바라보며 아카츠키 나기사가 두 손을 모아 부탁했다. 엑. 시즈리는 굳어버렸다.

"부탁이야. 살짝만 만져보면 안 될까? 끝을 살짝 건드려보는 정도로도 충분하니까!"

"……?!"

귀엽게 부탁하는 나기사를 바라보며 시즈리는 그들이 틀림없이 남매일 거라고 확신했다.

그것은 '마족 특구' 이토가미 섬에서 카스가야 시즈리 카스티엘라가 보내게 될 파란과 고난과 소동으로 가득 찬 생활의 첫걸음이었다.

†

"이것이 오후 예정입니다."

이토가미 섬 중추――키스톤 게이트 행정 청사의 한 방에서 '제4진조' 아카츠키 코죠는 무척 험악한 표정을 짓고 있었다.

그의 눈앞에 놓인 태블릿 단말에는 눈을 부릅뜨고 보지 않으면 눈에 들어오지도 않을 만큼 작은 글씨로 화면을 꽉 채운 그날의 스케줄이 주욱 나열되어 있었다.

"기업과의 면담이 여섯 건. 각국 대사의 의례 방문이 세 건. 인공섬 관리공사 내의 회의 여덟 건. 이쪽이 서명이 필요한 서류들. 내년도 예산안 작성은 이번 달 말이 기한입니다. 이쪽 자료들의 내용은 전부 머릿속에 입력해주십시오. 내일까지."

유능한 비서 느낌의 정장을 입은 아이바 아사기가 사무적인 어조로 말했다. 이 복장은 정부와 기업 요인들과 얼굴을 마주했을 때 얕보이지 않기 위한 일종의 코스프레였지만, 신기하게도 화려한 그녀의 얼굴과 아주 잘 어울렸다. 너무 잘 어울려서 무서울 정도다.

"저기……, 아사기 씨?"

코죠가 흠칫거리며 손을 들었다.

"무슨 일이시죠, 제4진조님?"

아사기의 대답은 짧고 냉담했다. 코죠는 마음이 꺾일 것 같았지만, 애써 말을 이었다.

"나 봄방학 보충 수업이 막 끝난 참인데."

"네. 그래서요?"

"무슨 스케줄이 이렇게 촘촘해! 식사시간이 총 15분에 수면시간이 이틀간 세 시간뿐이라니――. 날 죽일 셈이야?!"

“네가 멋대로 3일이나 실종되니까 이렇게 된 거잖아! 일정을 조정하려고 내가 얼마나 고생한 줄 알아?! 그리고 이건 이로와즈 출신 피난민 6천 명 분의 일시 체재 허가증이랑 생활보호 신청서야. 나머지는 가설 주택 건설이랑 관련된 서류고. 내일까지 서명해둬.”

타앙. 아사기가 호통치면서 난폭하게 책상을 내리치자 코죠는 할 말을 잃고 말았다. 기세에 눌려 아무런 반박도 하지 못했다는 쪽이 정확한 표현일 것이다.

“히, 히메라기…….”

옆에서 대기 중인 유키나에게 코죠가 힘없이 도움의 손길을 요청했다.

보디가드 느낌의 검은 정장을 입은 히메라기 유키나는 그런 코죠를 차갑게 내려다보며,

“전 사자왕 기관에게서 선배의 감시를 명령받았을 뿐인걸요.”

마치 밀쳐내는 듯한 어조로 그렇게 말했다. 밤의 제국 영주인 제4진조의 업무에 개입할 생각이 없다고 선언한 것이다.

말은 그렇게 해도, 며칠 전까지는 유키나도 이것저것 코죠를 도와줬다. 코죠가 간신히 진급할 수 있게 된 것도 사실은 그녀 덕이 크다. 뒤집어 말하면, 유키나의 도움 없이는 어떻게도 할 수 없는 상황이었다고 할 수 있다.

“유, 유마…….”

“미안하지만, 난 슬슬 공마국에 돌아가봐야 해. ‘봉마의 마녀’의 심문도 남았고 보고서도 써야 하니까.”

똑같은 정장을 입은 토코요기 유마가 무정하게 대답했다. 평소와 똑같은 생글생글한 표정이지만, 어째서인지 눈동자에 웃음기가 없었다.

"어~이, 코죠. 이로와즈 피난민 대책 예산 말인데, 아사기가 발견한 나노 시키가미의 해석 데이터로 특허 신청을 냈으니까 그 특허료로 충당하기로 하고——. 분위기가 왜 이래?"

두꺼운 파일을 끌어안고 방에 들어온 야제 모토키가 방 안에 감도는 험악한 공기를 느끼고 깜짝 놀라 눈썹을 모았다.

"왜 다들 코죠를 노려보고 있는 거야? 아아……. 몰래 카스가야의 피를 빨아서인가?"

"야제, 이 바보……!"

"윽!" "……!" "…………."

야제가 필요 이상의 예리함을 발휘하자 그렇지 않아도 어색했던 실내 분위기가 결정적으로 일그러졌다. 하지만 야제는 그런 분위기 따위는 완전히 무시하고 일부러 그러는 티를 풀풀 내며 크게 어깨를 들썩였다.

"어쩔 수 없지. 비상사태였잖냐."

"그, 그렇지."

정말 그렇다며 작게 몇 번이고 고개를 끄덕이는 코죠. 그 상황에서 시즈리와 은래도를 구하기 위해 흡혈은 도저히 피해갈 수 없는 긴급 피난 같은 행위였다. 유키나나 다른 애들이 대놓고 코죠에게 따지고 들지 않는 것도 사실은 그걸 잘 알고 있기 때문일 것이다. 좀 더 지원 사격을 해달라며 코죠가 아이컨택트로 호소하자 야제가 걱정 말라며 고개를 끄덕였다.

"게다가 그런 애랑 같이 온천에 들어가면 코죠도 불끈불끈 해질 수밖에 없지. 색기는 조금 부족하지만, 카스가야는 미인이니까. 어리기도 하고."

"……어리다고?"

전혀 변호가 되지 않는다며 책상에 엎드려버린 코죠가 야제의 마지막 말에 의아하다는 듯이 고개를 들었다.

"몰랐어? 카스가야는 우리보다 연하야. 호적상으로는 올해로 스무 살이 되겠지만, 신체 연령은 열네 살 그대로거든. '감옥 결계'의 술자는 기본적으로 시간이 정지된 상태로 잠이 드니까."

"그런……가……."

야제가 내민 시즈리의 자료를 보며 코죠가 훗 웃었다.

잘난 듯한 태도 때문에 연하라는 인상은 그다지 받지 못했지만, 생각해보면 시즈리는 누나처럼 구는 태도와는 반대로 묘하게 앳된 구석이 있었다. 루이와 유노가 사귀는 걸 알고 동요하거나 연애 쪽 지식이 묘하게 유치한 점이 그랬다. 그리고 체형도.

"그랬구나. 그럼 아직 포기하기엔 이르네."

자료에 인쇄된 시즈리의 바스트 업 사진을 바라보며 코죠가 나직하게 중얼거렸다.

"어딜 보면서 말하는 거죠, 선배?"

경멸이 담긴 눈으로 코죠를 노려보며 토라진 유키나가 입술을 삐죽였다.

†

"히메라기 유키나……. 히메라기라……."

천천히 회전하는 입체 영상을 바라보며 **그녀**는 눈을 가늘게 뜨고 즐겁게 웃었다.

CG로 재현한 히메라기 유키나란 이름의 소녀는 아무리 에둘러 표현하더라도 아름답다고 형용할 만한 생김새였다. 체구는 작지만 균형 잡힌 몸매. 가녀린 팔다리. 강한 의지가 느껴지는 눈동자와 또렷한 얼굴. 약간 클래식한 머리 모양과 교복까지 나름의 매력으로 다가왔다.

"그보다 젊어! 모에기 언니, 이 영상 본 적 있어?"

목욕 가운을 입은 채로 실험실 소파 위에서 몸을 젖혀 드러누우며 그녀가 이복 언니를 불렀다.

흰 가운을 입은 화려한 용모의 소녀가 키보드를 두드리던 손을 멈추고 뒤를 돌아봤다.

"봤어. 그보다 젊다니, 지금의 너랑 같은 나이잖아."

"그건 그렇지. 그래도 어쩐지 신기해. 그 여자에게도 이런 시절이 있었다니 이상한 느낌이야."

그녀는 쿡쿡 웃으며 몸을 일으켰다. 어머니에게서 물려받은 윤기 있는 검은 머리가 사라락 흘러내렸다. 아름다운 선을 그리는 입술 틈으로 새하얗고 약간 큰 송곳니가 드러났다.

"진지하게 해. 네 일이 뭔지는 알지?"

흰 가운을 입은 이복 언니가 어이없어하며 한숨을 쉬었다. 단말의 작은 화면 안에서 봉제인형을 모방한 인공지능 아바

타가 케켓 하고 불길하게 웃었다.

이복 언니의 정면에 놓여 있는 것은 지름이 5미터 정도 되는 금속 거치대였다.

그것은 마치 관측용 파라볼라 안테나 같기도 했으며 무언가를 쏘아 올리는 전자포대 같기도 했다. 그리고 무대인 것처럼도 보였다. 무녀가 무악을 추는 신성한 무대다.

“안다니까. 모에기 언니는 걱정도 팔자야.”

그렇게 말하며 그녀가 단말을 조작했다. 화면이 바뀌며 새로운 입체영상이 연이어 떠올랐다. 교복을 귀엽게 고쳐 입은 화려한 미소녀, 목에 헤드폰을 걸고 경박하게 웃고 있는 소년, 머리를 올려 묶은 친근한 느낌의 소녀, 그리고 나른한 표정을 한 흡혈귀――.

“출발 전까지 그거 전부 외어둬야 한다? 짐도 가지고 가지 못하잖아.”

“괜찮아. 벌써 다 외웠어.”

전혀 모르는 사람들도 아닌걸. 그녀는 마음속으로 덧붙여 중얼거렸다.

마음의 소리가 들렸을 리 없는데도 이복 언니는 다시 한숨을 쉬었다.

작은 알람 음이 울렸다. 실험 시작 시각을 알리는 전자음이었다.

“준비는 됐어?”

“언제든 오케이.”

걱정하는 이복 언니에게 그녀가 자신만만하게 웃어 보였다.

실험실 조명이 어두워진 것은 이복 언니의 배려라기보다 전력 공급을 실험기구 쪽으로 돌렸기 때문이리라. 그녀는 딱히 망설이는 기색도 없이 목욕 가운을 스르륵 벗어 던졌다.

비상등의 흐릿한 빛 속에 새하얀 나신이 떠올랐다.

실오라기 하나 걸치지 않은 그녀가 가진 것은 금색의 창 하나뿐이다.

그 창을 굳게 쥐고 그녀는 금속 무대 위로 올라갔다.

"――레이나."

이복 언니가 그녀의 이름을 불렀다.

"모에기 언니, 왜?"

그녀가 웃으며 이복 언니를 바라보았다.

카운트다운을 알리는 합성음이 실험실 안에 울려 퍼졌다. 막대한 마력이 나선 상태로 깔린 굵은 케이블에 흘러들어오면서 아련하게 발광했다.

인공 섬 전역에서 긁어모은 마력이 금속 무대에 집중됐다.

그것은 시간 전이 술식을 지원하기 위한 대규모 마술 장치였다.

카운트다운이 끝나기 직전, 쑥스럽게 손을 흔드는 모에기의 모습이 보였다.

"조심해. 제4진조……, 아빠랑 모두에게 안부 전해줘."

다정한 이복 언니의 목소리를 들으며 그녀의 의식은 빛에 집어삼켜졌다――.

후기

건물 철거 공사를 했습니다.

저희 집이 아니라, 제 작업실 옆 빌딩입니다.

아침부터 저녁까지 교대하듯이 들락날락하는 트럭과 건설 기자재. 울려 퍼지는 소음, 흩날리는 콘크리트 파편. 작업실 바닥은 4D 영화관에 왔나 착각할 정도로 마구잡이로 흔들리고 실수로 커튼을 열어젖히면 모르는 인부 형님이랑 눈이 마주치는 지옥. 소음에 대항하기 위해 헤드폰으로 음악을 쾅쾅 틀어놓기도 하고, 중간에 다 포기하고 집이나 패밀리 레스토랑으로 피난을 가기도 했습니다만, 어쨌든 이번 권은 시리즈 중 가장 가혹한 환경에서 집필된 것임은 틀림없습니다. 흔들리지 않는 방에서 귀마개 없이 집필할 수 있다는 게 얼마나 행복한 것인지를 뼈저리게 깨닫게 된 귀중한 체험이었습니다. 정말 너무나도 혹독한 나날이었어요.

어쨌든 드디어 철거 작업이 끝났으니 다음 권부터는 좀 더 술술 써내려갈 수 있겠지. 라고 기대한 것도 잠시뿐. 빌딩 철거가 끝나면 당연히 새로운 빌딩 건설 작업이 시작될 수밖에 없겠죠. 그리하여 여전히 가혹한 일상이 계속되고 있습니다만, 다음 권은 좀 더 빨리 전해드릴 수 있을 거라고 생각합니다. 잘 부탁드립니다.

그런 고로, 『스트라이크 더 블러드 16』이었습니다. 오래 기다리셨습니다. 제2부입니다.

정확하게는 제2부의 본편이라기보다 약간 거창한 프롤로그란 이미지로 집필했습니다. 이 타이밍이 아니면 쓰지 못할 장치도 시험해보았으니 읽어보시고 재밌어 해주셨다면 참 기쁠 것 같습니다. 제2부라고 대대적으로 홍보해놓고 아무런 변화가 없으면 좀 그렇지 않나 싶었거든요.

다음 권부터 드디어 신 시리즈 본편이 시작됩니다. 어느 쪽이 먼저가 될지 모르겠습니다만, 단편집 느낌의 책도 동시에 준비하고 있으니 그쪽도 읽어주시면 감사하겠습니다.

이미 알고 계시지 않을까 생각합니다만, 이번 권이 발행되는 시기 전후 즈음에 『스트라이크 더 블러드』 제2기 OVA가 발매될 예정입니다. 일단 문고 9권에 수록된 「흑의 검무 편」부터 시작하게 되는데, 개인적으로 좋아하는 에피소드이기도 해서 정말 기뻐요. 기대됩니다. 초회 특전용으로 저도 간단한 미니 스토리를 쓰기도 했습니다.

그리고 『월간 코믹 전격 대왕』에서 연재 중인 코믹스판 『스트라이크 더 블러드』도 단행본 9권이 발매되었습니다. 이쪽도 잘 부탁드립니다.

그리고 마지막으로,

본 작품의 일러스트를 담당해주신 마냐코 님, 코미컬라이즈를 담당해주고 계신 TATE 선생님, 애니메이션 관계자 여러분, 그리고 이 책의 제작 및 유통에 관련된 모든 분께 마음

깊이 감사드립니다.

물론 이 책을 읽어주신 여러분께도 마음 가득 감사를 드리는 바입니다.

부디 다음 권에서도 만나 뵐 수 있기를.

미쿠모 가쿠토

NOVEL

스트라이크 더 블러드 16

2017년 9월 5일 제1판 제1쇄 인쇄
2017년 9월 10일 제1판 제1쇄 발행

지음 | 미쿠모 가쿠토
일러스트 | 마냐코
옮김 | 유유리

발행인 | 이정식
편집인 | 최원영
편집팀장 | 김충영
편집담당 | 윤찬영
한국어판 디자인 | Design Plus
라이츠사업팀 | 이은선, 박선희, 아오키 마리나
출판영업팀 | 안영배, 한성봉
제작담당 | 박석주

발행처 | (주)서울문화사
등록일 | 1988년 2월 16일
등록번호 | 2-484
주소 | 서울특별시 용산구 새창로 221-19(한강로2가)
전화 | (02)799-9174(편집), (02)791-0757(마케팅)
팩스 | (02)799-9334(편집)
인쇄처 | 코리아 피앤피

ISBN 978-89-263-6370-6
ISBN 978-89-263-3247-4 (세트)
●잘못된 책은 구입하신 곳에서 교환해 드립니다.

STRIKE THE BLOOD